Friedrich Wilhelm Hackländer, Friedrich Gerstäcker

Illustrirter Novellen-Almanach

1872

Friedrich Wilhelm Hackländer, Friedrich Gerstäcker

Illustrirter Novellen-Almanach
1872

ISBN/EAN: 9783741125218

Hergestellt in Europa, USA, Kanada, Australien, Japan

Cover: Foto ©Andreas Hilbeck / pixelio.de

Manufactured and distributed by brebook publishing software
(www.brebook.com)

Friedrich Wilhelm Hackländer, Friedrich Gerstäcker

Illustrirter Novellen-Almanach

Illustrirter

Novellen-Almanach

für

1872.

Mit Beiträgen von

F. W. Hackländer und Friedrich Gerstäcker.

Herausgegeben

von

F. Menk-Dittmarsch.

Wien und Leipzig.

Verlag der literarisch-artistischen Anstalt von C. Dittmarsch.

Druck von Wilh. Zöller, Mariahilferstraße 98.

Zur Erzählung F. W. Hackländer's: „Freiwillige vor!"

Freiwillige vor!

Kriegsbilder

von

F. W. Hackländer.

Auf dem großen Bahn=
hofe der Residenz bemerkte man
seit einiger Zeit zu gewissen
Stunden ein ganz anderes, mit=
unter recht düsteres und unheim=
liches Leben und Treiben, als man
sonst hier in diesen Hallen zu sehen
gewohnt war.

Es hatte nichts von jenem oft
wirren, aber nicht gerade unge=
müthlichen Durcheinander des Men=
schengedränges an Sonn= und Fest=
tagen, besonders wenn die Abendzüge mas=
senhaft ihre von den benachbarten Ver=
gnügungsorten heimkehrenden, meistens sehr
lustigen Gäste, in der riesenhaften Halle absetzten, so daß es
in solchen Stunden sowohl in der Halle selbst, als auch in den

1*

nächsten Straßen häufig aussah, wie eine neue Völker=
wanderung.

Es hatte auch durchaus keine Aehnlichkeit mit dem
häufig müden Dahinziehen armer, geplagter Familienväter,
die nach ausgestandenem Sonntagsvergnügen kaum im
Stande waren, ihre still murrende bessere Hälfte, sowie ein
halb Dutzend Kinder durch die Menge zu steuern, ohne
irgend wo Schiffbruch zu leiden, sei es im Wogen dieser
Menge selbst oder im Anprall an aufgehäufte Passagier=
güter, oder in der Gefahr, daß ein theures Glied der Fa=
milie, vielleicht eines der Kinder oder auch nur das eigene
beste Hühnerauge von einem der rasch daherrollenden Brief=
und Gepäckkarren überfahren werde; oder am Ende sogar
Adölfchen zu verlieren, das sich dort hinten, wo er zuletzt
gesehen worden war, die drei jungen lustigen Burschen
betrachtete, die Arm in Arm mit zweifelhaften Schritten
viel mehr Platz gebrauchten, als ihnen von Rechtswegen
zukam, und dabei noch wie zum Hohn über die andere arme
gedrückte Menschheit mit lauter Stimme sangen:

„Kann's was Schön'res geben,
Als das Räuberleben
In dem düsteren, düsteren, düsteren Wald.“

Auch hatte jenes Treiben, von dem wir vorhin sprachen,
gar keine Aehnlichkeit mit der Ankunft oder dem Abgange
der solid geregelten vornehmen Eil= und Kourierzüge, wo
elegante Reisende sich, sobald die Wagenthüren geöffnet wer=
den, hastig aus ihren Pelzen und Fußsäcken schälen, um in
oft krampfhafter Eile die verschiedenen Thüraufschriften des
Bahnhofes zu studiren und sich alsdann in oft sehr zweifel=
hafter Befriedigung an der gedeckten Restaurationstafel nie=
derlassen, mit einem Auge den Speisezettel studirend, mit dem
andern die Weinkarte, mit der rechten Hand dem Kellner
winkend, die linke am Portemonnaie, und mit beiden Ohren
dem Klange der Glocke lauschend oder dem Rufe des ein=
tretenden Portiers, der oft schon, besonders bei Verspätun=
gen, die Abfahrt des Zuges anzeigt, nachdem wir uns

kaum mit einem Löffel heißer Suppe den Mund verbrannt
haben.

Das andere Leben und Treiben auf dem Bahnhofe
der Residenz war plötzlich gekommen, fast ohne Vorberei=
tung — über Nacht, und trat dabei so gewaltig auf, so
aufregend, so erschütternd, daß es anfänglich wie ein beäng=
stigender Traum erschien, aus dem man hoffte, beim ersten
Hahnenschrei zum früheren gewöhnlichen Leben zu erwachen.

Aber es war kein Traum, es war furchtbare Wirk=
lichkeit, und wenn man anfänglich fast erstarrt stand beim
Anblick dieser riesigen Eisenbahnzüge und die meistens bei
Nacht kamen, angefüllt mit lärmenden jubelnden Menschen
in Waffen, besetzt durch Infanterie mit glänzenden Helmen
und leuchtenden Waffen, mit ganzen Kavallerieschwadronen,
deren Pferde mit den großen glänzenden Augen fast verwun=
dert in das tolle Getreibe blickten, in die lodernden Pechfackeln,
in die erstaunten Menschengesichter am Bahnhofe, während
die Reiter zwischen ihren Thieren untergebracht oder aus den
offenen Wagen herauswinkten unter dröhnendem Hurrah, das
sich unter den Wölbungen der Bahnhofhalle donnernd brach.

Dann folgte Artillerie, ruhigeres, gesetzteres Volk,
würdig und ernst aussehend wie ihre Geschütze, die sich in
fast endlosen Reihen folgten und deren blanke Rohre unter
dem Reflex des Gas= und Fackellichtes leicht erglänzten, wie
mit einem zuversichtlichen ruhigen Lächeln:

„Wir stehen fest in Feindes Uebermacht,
Und führen ja den Donner der heißen Schlacht.“

Dabei war aber die zuschauende Menge durchaus
nicht müßig oder theilnahmslos, Tausende von Herzen poch=
ten heftiger beim Hereinrollen der dumpf dröhnenden Züge,
Tausende von Augen glänzten bei diesem kriegerischen Spie=
gelbilde einer neuen, gewaltigen, ungeheuren Zeit, Tausende
von Lippen wiederholten das Hurrah der Soldaten oder er=
wiederten es durch freundliche, enthusiastische Zurufe, und
Tausende von Händen regten sich, um die durchziehenden
Krieger festlich zu bewirthen, würdig der großen, edlen,

glorreichen Sache, für welche sie hinauszogen vom heimat=
lichen Herd, aus den Armen ihrer Familien, oft von Weib
und Kind, um bei der Züchtigung des frechen Uebermuthes
vielleicht ihr Herzblut zu vergießen.

Tag um Tag, oft Nacht um Nacht folgten sich diese
Züge, und wenn es auch lange die gleiche Erscheinung blieb,
wenn auch lange die gleichen Bilder an uns vorüberzogen,
so betrachteten wir sie doch mit stets steigendem Interesse, so
ermüdete Niemand, Erquickung aller Art zu spenden, den An=
kommenden und Abziehenden, die wir in unserem Leben nie
sahen und auch vielleicht nie wiedersehen werden, auf's Herz=
lichste die Hände zu schütteln, Arm in Arm mit ihnen zu
gehen, sie an unsere Brust zu drücken wie die treuesten
Freunde, wie Brüder.

Waren wir doch plötzlich eine einzige große Familie
geworden, erschien uns doch jeder dieser frischen, fröhlichen
Menschen, jeder dieser so muthig hinausziehenden als wie
von unserem eigenen Herzen weggerissen, und kein Wunder
war es, daß sich bei diesen großartigen Familienfesten, wenn
unter den dröhnenden Klängen der Militärmusik die Züge
wieder langsam hinausfuhren, wenn Hunderte nochmals zum
Abschied zurückwinkten, daß sich alsdann manches Auge ver=
dunkelte beim Nachblicken der endlosen Wagenreihe, wie sie
sich unter Feuer und Dampf rasch in der Nacht verlor,
uns als letzten Gruß noch zurücksendend in brausender Me=
lodie:

„Lieb' Vaterland, magst ruhig sein,
Fest steht und treu die Wacht am Rhein."

Auch die Bahnhofhalle selbst, vielmehr manche der
anstoßenden Räume hatten sich eigenthümlich verändert, oft
gewiß unter dem ernsten Kopfschütteln gesetzter Bahnbeamter,
die es vielleicht anfänglich nicht ganz vereinbar hielten mit
der Würde der Staatsanstalt, daß der Platz hie und da
durch lange Tische mit zahllosen Stühlen versperrt wurde,
daß dort, wo man früher nur ehrbares Passagiergut sah, jetzt
Wein= und Bierfässer angezapft wurden, in ungeheuren Kes=

seln Punsch und Glühwein bereitet, und daß sich jetzt, wo man sonst nur Karren mit Briefsäcken und Postpaketen sah, sich jetzt auch ähnliche Fahrzeuge breit machten, aber beladen mit Bergen von Brod, mit einer unglaublichen Menge von Würsten und mit Zigarrenmassen, von der echten Havannah an bis herab zur Rauchdusie Jellow..

An mancher Glasthüre war die gewöhnliche Benennung verschwunden und statt ihrer las man: Etappenkommando, Central=Sanitätsverein, und hatte der letztere wieder seine Unterabtheilungen für Männer und Frauen, und da es eine große Ehre war, einem solchen Verein anzugehören, so ließ man sich neben der Würde auch gerne die Bürde gefallen, obgleich sie gerade nicht gering war, bestehend in der oben erwähnten Sorge für die Ankommenden, zu welchem Zwecke ein förmlicher Tag= und Nachtdienst eingerichtet war, eine Wachstube anderer Art mit hartem Sofa oder gar hölzerner Pritsche. Dabei waren sie, welche diesen Dienst versahen, keine abgehärteten Krieger, sondern Männer und Frauen aus allen Schichten der Gesellschaft, die sich aber Alle in herzlicher Liebe und edler Aufopferung diesem Tag und Nacht dauernden beschwerlichen Dienste freudig unterzogen.

Und nach und nach fing dieser Dienst an recht ernste, beschwerliche, düstere Formen anzunehmen, es war nicht mehr wie in jener ersten Zeit, wo die Züge ankamen unter den Klängen rauschender Musik, angefüllt mit jubelnden, singenden und Hurrah rufenden Menschen, mit Guirlanden verziert, mit Laubwerk besteckt, jeder Wagen mit einer andern, viel versprechenden Inschrift: Vergnügungszug nach Frankreich, Weg nach Paris, Extrazug mit deutschen Hieben und noch mehr dergleichen zarte Aufmerksamkeiten für den französischen Nachbar. Es kamen andere Züge zurück von den glorreichen Schlachtfeldern, Züge unter dem rothen Kreuz, mit verwundeten, oft sterbenden Brüdern, in deren matten Blicken der heiße, innige Dank aufloderte für alle die zarte Aufmerksamkeit und Liebe, mit der sie empfangen und verpflegt wurden. O, es waren das traurige Bilder, wenn die

weiten Bahnhofhallen bedeckt waren mit still leidenden oder
schwer ächzenden Verwundeten, Freund und Feind durcheinander, wenn die zahlreichen Aerzte ihre traurige Pflicht erfül=
ten und wenn dann in langen Zügen die Tragbahren vom
Bahnhofe aus nach den verschiedenen Spitälern gebracht
wurden, die bleichen, jungen Gesichter unbedeckt, oft kaum
athmend, mit geschlossenen Augenlidern, unter denen sich
nur selten ein müder Blick, vielleicht mit einem tiefen Seufzer
zeigte; so lagen sie da, regungslos hingestreckt, gepflegt von
guten, aber fremden Menschen, weit, weit von der Heimat
entfernt, wo vielleicht ein banges Mutterherz im gleichen
Augenblicke ahnungsvoll zusammenzuckte — vorbei — vor=
bei. — Zurück auf den Bahnhof zu anderen Szenen, zu
oft wild malerischen Bildern, hin zu den fast endlosen Ge=
fangenenzügen, die in ihrer bunten Mannigfaltigkeit einem
unbegreiflichen Traumleben glichen, mit den bisher so gefürch=
teten Soldaten Frankreichs, mit den alten Troupiers, die
siegreich in der Krim gefochten, in Italien, in Mexiko und
China, und die nun zerstäubt worden waren wie Spreu im
Winde von unseren jungen Bataillonen, alte, oft unter
Waffen ergraute Soldaten mit doppelten Chevrons an dem
Aermel, Kreuze und Medaillen auf der Brust, daneben das
bunte Durcheinander des malerischen Gesindels, welches die

große Nation vor sich her marschiren ließ, an der Spitze
der Zivilisation; die wilden Turkos, die gefürchteten Zuaven,
das lüderliche Korps der Zephyre und die regellosen Reiter=
haufen der Spahis, alle diese Horden, von denen man über=
zeugt war, daß sie, die Pioniere des französischen Fortschrit=
tes, mit Leichtigkeit, spielend den Weg in's Herz von Deutsch=
land bahnen würden, sie, welche die Franzosen, wenn sie
von dem bevorstehenden Kriege sprachen, mit jenem gewissen
übermüthigen Hohne, mit jenem zuversichtlichen Aufwerfen
des Kopfes nos Africains nannten; arme Afrikaner, Ihr
hättet es Euch wohl nicht träumen lassen, so ganz anders
in Deutschland einzuziehen, als man es Euch vorausgesagt;
nicht gedacht hättet Ihr, mit Euren fantastischen, nun so
arg zerfetzten Kostümen so bald ein Schau= und Beutestück zu
werden — aber immerhin blieben sie interessant, die Söhne
Afrikas mit ihren farbigen Gesichtern durch alle Schattirungen,
vom Hellbraun bis zum tiefsten Schwarz, mit ihren heißen,
glänzenden Augen, ihren blendenden Zähnen, im Turban,
Feß und Kopftuch, mit dem zerrissenen Burnus kaum oft
im Stande ihre Blöße zu bedecken; — — vorbei auch ihr
und Anderen Platz gemacht, denn es schien sich ja die ganze
französische Armee ein friedliches Rendezvous in Deutschland
gegeben zu haben, denn die keuchenden Lokomotiven haben
sie ja gebracht zu Hunderten, zu Tausenden, zu Hunderttau=
senden — ja Hunderttausende, aber nicht, wie sie gedacht,
als übermüthige Sieger einziehend, stolz unter Waffen,
sondern demüthig, ohne Gewehr, ohne Geschütz und Feld=
zeichen, vorbei — vorbei.

Es war in der That keine kleine Aufgabe für die
freiwilligen Sanitätsbeamten und die freiwilligen Hilfs=
mannschaften, beim Gewühl dieser Massen, die sich oft Tag
um Tag, Nacht um Nacht folgten, so in reichem Maße die
Pflichten der Menschenliebe zu erfüllen, wie es allerwärts
in Deutschland geschah, und man mußte die Emsigkeit mit
angesehen haben, mit der man sich bemühte, all' die Liebes=
gaben herbei zu schleppen und zu vertheilen, alle die Tau=

ſende mit Speiſe und Trank zu erquicken und häufig den
an Allem Nothleidenden auch in anderer Weiſe zu helfen, ſie
nicht nur zu nähren, ſondern auch zu kleiden. Es war eine
Opferwilligkeit im edelſten und größten Maßſtabe, die um
ſo dankbarer anerkannt wurde, als Alles auf's Bereitwilligſte
gegeben wurde, mit Luſt, mit Liebe und Humor.

Dann aber trat auch für die Betreffenden ein Zeit=
punkt wohlthätiger Ruhe ein, wenn der Zug wieder hinaus=
gedampft war und wenn man vom Etappenkommando die an=
genehme Verſicherung erhalten hatte, daß für dieſe Nacht vor=
läufig kein weiterer Train ſignaliſirt ſei, dann wurde es
allmälig ruhig in der weiten Bahnhofhalle, die viel geplagten
Weichenwärter und ſonſtigen Beamten ſchlichen müde nach
Hauſe und der General=Gewaltige dieſes ganzen Treibens,
der Bahnhof=Inſpektor, ſank droben mit einem tiefen Seufzer
in ſeinen Lehnſtuhl, worauf auch unten die verſchiedenen Glas=
thüren ſo feſt als möglich verſchloſſen wurden.

Doch trat deshalb immer noch nicht hinter allen dieſen
Glasthüren ſogleich die ſo nöthige Ruhe ein, da gab es zu=
ſammen zu räumen und herzurichten für den nächſten Zug,
beſonders im Zimmer der Damen, wo Verbandzeug und
Bekleidungsſtücke wieder friſch geordnet werden mußten, wo
man nach den guten Weinen ſah, die ſtets zur Labung der
Schwerkranken bereit waren und wo große Gefäße voll
duftenden Kaffees und ſtärkender Fleiſchbrühe in die Wärm=
behälter geſetzt wurden, um für den Nothfall etwas bereit
zu haben. Dann erſt machte es ſich die Frau Gräfin oder
die Frau des reichen Bankiers und die des achtbaren
Schloſſermeiſters, welche für die heutige Nacht den Dienſt
hatten, auf dem harten Sofa ſo bequem als möglich, nicht
ohne vielleicht mit einem leiſen Seufzer an das behagliche
Schlafgemach daheim zu denken.

Nebenan in dem Gemache, wo welche von den Männern
des Sanitätsvereines die Wache hatten, trat nicht ſo bald die
Nachtruhe ein, und es wurden hier nach dem richtigen Grund=
ſatze, daß auf die Arbeit das Vergnügen folgen ſoll, einige

gut aussehende, vom Hause mitgebrachte Flaschen nebst Glä=
sern auf den Tisch gestellt und dazu mit einem fast wollüsti=
gen Behagen die ersten Züge aus einer vortrefflichen Zigarre
gethan. Es befanden sich hier vier Herren, von denen sich
drei, Einer auf dem Sofa, die Anderen je auf ein Paar
Stühlen so bequem als möglich gelagert hatten, während der
Vierte an der Glasthüre stand und in die halbdunkle Bahn=
hofhalle hinausschaute.

„Ich glaube, Du hast für heute noch nicht genug,"
sagte der auf dem Sofa, sich behaglich dehnend, „und
möchtest gern zu einer neuen Auflage herausgerufen werden.
Komm', setze Dich, oder entkorke wenigstens die Flaschen
und schenke ein."

„Das soll er thun," sagte ein Anderer, „ist er doch
der Jüngste von uns."

„Leider Gottes ja der Jüngste," gab der an der
Glasthüre in einem verdrießlichen Tone zur Antwort, wor=
auf er sich umwandte, an den Tisch trat und die Flaschen
entkorkte, was jenen angenehmen Ton gab, den wir als
sorgfältigen Verschluß so sehr zu schätzen wissen, dann
schenkte er ein, tippte leicht mit seinem Glase an die drei
anderen und trank mit einem leichten Seufzer unter einem
finsteren Gesichtsausdruck.

„Gib mir mein Glas, Eberhard," sagte der auf dem
Sofa, und auch die beiden Anderen verlangten den gleichen
Liebesdienst, welchen der Betreffende bereitwillig erfüllte, nur
daß er alsdann sagte: „Ihr wollt wohl erfahren, wie es
den Turkos zu Muthe war, die auch von so ausgezeichneten
Händen bedient wurden."

„Arme Teufel, die Alles das mit Mißtrauen betrach=
ten, was man ihnen reicht."

„Den Kaffee ausgenommen."

„Ja, und auch den trinken sie zögernd."

„Vielleicht, weil er nicht so stark und duftig ist wie
der in ihrer Heimat."

„Oder weil sie fürchten, vergiftet zu werden; arme Teufel, wie sie froren in ihren baumwollenen Hemden und dünnen Mänteln."

„Und doch sind sie zu beneiden," meinte der, welchen der Andere vorhin Eberhard genannt, „sie sind ihrer Fahne gefolgt, sie haben sich wahrhaft brav geschlagen, haben somit ihre Pflicht erfüllt und dazu das höchst Angenehme, unverletzt gefangen worden zu sein."

„Das wäre Dein Fall," lachte der vom Sofa her, ein älterer Banquier, der sich schon ein paar Mal von einer Seite nach der andern gewandt hatte, um auf dem harten Sofa zu einer bequemen Lage zu kommen.

„Ich läugne meine Schwächen durchaus nicht, ja ich gestehe es, daß, wenn mir Einer garantirte, mit einer leichten Verwundung davon zu kommen, oder meinetwegen nach einem glorreichen Kampfe unverletzt in Gefangenschaft zu gerathen, so würde ich wie ein Löwe kämpfen und ganz allein eine Mitrailleuse nehmen."

„Und das Zeug dazu hätte er, — — könntest Du b'rein schlagen, Eberhard!"

„Und was für ein schöner Soldat Du geworden wärest."

Dem, der das sagte, mußte man unbedingt Recht geben, wenn man die schlanke und doch so kräftige Gestalt

des jüngeren Mannes betrachtete, sowie seine energischen
Züge mit den blitzenden Augen und dem starken blonden
Barte, — ein prächtiges Soldatengesicht, besonders wenn
man sich den blanken Helm dazu dachte; er trug eine kleid=
same graue Jagdjoppe, hatte am linken Oberarm die weiße
Binde mit dem rothen Kreuz und der untere Theil seines
Körpers war bekleidet mit hohen Wasserstiefeln, welche ihm
bis über die Knie reichten.

„Ich thu' auch so meine Schuldigkeit,“ sagte er mit
einem Seufzer.

„Es ist ein wahres Unglück für Dich, Eberhard, daß
Dich Dein Vater noch vor Thorschluß freigekauft hat, Du
hast den Drang in Dir, mit hinauszuziehen und würdest Dich
famos schlagen, wenn Du das erste unangenehme Gefühl
einmal überwunden hättest; es geht Manchem so, der nach=
her noch Geschmack daran bekommen hat.“

„Ja, wenn man das einmal überwunden hat,“ murrte
der junge Mann; „aber ich kann es nun einmal nicht über=
winden, so viel Mühe ich mir auch schon gegeben habe.“

„Weil bei Dir der Zwang fehlt, Du hast kaltes Blut
und Geistesgegenwart, das habe ich noch in diesem Sommer
gesehen, als bei Deinem großen Brückenbau das Gerüst zu
rutschen anfing; da ist er auf einem Balken von nicht Fuß=
breite über die schwindelnde Tiefe gelaufen und noch dazu mit
einem schweren Tau in der Hand; ich hätte keine Prise Tabak
für Dein Leben gegeben.“

„Da war ich in meinem Berufe und würde dasselbe
noch zehnmal thun.“

„So begnüge Dich mit ähnlichen Heldenthaten bei
Werken des Friedens,“ sagte Einer, indem er vom Stuhle
aufstand und sich ein neues Glas Wein eingoß, und fragte,
nachdem er getrunken, „was zwingt Dich denn, mit in den
Krieg zu ziehen?“

„Es ist die alte Geschichte,“ meinte ein Anderer, und
der auf dem Sofa deklamirte:

> „Die Liebe, ach, die Liebe
> Hat ihn so weit gebracht.“

„Unsinn!"

Dies ominöse Wort sprachen Zwei zu gleicher Zeit, und zwar der Betreffende, der Ingenieur Eberhard Fahrbach selbst, sowie der Vierte aus der Gesellschaft, der es sich ebenso wie sein Nachbar auf zwei Stühlen bequem gemacht hatte.

„Unsinn! einem Mädel zu Liebe in den Krieg ziehen," fuhr der Letztere fort, „wenn man durchaus nicht nothwendig hat und es nicht in unserem Berufe liegt, sich durch Helden= thaten auszuzeichnen; es ist das jedenfalls ein unbilliges Verlangen und zeigt wahrhaftig von keiner Liebe; es liegt darin etwas Grausames."

„Mit ihren schönen Augen
Hat sie ihn gequält so sehr",
sagte der auf dem Sofa.

„In mörderischer, ja ich behaupte es kühn, in los= werberischer Absicht will sie ihn in den Krieg schicken; o, es ist ein herbes Geschlecht, dieses Weibervolk."

„Besonders die in den verzweifelt engen Röcken, deren ganzes Kostüme so etwas Japanesisches hat."

„Besonders die Frisur mit der Zuthat des langen Haarschweifes, der einem Kürassier der alten Garde Ehre machen würde."

„Und die Nase hoch im Wind."

„Und die Augen wo möglich mit einem Feldstecher bewaffnet."

„Unter Sechs, die Einem begegnen, könnten Vier, ohne ihr Kostüme zu verändern, auf's Seil gehen."

„Darf ich jetzt auch einmal zum Worte kommen?" fragte der junge Ingenieur.

„Nicht mehr als billig und uns in Deinem Interesse sehr erwünscht, wenn Du unsere Worte Lügen strafen kannst."

„Zugegeben, daß ich weiß, worauf Ihr anspielt."

„Der Himmel sei dafür gelobt," lachte der auf dem Sofa, „das ist schon ein Anfang der Besserung."

„So kann ich Euch doch die feste Versicherung geben, daß an der Sache durchaus nichts ist."

„Von ihrer Seite, das wissen wir ganz genau, und da wir einmal in dem Kapitel sind und hier ganz unter guten Freunden, so wollen wir Dir nicht verschweigen, Eberhard, daß Du mit Deinen Bewerbungen anfängst komisch zu wer=den. Glaubst Du, nicht Jedermann bemerke es, wie Du bei unseren Sanitätsbestrebungen nur zu ihrem Dienste bereit bist, wie Du mit gierigem Auge nur auf den Moment lauerst, wo ihre Nähmaschine in Unordnung zu gerathen scheint, um derselben durch ein Tröpfchen Oel oder durch das Anziehen einer Schraube nachzuhelfen, wie sie nur in eine Ecke des großen Saales zu sehen braucht, um Dich zu ver=anlassen, dorthin zu stürzen, um Dir von der Flanellkönigin dorten ein Stückchen Zeug zu erbitten, was die Dame Dei=nes Herzens gar nicht braucht.“

„Oder wie heute Abend,“ meinte ein Anderer, „wie Du mit den Flaschen und den Zigarrenkisten hinter ihr drein liefst, nur Augen für ihr langes, blondes Haar hattest, so daß es Dir möglich wurde, jenen alten, dicken General=Stabsarzt anzurennen, so daß dieser Würdenträger total aus dem Gleichgewichte kam.“

„Und Du als einzige Belohnung die schnippische Be=merkung hörtest: Sie sind aber recht ungeschickt, Herr Fahr=bach.“

„Ich weiß das, ich weiß das,“ gab der junge Inge=nieur zur Antwort, indem er mit langen Schritten durch das Gemach eilte, „und wenn auch, wie ich Euch schon früher versicherte, an der ganzen Geschichte nichts Ernstes ist, so ärgert es mich doch, daß selbst meine guten Freunde durch ihre Aufmerksamkeit auf dergleichen Kindereien, auch die Aufmerksamkeit Anderer dorthin lenken und mich so zur Ziel=scheibe verdrießlicher Neckereien machen, sogar bei Jenen selbst, die ich nicht nennen will.“

„Und die Dir neulich deutlich zu verstehen gab, auf welche Weise allein Du Dich interessant machen könntest, läugne das nicht.“

„Ich läugne nie, was wahr ist.“

„Wie war denn die Geschichte?" fragte Einer von den Stühlen herüber.

„Nun, sie sagte ihm — ich habe es von einem nahe= stehnden Zeugen — sie sagte: mein Herz geht auf, wenn ich unsere Tapferen hinausziehen sehe in den wilden, furcht= baren Kampf, und wenn ich so ein bleiches Gesicht erblicke, so möchte ich gleich an der Tragbahre niederknieen, um die kalte Stirn zu küssen."

„Das war deutlich genug, und deshalb möchtest Du auch wohl hinaus in's Feld."

„Deshalb gerade nicht," gab der junge Ingenieur verdrießlich zur Antwort, „aber es zieht mich mächtig hin= aus, und daß es mich trotzdem nicht ziehen läßt, kann mich fast toll machen — — Niemand, der mich bei meinen Arbei= ten sah, wird mir Muth und Entschlossenheit absprechen."

„Das wurde vorhin schon lobend erwähnt."

„Und auch dabei muß ich gestehen, daß ich mich förm= lich zwingen muß, ein schwankendes Gerüst zu betreten, daß es bei mir furchtbarer Anstrengungen bedarf, auf einem schmalen Balken über die Tiefe zu wandeln, obgleich ich durchaus nicht schwindlig bin; ja ich will zugestehen, daß, wenn man mir es eine Stunde vorher sagte, ich müsse einen solch' gefährlichen Weg machen, ich denselben vor Aufregung kaum antreten könnte."

„Ich weiß wohl," meinte der alte Banquier, „daß es Dir sogar beim Reiten so geht, obgleich Du vortrefflich zu Pferde sitzest."

„Und läugne es nicht, was gewiß anerkennenswerth ist."

„Es waren schon viele brave und bedeutende Männer in Deinem Falle, Eberhard; sagt man doch von dem krie= gerischen König von Frankreich, von dem guten Heinrich IV., daß er sich zu Anfang einer Schlacht mit dem Schwert= knauf in die Rippen gestoßen habe und sich selber zugeflüstert: Vorwärts, feiges Gerippe."

„Das ist gerade so, wie Wellington bei Waterloo mit großer Anerkennung von einem jungen Offizier sprach, der mit bleichen Lippen, fast bebend, seinen Leuten voraus zum Angriff ging, um dann unaufhaltsam, den Seinigen stets weit voraus, eine feindliche Batterie zu nehmen."

„O, ich möchte jener Kuno gewesen sein," seufzte der junge Ingenieur.

„Und würdest gerade ein so tüchtiger Kerl sein, wenn Du einmal d'rin wärest."

„Ja, wenn — wenn — wenn — Habe ich nicht Alles gethan, um diese Scheu zu überwinden, habe ich mich nicht mit den Waffen vertraut gemacht, indem ich als Infanterist und Artillerist bei der Bürgerwehr, und mit Lust und Liebe, exerzirte? Bin ich nicht mit auf die Jagd gegangen, obgleich ich Abends bei der glücklichen Heimkehr Gewehr und Jagd= tasche rasch von mir weglegte und die Joppe abwarf in dem glückseligen Gefühl, nicht irgend einem ungeschickten Schützen zur Zielscheibe gedient zu haben, oder einem wilden Schwein begegnet zu sein, oder von einem angeschossenen Hirsch gespießt zu werden. — Und was nun den Krieg draußen anbelangt, glaubt Ihr nicht, daß es mich, auch ohne an solch' lächerliche Geschichten, wie vorhin besprochen, zu denken, gewaltsam hinauszieht, um mit unseren Brüdern gegen den Erbfeind zu fechten für unser großes, schönes Vaterland?"

„Und erlebtest dabei mehr Interessantes und hättest weniger Plage, als hier bei unserem Sanitätsdienst, dem Du Dich ja mit wahrer Aufopferung hingibst. Nicht wahr, Du warst auch gestern auf Nachtwache?"

„Ja, für meinen Freund Kettenbach, der unwohl wurde, und heute bin ich für eigene Rechnung hier, nach= dem ich den ganzen Tag, wie Ihr vielleicht an meinem Untergestell sehen könnt, Beobachtungen und Messungen bei meiner neulich fertig gewordenen Brücke anstellte."

Er trank ein großes Glas des vortrefflichen, aber starken Weines, und hob dann eine der in der Ecke auf ein= ander stehenden Tragbahren für die Verwundeten herab, rückte sie zum Tische hin und setzte sich darauf, worauf ein paar Minuten lang Niemand sprach und es gerade so war,

als wollte die Nacht auch hier ihr Recht geltend machen
und den vier Sanitätsmännern, die alle recht müde gewor=
den waren, sanft die Augen schließen.

Endlich sagte der Banquier auf dem Sofa: „Weißt Du
was, Eberhard, ich würde einmal mit einem Sanitäts= oder
Proviantzug hinausgehen, das ist eine ehrenvolle Thätigkeit
und die auch schon an's Kriegerische streift, auch geht's zu=
weilen nicht ohne Gefahr ab, ein feindlicher Ueberfall, auf=
gerissene Schienen, ein schwankender Viadukt, die Kugeln der
Franctireurs aus den Gebüschen rechts und links, und man
sagt auch, daß, wenn die Züge auf dem Bahnhofe vor Ars
sur moselle halten, sie oft einen Gruß von den eisernen
Zuckerhüten aus der Festung Metz erhalten."

„Es wäre an einer von den schönen Sachen für Dich
genug, nicht wahr, Eberhard?"

„Ja, es ist ein Unglück, daß beim Hunde stets der
Knüppel liegt; ich hatte mich schon zu einen Sanitätszug
gemeldet, doch als die Nachricht kam, daß Einer entgleist
sei, nachdem sie vorher einen Bremser erschossen, zog ich es
vor, lieber hier meinen Dienst zu thun, und dann vermag ich

auch das bittere Gefühl nicht zu beschreiben," fuhr er un=
muthig fort, indem er aufsprang, „den moralischen Katzen=
jammer, der mich überfiel, als nun der Zug, zu dem ich mich
gemeldet, abging und ich nur einen Fuß hätte zu heben
brauchen, um auf das Trittbrett eines der Wagen zu steigen,
so die Brücke hinter mir abbrechend; aber es war unmöglich,
mein Platz war schon besetzt."

„Sie hätten Dich am Ende doch noch mitgenommen,
wenn Du hübsch darum gebeten hättest."

„I—a—a—a — wer weiß — — vielleicht — —
aber man drängt sich nicht gerne auf — — — und gerade
jener Zug ist so famos und glücklich gegangen, ist so präch=
tig überschossen worden, ohne daß es nur Einem die Haut
geritzt hätte, mußte obendrein auch vor Epernay halten, wo
eine Holzbrücke unsicher geworden war, die man erst herstellen
mußte, und wie wäre ich da als Ingenieur an meinem Platz
gewesen, a—a—a—ah — man muß eben Glück haben, um
zu Etwas zu kommen."

„Laß' Dich für das nächste Mal einschreiben," sagte der
Banquier, „oder wenn Du nicht willst, sorge ich Dir dafür."

„Es werden so bald keine solchen Sanitätszüge von
hier gehen," erwiderte der Ingenieur fast kleinlaut, „sie
kommen vor der Hand nicht mehr durch und man ist auch
ängstlich geworden wegen der vielen Scheußlichkeiten dieser
heimtückischen französischen Bauern."

„Wogegen man ein ganz praktisches Mittel darin
gefunden hat, daß man von Station zu Station irgend
einen angesehenen Einwohner auf der Lokomotive mitnimmt."

„Was auch wohl nicht immer seinen Zweck erfüllen
wird, denn es wird diesen Bestien gleichgiltig sein, ob Einer
der ihrigen mit uns Hals und Beine bricht."

„So wollen wir vor der Hand," meinte Einer von
Denen auf den Stühlen, „auf das Wohl Derer trinken, die
jetzt draußen herumliegen, marschiren oder fahren in dunkler
frostiger Nacht; und auf ein baldiges glorreiches Ende dieses
furchtbaren Feldzuges."

2*

„Gut, trinken wir aus, und dann denke ich auch, daß wir die Gaslampe etwas eindrehen und es uns für die Nacht so bequem als möglich machen; ich bin hundsmüde."

So geschah es denn auch, die Zwei auf den Stühlen vertauschten dieselben ebenfalls mit ein Paar Tragbahren, der Banquier streckte sich lang auf seinem Sofa aus, worauf Fahrbach die Gasflamme bis zu einem kleinen blauen Punkte eindrehte, so daß sich das Gemach auf höchst angenehme Art verdunkelte und jetzt die immer noch erleuchtete Bahnhofhalle deutlich durch die Scheiben der Glasthüre sichtbar wurde, und nicht nur die leere Bahnhofhalle, sondern, wie der Ingenieur bemerkte, als er gerade im Begriffe war, seine Augen zu schließen, auch eine dunkle Gestalt in einem Militärmantel, welche dicht an die Thüre trat und mit der Hand die Klinke suchte.

II.

Die Thüre öffnete sich, und es trat ein Unteroffizier des Etappen-Kommandos herein, unschlüssig stehen bleibend, da er die tiefe Ruhe in dem Gemache bemerkte.

„Was gibt's denn schon wieder?" fragte der Ingenieur, indem er sich von seinem Lager emporrichtete.

„Der Telegraf hat soeben den baierischen Sanitätszug gemeldet, der schon seit zwei Tagen erwartet wird, hält sich aber nur kurze Zeit hier auf, da die Verwundeten in Bruchsal revidirt und neu verpflegt worden, und wird hier nur eine kleine Labung an Bouillon und Wein, wo es nöthig ist, gegeben."

„Wann kann dieser Zug ungefähr kommen?"

„In circa einer Stunde."

„Danke schön, wir werden auf dem Platze sein — habt Ihr's gehört?" fragte der Ingenieur die Anderen.

„Natürlich haben wir's gehört," entgegnete der Banquier mit etwas verdrießlicher Stimme, „ich glaube, es hat noch Keiner ein Auge geschlossen; gibt es sonst noch

Etwas?" fragte er den Unteroffizier des Etappen=Kom=
mandos, der an der Thüre stehen geblieben war.

„Der baierische Sanitätszug ist schwach besetzt, weshalb
aus dem kleinen Hilfsspital des Bahnhofes einige leicht ver=
wundete und kranke Baiern mit nach ihrer Heimat genom=
men werden sollen, und es wäre der Wunsch des Herrn
Majors, daß die betreffenden Leute auf ihren Tragbahren
hier im Lokal des Sanitätsvereines untergebracht würden,
bis der Zug kommt, doch soll dies erst kurz vorher geschehen,
und ich werde nicht verfehlen, gehorsamst Meldung zu machen,
sowie unser Telegraf benachrichtigt hat."

„Gut, thun Sie das, vielleicht können wir doch noch
eine Stunde oder so etwas schlafen."

Der Unteroffizier hatte sich entfernt, doch zeigte sich
gleich darauf eine andere Gestalt vor der Glasthüre, und
zwar ein kleine dicke Figur in weiblichen Umrissen, die be=
scheiden anklopfte.

„Nur herein, wir sind schon gehörig allarmirt."

„Die Frau Gräfin läßt sich den Herren ganz gehor=
samst empfehlen," sagte die Aufwärterin des weiblichen
Sanitätsvereines mit leiser Stimme durch die Thürspalte,
„und die Frau Gräfin lasse anfragen, ob den Herren bei der
kühlen Nachtwache nicht ein Tröpfchen Punsch gefällig wäre,
die Frau Gräfin hätte für die Begleitungsmannschaft des
ankommenden Zuges nach eigenem Rezept etwas Gutes und
Starkes gebraut und biete den Herren davon an."

„Was mit großem Dank von der Frau Gräfin accep=
tirt wird," sagte der junge Ingenieur mit großer Entschie=
denheit; „gesegnet sei ihr Einfall und besten Dank. Es wird
frostig werden gegen Morgen."

„Mir wäre eine gute Portion Schlaf lieber," und
Gleiches ließen die beiden Anderen vernehmen.

„Genirt Euch deshalb durchaus nicht," lachte Eber=
hard Fahrbach, „schlaft ruhig und ich werde gegen Revanche
Wache halten."

„Gegen Revanche des Punsches?"

„Das möchte schwer halten, denn dort bringt die brave Aufwärterin eine solche Quantität, womit wir wohl alle Vier bis zum Morgen nicht fertig würden — nein, ich meinte jene Revanche des Schlafes, ich wache für Euch, bis der Zug angezeigt wird, und wenn ich dann gerade nicht sehr nothwendig sein sollte, so kann ich dann immerhin noch ein paar Stunden ruhen."

„Gott vergelt's Dir, und von meinem Theil des Punsches kannst Du nehmen, was Du willst."

„Von meinem auch, gute Nacht."

Es ist ein gefährlich Ding, im Halbdunkel und ganz allein zu trinken, besonders wenn man so mit seinen Gedanken beschäftigt ist, daß man nicht genau darauf Achtung gibt, ob man ein großes Glas beständig wieder voll gießt, statt sich hie und da mit einem kleinen Schlucke zu begnügen. Und der junge Ingenieur war sehr mit seinen Gedanken beschäftigt, und je mehr er von dem vortrefflich gebrauten Punsch der Frau Gräfin trank, um so klarer wurde es ihm, daß er ganz gut das hätte erreichen können, was jene junge Dame mit dem langen blonden Haar und den hellen schwärmerischen Augen so schön ausgemalt hatte — die Augen zu — Hurrah geschrieen wie die Anderen, um sich selber Muth zu machen und dann mit gefälltem Bajonnet hinein in die feindlichen Reihen — es war das ja keine Hexerei zu schießen und d'rein zu stechen, und er that ja das auch Alles in so guter und zahlreicher Gesellschaft, daß an ein einseitiges Zurückgehen nicht zu denken war, also vorwärts in Gottes Namen, — mit den Andern in gleichem Schritt und Tritt.

„Eine Kugel kam geflogen,
Gilt sie mir oder gilt sie Dir."

Diesmal hatte es ihm selbst gegolten, doch war es nur ein leichter Streifschuß am rechten Arm — nein, am linken Bein, so daß er unmöglich mehr gehen konnte und sich nach beendigtem siegreichen Gefecht — er hörte, wie die Kameraden sangen:

„Lieb' Vaterland kannst ruhig sein,
Feft steht und treu die Wacht am Rhein" —

mit einem unendlich angenehmen Gefühl auf die Tragbahre
lang ausstreckte, wobei er die Melodie des Liedes leise vor sich
hinbrummte, bis er endlich sanft und fest einschlief.

Dann kam es in einem entzückenden Traume gerade
so, wie er es sich vorhin im Wachen ausgedacht: sie kniete
neben der Tragbahre hin, sie fragte mit einer tödtlichen Angst
in den schönen, schwärmerischen Augen, ob seine Verwundung
gefährlich sei, und als man sie des Gegentheils versichert
hatte, faltete sie ihre Hände mit einem dankbaren Blick nach
oben, hauchte dann einen Kuß auf seine wahrscheinlich sehr
bleiche Stirn und flüsterte: Ruhe, mein Freund, Ruhe, und
es wird gewiß Alles, Alles gut werden; dann fühlte er, wie
man seine Tragbahre sanft aufhob, und in der angenehm
schaukelnden Bewegung umstrickte ihn der Schlaf in immer
engeren und festeren Banden.

— — — — — — — — — — — — — — — —

Von der Wachmannschaft des Sanitätsvereines ermun=
terte sich der Banquier am ersten, und zwar durch eine plötz=
liche Helle im Gemach, dadurch entstanden, daß der leise

eingetretene Unteroffizier des Etappen=Kommandos die Gas=
lampe wieder aufdrehte und dann flüsternd sagte: der Zug
wird in einer Viertelstunde da sein und man werde sogleich
aus dem Spital am Bahnhofe fünf bis sechs leicht Verwun=
dete hieher bringen, um sie alsdann weiter zu transportiren.

„Mir scheint,“ sagte der Banquier, indem er sich auf
seinem Sofa aufrichtete, „daß dieser gute Fahrbach eine
wundervolle Wache gehalten hat; da liegt der Kerl und
schläft, so daß er förmlich unempfindlich ist wie ein Stück Holz.“

„Laß' ihn schlafen,“ meinte ein Anderer, „mich dauert
der arme gute Bursch'; zwei Nächte auf einander auf Wache
sein, ist wahrlich keine Kleinigkeit.“

„Und den Tag über beim Brückenbau beschäftigt. Hätte
ich nur seine eiserne Natur.“

„Besonders was sein Ertragen von Punsch anbelangt,“
lächelte der Dritte — „und ein sehr guter Punsch, aber
furchtbar stark — die gute Frau Gräfin hat wahrlich keine
kleine Portion herübergesandt, und das hier ist Alles, was
unser guter Freund übrig gelassen hat. Gott segne es ihm.“

„Wie gesagt, laßt ihn schlafen, und damit er nicht
friert, wenn man sogleich die Glasthüren öffnet, so will ich
hier die Decke über ihn breiten — so — nun schlaf' ruhig,
mein Sohn.“

Damit wurden auch schon die Glasthüren langsam und
geräuschlos geöffnet und von den Sanitätsgehilfen fünf bis
sechs Tragbahren mit leicht Verwundeten oder ungefährlich
Kranken sanft hereingetragen, um hier zu warten, bis sie der
Sanitätszug aufnehmen und mit in die Heimat nehmen würde.

Und gleich darauf rollte er dumpf dröhnend herein, ohne
unnöthigen Lärm durch Glockenzeichen oder die Pfeife, wobei
selbst die Kondukteure mit leiser, gedämpfter Stimme sprachen,
um die armen Kranken nicht zu beunruhigen oder gar aufzu=
wecken, und wobei die Damen und Herren des Sanitäts=
vereines mit möglichst wenig Geräusch, ja fast unhörbar hin=
und hergehend, ihren Liebesdienst erfüllten. Da wurde warme
Fleischbrühe verabreicht oder kühlende Getränke, auch das Eis

in den Behältern erneuert, nachgesehen, wo vielleicht Flanell=
hemden oder warme Decken nöthig seien, auch die Beglei=
tungsmannschaft erquickt mit gutem Wein und dem starken
Punsch der Frau Gräfin.

Dabei ging Alles so geordnet und ruhig, griff Alles
so pünktlich in einander, daß es mehr eine Spielerei als eine
Arbeit schien. Der Führer des Zuges bezeichnete einen fast
leeren Wagen, worin die Hinzugekommenen aufgenommen
werden sollten.

„Fünf," meinte Einer von der Hilfsmannschaft. „Nein,
sechs, ich habe die Tragbahren so eben noch dort im Zimmer
überzählt," worauf der Zugführer entschied: „Es ist das ja
ganz gleichgiltig, ob fünf oder sechs, wir haben ja Platz genug,
nur rasch herein damit." Und auch das ging wie am
Schnürchen, die kräftigen jungen Leute der Hilfsmannschaft

spielten nur so mit den Tragbahren, hoben sie leicht und ge=
wandt auf, weshalb die armen Leidenden rasch und schmerz=
los wieder zu ihrer vollkommenen Ruhe kamen, gewiß glück=
lich in dem Gedanken, sich der geliebten Heimat zu nähern.

Dann rollte der Zug ebenso, fast geräuschlos wie er gekommen, in die dunkle Nacht hinaus und bald sah man nichts mehr von ihm, als die hintere Signallaterne und einen lichten Rauchstreifen, röthlich angestrahlt von der Glut aus dem Schornsteine.

Es wurde abermals ruhig auf dem Bahnhofe, „vielleicht wieder so trügerisch wie vorhin," meinte der Banquier, indem er mit seinen beiden Freunden wieder in das Gemach des Sanitätsvereines trat.

Die Drei, welche bei dem Transport der wenigen Kranken nicht beschäftigt gewesen waren, hatten sich in das anstoßende Zimmer des Bahnhof-Inspektors begeben, wo ein paar leicht verwundete Offiziere von den eigenen Truppen, sowie auch gefangene französische, ohne Ansehen der Person, mit Kaffee und Zigarren erquickt wurden.

„War das ein hübscher junger Bursch'," sagte der Banquier, „der französische Hußarenoffizier, und bescheiden und anständig, wie man es nicht immer an ihnen gewohnt ist."

„Es ist eigen," meinte ein Anderer, „daß diese Franzosen nie anders gehen und stehen, als mit den Händen in den Taschen ihrer Beinkleider."

„Ja, auch die französischen Soldaten, und wenn sie nur zwei Schritte vom Wagen irgend wohin zu machen haben, so versenken sie sogleich die Fäuste in ihre rothen Hosen."

„Ländlich, sittlich — — aber wo ist denn Eberhard?"

„Ja, wo ist der Kerl geblieben?"

„Ich glaube, er hat einen leichten Dusel gehabt und ist in sein Bett gegangen."

„Wird aber doch seine Tragbahre nicht mitgenommen haben?"

„Er hat sie dort in die Ecke gerückt, da stehen zwei."

„Richtig — nun ich kann's ihm nicht übel nehmen," sagte der Banquier, „daß er nach Hause gegangen ist, um auszuruhen, bin ich doch von dieser einzigen Nacht ganz kaput, wie gerädert, und hoffe, daß wir nicht noch einmal aufgestört werden — also nochmals gute Nacht."

„Gute Nacht."

Unterdeſſen rollte der Sanitätszug ſeines Weges dahin,
die lange, lange Wagenreihe, ein bewegliches Spital, und
trug viel Jammer und Elend mit ſich fort, allerdings auch
Glück und Hoffnung, wie man aus dem leiſen Flüſtern zwiſchen ein paar leicht Verwundeten hören konnte, von denen
der Eine ſagte: „Ich möchte aufſchreien vor Freude, wenn
ich daran denke, daß ich in Kurzem mein Weib wieder ſehen
werde und meinen kleinen Buben."

„Weiß Gott," ſagte der Andere, „nur fürchte ich,
meine alte Mutter wird mich durchaus nicht mehr gehen
laſſen wollen, wenn ich wieder geſund bin, und das macht
mir Kummer — aber jetzt zu Haus bleiben? Dafür dank'
ich, wenn die Anderen in Paris einziehen."

„Oder das Vergnügen haben, die Franzoſen wieder
tüchtig zu klopfen; nein, dabei müſſen wir auch ſein, auf alle
Fälle."

„Ja — auf — al—le Fäl—le, — — ja —" hauchte
eine müde kranke Stimme von einem Lager neben ihnen,
und während dieſem Ausrufe ein gewaltiger Huſten folgte,
flüſterte von den Beiden Einer dem Andern zu: „Der arme
Burſch' hat einen Schuß durch die Lunge, und wenn wir ihn
lebend nach Augsburg bringen, ſo ſoll es mich wundern."

Zwiſchen den Kranken herum gingen die Hilfsärzte,
die Wärter; die Diakoniſſen und barmherzigen Schweſtern,
hier helfend, dort tröſtend, die Chirurgen ſahen nach den
Verbänden, die jungen Leute des Sanitätskorps halfen den
Kranken, wenn ſie ihre Lage auf den weichen Matratzen
ändern wollten, und wenn man bei dieſem faſt traulichen
Leben und Treiben den Blick abwandte von den Fenſtern,
zu denen die ſchwarze Nacht hereinblickte und an welchen zuweilen ein beleuchtetes Haus oder eine ſtrahlende Signallaterne vorüberhuſchte, auch wohl rollend und donnernd ein
begegnender Bahnzug, und wenn man dieſen Blick ſo recht
in's Innere des Wagens verſenkte, ſo hätte man glauben
können, in einem behaglichen, matt erleuchteten und ſanft

erwärmten Krankenzimmer zu sein, wo man von Freundes=
hand gepflegt wird und wo liebende Augen besorgt auf
unsere bleichen Züge blicken.

Und Alles in der langen Wagenreihe trug diesen Stem=
pel edler Liebe und aufopfernder Barmherzigkeit, da reihte
sich eines der behaglichen Krankenzimmer an's andere, alle
mit weichen Betten versehen, die aus Matratzen, Leintüchern,
Teppichen, Kopfpolstern und kleinen Kissen zur Unterlage
für leidende Körpertheile bestehen, während Kautschukplatten
unter den Bettfüßen das Stoßen der Wagen fast unfühlbar
machen. Da ist ein besonderer Wagen mit einer fahrbaren
Apotheke, die Alles enthält, was zur Krankenpflege gehört.
Da ist eine geräumige Küche, sowie eine Speisekammer,
mit Allem besetzt, was der Sanitätszug für vielleicht vierzehn
Tage haben muß, um seine Bedürfnisse aus eigenen Mit=
teln zu bestreiten, und welche Mittel und Vorräthe sind hier
zusammengeschachtelt: Brod, Schinken, haltbare Wurst=
arten, Fleischextrakt, gemahlenen Kaffee, Chokolade, Thee,
kondensirte Milch, Eier, Zucker, Salz, Pfeffer, Senf, Butter,
Kaffeemaschinen, Tassen, Gläser, Teller, Bestecke, Töpfe,
Spiritus, Zündhölzchen, Zigarren, Oel, Lichter, Leuchter,
Laternen, Seife, Kohlen, Wasservorräthe, gewöhnliche und
starke Weine, Kirschengeist, nebst den Einrichtungen und
Geräthschaften, welche diejenige Wärterin bedarf, die mit
ihrer Gehilfin in diesen Räumen als Köchin waltet, also
kleineren und größeren Kochapparaten, Kannen, Schüsseln,
Seiher, Schöpflöffel 2c. 2c.; dazu Vorräthe an Aufnahme=
Tabellen, Papier, Schreibzeug, Handwerkszeug, Gurten,
Stricke. Eine Anzahl weiterer Wagen ist dazu bestimmt,
für die Feldspitäler oder auch für die Truppen selbst aller=
lei Vorräthe zu überbringen, Proviant der verschiedensten
Art, Zigarren, Wein, Fruchtsäfte, Mehl, Gerste, Gries,
Zwieback, dürres Obst, dann Bekleidungs=Gegenstände, na=
mentlich wollene und leinene Hemden, Socken, Unterhosen,
Taschentücher, wollene Unterjacken, Leibbinden; Bettstücke:
Matratzen, Teppiche, Kopfpolster, Luftkissen; Verbandzeug

aller Art: Compressen, Esmarch'sche Tücher, Charpie, Gyps; außerdem Bücher zur Erbauung und Unterhaltung.

Daran stoßen Wagen, wo sich die Hilfsmannschaften aufhalten und das ärztliche Personal, meistens aus einem älteren Arzte bestehend, einem guten Chirurgen, sowie aus jungen, strebsamen Studirenden der Medizin, welche hier ihre Kenntnisse an den Mann zu bringen suchen, oder dieselben durch Erfahrung, den besten Lehrer der Mediziner, zu vermehren trachten.

Die Jünger Aeskulaps hatten sich so behaglich als möglich eingerichtet, was ihnen bei ihrem angestrengten Dienst nicht zu verdenken war; sie befanden sich in einem Koupé erster und zweiter Klasse, und wenn der dirigirende Arzt, sowie der Führer des Zuges mit seinem Adjutanten oder ersten Gehilfen auch kein vollständiges Bett zur Verfügung hatten, so doch eine ganz angenehme Lagerstätte auf den breiten, gut gepolsterten Bänken, unter Zuthat von Kopfkissen und Decken, während sich das jüngere Volk gleichfalls recht wohnlich eingerichtet hatte und zwar in der größeren Abtheilung der zweiten Klasse, welche auch zu gleicher Zeit als Salon, Konversations= und Speisezimmer, ja bisweilen zugleich als Hörsaal diente.

Soeben jetzt, wo der dirigirende Arzt, Doktor Schmetterer, einen höchst interessanten, lehrreichen Fall vortrug, der ihm vor ein paar Tagen vorkam, und so eine Unterhaltung hervorrief, bestehend aus lauter feinen schönen Fällen, wie sich diese Kannibalen ausdrückten, und wobei es sich um zerschmetterte Hirnschädel, durchschossene Lungen, zersplitterte Knochen und amputirte Gliedmaßen handelte, während sie gemüthlich zu Nacht speisten und sogar blutrothen Wein nicht verschmähten.

Etwas später sagte Doktor Schmetterer zum ältesten seiner Gehilfen, einem jungen angehenden Arzte, der nicht nur das Staatsexamen schon siegreich bestanden, sondern sich auch schon eine Brille angeschafft hatte, sowie einen Stock mit goldenem Knopfe, den er allerdings bei dieser

Expedition nicht bei sich führte: „Mein lieber Herr Kollege
Dr. Bemmel, ich glaube nicht, daß es schädlich wäre, wenn
Sie die Güte haben wollten, sich nochmals nach den Ver=
bänden und dem Befinden unserer neu Hinzugekommenen
zu erkundigen, es ist die Evakuation etwas rasch vor sich
gegangen, und ich möchte nicht, daß wir zu Hause unsere
neuen Kranken in mangelhaftem Zustande präsentiren."

Dr. Bemmel griff mit Daumen und Zeigefinger der
rechten Hand leicht an seine Brille, ungefähr so, wie der
Offizier nach erhaltenem Befehl den Rand seiner Feldmütze
zu berühren pflegt, und begab sich dann mit erhobenem
Kopfe, gefolgt von den paar jüngeren Halbkollegen, nach
den Kranken=Abtheilungen des Zuges, speziell dorthin, wo
sich die Neuangekommenen befanden. Die Meisten schlum=
merten sanft und ruhig, und fast Alle befanden sich, wie
der wachhabende Krankenwärter versicherte, in so gutem
Zustande, daß es grausam gewesen wäre, sie durch Unter=
suchung ihrer Verbände aus ihrem süßen Schlafe zu wecken.
„Nur Einer," sagte der Krankenwärter, „scheint mir in
einem sehr verdächtigen Zustande zu sein, er hat keine Ver=
wundung, so viel wir entdeckt, liegt aber in schwerer Be=
täubung und fantasirt zuweilen."

„Ich will nicht hoffen," erwiederte Dr. Bemmel mit
plötzlich hoch emporgezogenen Augenbrauen, „daß man uns
da leichtsinniger Weise wieder einen Typhuskranken aufge=
laden hat."

Der Krankenwärter zuckte bedeutsam die Achseln, wäh=
rend er die Aerzte an das Lager des Schwerkranken führte.

Dieser lag im Augenblicke ziemlich ruhig da, nur
athmete er tief und schwer, hatte eine brennende Stirne und
warf zuweilen seinen Kopf von der einen auf die andere
Seite, zuweilen öffnete er seine müden Augenlider und mur=
melte etwas zwischen den Zähnen, wovon man die Worte
verstand: — hartes — blutiges — Gefecht — — aber
siegreich — — sie wird kommen — wie sie es versprochen
— — mich auf die Stirne küssen — — dann Sieg — — Sieg.

„Das ist ein höchst bedenklicher Fall," sagte Doktor Bemmel, indem er das Handgelenk des Kranken ergriff und seine Uhr zu Rathe ziehend, den Puls untersuchte. „Ich fürchte sehr, wir haben es hier mit einem schwer Typhus= kranken in sehr vorgerücktem Stadium zu thun, wenn nicht das Herumwerfen des Kopfes eine herannahende Gehirnent= zündung diagnosirt; doch neige ich mich unbedingt zur er= steren Ansicht. Sie bemerken hier, meine Herren, die inten= sive Röthe und Hitze der Stirne, das kurze und schwere Aufathmen, die zuckenden Augenlider, das weithin sichtbare Klopfen der Karoliden und die schweren Fantasien, erlauben Sie mir, Ihnen dabei zu bemerken, meine Herren, daß wir es hier mit einem höchst merkwürdigen Falle zu thun haben und daß ich fast mit Gewißheit behaupten möchte, dieser kräftige junge Mann ist nach Beendigung eines blutigen Kampfes, dem er mit Anspannung aller seiner Geistes= und Körperkräfte anwohnte, durch Ueberreiz der Nerven in diesen Zustand des heftigsten Fiebers versetzt worden. Dann aber," setzte er achselzuckend nach einer Pause hinzu, während er die Hände vorne übereinander legte, „sind Sie im Stande, den unverantwortlichen Leichtsinn zu begreifen, mit dem man unseren Sanitätszug mit diesem unglücklichen jungen Manne infizirte — mit wem haben wir es eigentlich zu thun? Ist er ein Preuße, ein Würtemberger oder ein Baier? Man sollte fast das Letztere annehmen, denn sonst hätten sie ihn doch zurückbehalten. Welchem Truppentheil gehört er an?"

„Es kann kein Kombattant sein, Herr Doktor, er muß zu irgend einem Sanitätskorps gehören; sehen Sie, er trägt hohe Wasserstiefel und hat am Aermel seiner Joppe die weiße Binde mit dem rothen Kreuz."

„Unglücklicher junger Mann," sprach Dr. Bemmel tief ergriffen; „auch sehen Sie, meine Herren, wie richtig ich vorhin den Zustand dieses Kranken erklärte, furchtbarer Nerven=Ueberreiz beim Erblicken eines blutigen Schlachtfeldes, vielleicht auch hervorgerufen und entwickelt durch Entbeh= rungen mancherlei Art; hoffentlich kommt er wieder zu sich

und vermag selbst Auskunft über sich zu geben, melden Sie
mir alsdann das sogleich; angezeigt wäre es übrigens,
ihm sogleich einen Eisumschlag an seinen Kopf zu machen
und ihn etwas Kühlendes trinken zu lassen."

„Sie sehen, meine Herren," sagte er im Davongehen,
„daß man bei der Evakuation von Kranken nicht vorsichtig
genug zu Werke gehen kann und wie nöthig es ist, daß sich
auf jedem Bahnhofe Aerzte von gediegenem Wissen befinden, unsere guten Nachbarn sind darin ein bischen leicht-
sinnig — nun man muß morgen Früh eine eigene Abtheilung für ihn zu schaffen suchen."

Unterdessen rollte der Zug fort und fort durch die
dunkle Nacht dahin, entgegen dem grauenden Morgen, der
sich schon im Osten durch einen zarten lichten Streifen anzeigte, und nicht nur die Kranken ruhten sanft schlummernd
in ihren behaglichen Betten, sondern auch sämmtliches Hilfs-
und Dienstpersonal hatte irgendwo einen stillen Winkel gefunden, um nach des Tages Mühe und Last auszuruhen,
vielleicht mit einziger Ausnahme des Wärters am Lager des
Typhuskranken, dem jener soeben einen tüchtigen Eisumschlag
auf das blonde, lockige Haupt gelegt, dies von Dr. Bem-

nel verordnete Mittel, welches auch seine augenblickliche
Wirkung nicht verfehlte, denn der Leidende streckte sich lang
aus, zuckte dann wie unmuthig mit dem Kopfe und fragte
endlich, aber immer noch mit geschlossenen Augen: „Was
ist denn los, regnet es oder fährt ein so kalter Wind über
meinen Kopf — — wahrscheinlich ist die Glasthüre offen
und der Zug kommt."

„Beruhigen Sie sich nur," sagte der Wärter, welcher
solche Kranke wohl zu behandeln verstand, „es ist Alles
in schönster Ordnung, wollen Sie vielleicht Etwas trinken?"

„Ja, frisches, klares Wasser, wenn es zu haben ist,
nur keinen Tropfen mehr von Eurem schweren Wein und
noch weniger von dem starken Punsch der Frau Gräfin —
kommt der Zug noch nicht?"

„O, er wird gewiß kommen, wenn es Zeit ist, beru=
higen Sie sich nur und versuchen Sie weiter zu schlafen."

„Hat sich was zu beruhigen?" brummte der Kranke,
„wenn der Zug kommt, müssen wir bereit sein. Du,
Schneller, laß' einmal Deine Uhr repetiren."

„Das braucht es gewiß nicht," sprach der Wärter
mit sanfter Stimme, „es ist zwischen vier und fünf Uhr,
schlafen Sie nur getrost weiter."

„Ja, wer spricht denn da?" erwiederte der Kranke,
indem er zum ersten Male seine Augen weit aufriß — —
„wo bin ich denn eigentlich hingerathen?"

Diese Worte rief er im Tone höchster Verwunderung,
indem er sich so rasch aufrichtete, daß der Eisumschlag auf
den Boden fiel. „— wo — bin — ich."

„So frägt Mancher, wenn er zum ersten Male wieder
aus der tiefen Betäubung des Fiebers erwacht, und ich bin
nur froh, daß Sie wieder zusammenhängend reden; aber
beruhigen Sie sich nur, Sie sind so wohl verpflegt, als es
Ihre schwere Krankheit braucht, in einem unserer schönen
Sanitätszüge; aber ich bitte, beruhigen Sie sich und legen
Sie sich wieder hin."

3

„Auf einem Sanitätszuge? Und wie bin ich dahin
gekommen?"

„Herr Dr. Bemmel wird wohl Recht haben, wenn
er das Diagnostikon gestellt hat, daß Sie in einem blu=
tigen Gefechte, woran Sie sich mit aller Ihrer Körper=
und Geisteskraft betheiligten, durch Ueberschnappung der
Nerven in diesen nicht ganz ungefährlichen Zustand gekom=
men sind."

„Bin ich denn verwundet worden?"

„Davon haben wir nichts bemerkt, es ist aber wahr=
haftig an Ihrem Fieber gerade genug, deßhalb bitte ich
dringend, legen Sie sich ruhig wieder hin und versuchen
Sie zu schlafen, da haben Sie auch einen guten kühlenden
Trank."

„Danke, aber lassen Sie um Gotteswillen den Eissack
von meinem Kopfe weg, das kann ich nicht ertragen."

„Haben Sie starkes Kopfweh?"

„Na, es geht an — so, so, ich habe das Gefühl, als
wenn mein Kopf ein Schieferdach wäre, an welchem man
mit kleinen Hämmern herumreparirt."

„Ja, ja, das ist das Wahre, nun versuchen Sie nur
zu schlafen, bis morgen Früh der Herr Dr. Bemmel wieder
kommt."

Zu schlafen versuchte nun unser junger Ingenieur
gerade nicht, doch legte er seinen immer noch schweren
Kopf auf das Kissen zurück und fing an nachzudenken. So
viel wußte er ganz genau, daß er mit dem Banquier Schnel=
ler und zwei anderen Freunden auf Sanitätswache gewesen
war, daß Sie Wein trinkend einen Zug erwartet, daß dann
die Frau Gräfin nebenan einen starken Punsch geschickt,
von dem er, um wach zu bleiben, ziemlich viel getrunken,
und daß er hierauf auf einer Tragbahre eingeschlafen sei.
Da fuhr ihm die Wahrheit wie ein Blitz durch den Kopf,
und wenn er sich überzeugen konnte, daß er noch auf der=
selben Tragbahre lag, so hatte man ihn am Ende gar, um sich
einen schlechten Witz zu machen, in den Sanitätszug gebracht.

Ja, es mußte so sein, denn er lag noch auf derselben
Tragbahre, was er im nächsten Augenblicke ganz gewiß
wußte, denn er hatte, ehe er sich niedergelegt, seinen weichen
Filzhut unter das Kopfkissen gesteckt, wo er ihn jetzt nach
hastigem Hinfühlen wieder vorfand.

„Nun, das geht über alle Späße," brummte er er=
zürnt, „denen will ich's vergelten, und was hat denn vor=
hin der alberne Kerl von Fieber gefaselt? Wenn er selbst
nicht kränker ist wie ich, so kann er zufrieden sein — —
aber es ist gefährlich, unter die Hände dieser Doktoren
und Chirurgen zu fallen — — — — wer weiß," setzte er
hinzu, indem er sich mit einem scheuen Blick umschaute,
„ob sie mich da nicht in eine Abtheilung für Typhuskranke
gesteckt haben — das ginge mir noch ab, denn noch viel
lieber Kugeln und Granaten, als solch' eine heimtückische
Krankheit — das hat man augenblicklich weg, und wenn
ich an meine heiße Stirne fühle, so kommt mir das Häm=
mern in meinem Kopfe, trotz des starken Punsches der Frau
Gräfin, höchst verdächtig vor — — der Himmel sei mir
gnädig, sie brächten mich Gott weiß in welches Spital und
kurirten so lange auf mich los, bis ich wirklich eine solche
Krankheit am Halse hätte — nein, nein — denn noch
lieber Sturm laufen auf eine Mitraillenbatterie — —
aber wo sind wir denn eigentlich?"

Er beugte sich langsam gegen das Fenster, nicht ohne
sich vorher zu überzeugen, daß der Wärter nicht mehr in der
Nähe sei, eine wohl gerechtfertigte, aber eigentlich unnöthige
Vorsicht, denn dieser würdige Mann hatte schon längst die
Abtheilung verlassen und sich nebenan in ein leer stehendes
Bett geworfen. Fahrbach hob den grünen Fenstervorhang
etwas in die Höhe und blickte in den nun stark aufdämmern=
den Morgen hinaus, wo ihm, der der Gegend so kundig
war, ein rascher Blick genügte, um zu sehen, wo er sich
befand, denn auf der schon ziemlich hell leuchtenden östlichen
Himmelsseite trat dunkel ein eigenthümlich geformter Berg=
kegel hervor, anzusehen wie ein Sarkophag mit abwärts wal=

3*

lenden schwarzen Trauerschleppen auf Goldgrund — der Ho=
henstaufen; in Kurzem mußte man Geißlingen erreicht
haben, wo der Alb=Uebergang beginnt und wo jedenfalls
ein kurzer Aufenthalt gemacht würde. Sein Entschluß war
gefaßt, und hoffte er, sich dort unbemerkt vom Zuge schlei=
chen zu können; seinen Hut brauchte er nur an sich zu
nehmen, was er jetzt schon vorsichtig that und ihn in die
Tasche seiner Joppe steckte, worauf er dann geduldig wartend
auf seiner Tragbahre lag; doch war ihm diese Strecke, die
er so oft gefahren, noch niemals so unerträglich lang erschienen.

Endlich ging auch diese Zeit vorüber, die Lokomotive
pfiff leise, was sie indeß schon öfter beim Durchfahren der
verschiedenen Bahnhöfe gethan, aber jetzt verminderte sie
auch ihren Lauf, ein Beweis, daß in kurzer Zeit gehalten
wurde. Es war Zeit, denn der Morgen trat schon entschie=
den in sein Recht und würde das noch mehr gethan haben,
wenn nicht hier zwischen den hohen Bergen die nächtlichen
Schatten hartnäckiger gewesen wären, als irgendwo sonst
in der weiten Ebene.

Jetzt hielt der Zug, und da glücklicher Weise kein
Wärter zu sehen war, — diese hatten eilfertig die Wagen
verlassen, um sich nach einem Schlucke warmen Kaffees
umzusehen, — so schlüpfte er unter seiner Decke hervor,
dann aus der Wagenabtheilung, und sprang auf den Perron,
wo sich glücklicher Weise gerade ein solches Gewühl befand,
daß er sich unbemerkt unter die Menschenmenge mischen
konnte.

Es war gerade von der Alb herab ein langer Zug in
den Bahnhof gefahren, angefüllt mit Ersatzmannschaften
für die verschiedensten Truppentheile und Regimenter, ein
recht malerisches Durcheinander, eine ganze Armee im
Kleinen. Da war Artillerie mit Geschütz- und Munitions-
Reserve, da war Infanterie und Kavallerie, da waren Jäger
und Abtheilungen vom Geniekorps, und fast Alles hatte die
Wagen verlassen und nahm nach nächtlicher Fahrt dankbar-
lichst eine Erquickung an, bestehend in Wein, Bier oder
heißem Kaffee.

Fahrbach hatte seinen Hut aufgesetzt, seine hohen
Wasserstiefel wieder in die Höhe gezogen und machte sich
wie Andere, welche die weiße Binde mit dem rothen Kreuz
am Arme trugen, mit der Bewirthung der Angekommenen
zu thun, wobei er sich indessen selber auch nicht vergaß, und
dann zu seiner großen Beruhigung fühlte, daß nach einem
Glase frischen, eiskalten Wassers, das er theils getrunken,
theils zum Waschen seiner Stirne und seiner Augen benutzt,
sowie nach einer Tasse schwarzen Kaffees sein Kopfweh
gänzlich wieder verschwunden war. Dabei schielte er ängstlich aus der Menge hervor nach dem Sanitätszug und sah
jetzt mit einem recht behaglichen Gefühl, daß sich die lange
Reihe von Wagen, jeder mit einem rothen Kreuz im
weißen Felde bemalt, langsam in Bewegung setzte.

„Gute Reise und alles mögliche Glück und Heil,"
murmelte er ihm nach, worauf er anfing, über die Art
seiner Rückkehr nachzudenken, wobei ihm der ebenfalls gleich
abfahrende Militärzug als die passendste Gelegenheit er-

schien, um so mehr, als ihm ein wohlwollender baierischer
Offizier, dem er bereitwillig zu einem weiteren Glas Bier
verholfen, freundlich auf die Achsel klopfte und zum Ein=
steigen ermahnte, auch draußen bei ihm auf dem Wagen=
tritte stehen blieb und sich die stattlichen Schlösser, sowie
die malerischen Ruinen auf den Spitzen der Berge nennen
und erklären ließ, auch nicht eher wieder in den Wagen
zurücktrat, als bis sie den Hohenstaufen hinter sich gelassen
hatten, der jetzt im Strahl der Morgensonne majestätisch
leuchtend erschien.

Der freundliche Hauptmann hatte den jungen Mann
mit in sein Koupé genommen, wo sich noch ein Paar an=
dere Offiziere befanden, die sämmtlich nach den ersten Be=
grüßungen eine gute Zigarre aus dem wohlgefüllten Etui
Fahrbach's annahmen."

„Das gehört ja auch mit zu unserer Verpflichtung als
Sanitätsbeamte."

„Verpflichtungen," entgegnete der Hauptmann, oder
sagen wir besser: liebenswürdigen Freundlichkeiten, die wir
auf unserer Fahrt mit dem größten Dank empfunden haben;
ich kann Sie versichern, unsere Leute sind auf den verschie=
denen Stationen in einer Art und Weise regalirt worden,
daß es mir hätte angst werden können, wenn man nicht
auf einer Eisenbahnfahrt Unglaubliches verträge."

„Ja, und was Zigarren anbelangt," meinte ein
anderer der Offiziere, „so haben meine Reiter sämmtlich
ihre Putztaschen damit angefüllt."

„Sie sind wohl erst in Geislingen auf den Zug ge=
kommen?" fragte der Hauptmann; „ich habe Sie früher
nicht gesehen."

„Ja, allerdings, es traf sich in Geislingen für mich
gut, daß ich diesen Militärtrain benützen konnte, ich kam
soeben erst mit dem Sanitätszug an."

„Es ist das wahrhaftig keine Kleinigkeit Ihr frei=
williger und so angestrengter Dienst, Tag und Nacht, und
ich kann Sie versichern, diese freudige Opferwilligkeit thut

uns Anderen wohl und wirkt außerordentlich auf unsere Leute; Sie sehen, wie bereit Jeder ist, sein Scherflein zur großen heiligen Sache beizutragen, und daß Keiner mit gesunden, geraden Gliedern gern dahinten bleibt, sondern jubelnd folgt mit oder ohne Waffen. Haben Sie selbst gedient?"

„Bis jetzt noch nicht, wenigstens in Waffen nicht; ich hatte das Glück oder Unglück, kaum weiß ich, wie ich's nennen soll, durch meinen Vater von der Konskription los=gekauft zu werden."

„Ein Unglück, mein Lieber," sagte gutmüthig der Hauptmann, „in der jetzigen glorreichen Zeit gewiß ein Unglück, und Sie selbst würden sehr zufrieden sein, wenn Sie mit einem Truppentheil hinausgezogen wären."

„Ich würde freiwillig mitgegangen sein," entgegnete der junge Ingenieur etwas kleinlaut, „doch war ich bis vor ganz Kurzem mit wichtigen Arbeiten beschäftigt — auch wohl zum Nutzen des Landes" — — „ich bin Ingenieur," fuhr er nach einer kleinen Pause fort, da er den fragen= den Blick des Offiziers bemerkte.

„Ah, das freut mich," rief dieser, „und grüße ich so zu sagen in Ihnen das Handwerk; mein Name ist Wiebler, Hauptmann im Geniekorps."

„Und ich heiße Fahrbach, bis vor Kurzem Leiter eines großartigen Brückenbaues, welcher aber des Krieges wegen vorläufig eingestellt worden ist."

„Und sind jetzt beim Sanitätskorps — sehr anerken= nenswerth, obgleich ich fast bedauern möchte, Sie nicht draußen bei einer Aktion thätig sehen zu können."

Er warf bei diesen Worten einen wohlgefälligen Blick auf die hohe, kräftige Gestalt des jungen Mannes und fuhr nach einer Pause kopfnickend fort: „Doch ist es am Ende gleichgiltig, wie man dem Vaterlande dient, und ich habe gewaltigen Respekt bekommen vor Euch jungen Leuten, die ich schon häufig gesehen habe im heftigen Granatfeuer den Verwundeten beistehen und sie zurückbringen; es ist das wahrhaftig keine Kleinigkeit, wie auch bei der Truppe, wo der größte Muth dazu gehört, in Unthätigkeit fest und kaltblütig im Kugelregen zu halten."

„Das ist ja auch wohl Ihr Fall, Herr Hauptmann, da ja auch Sie von Ihren Waffen keinen Gebrauch machen können."

„Von Gewehr und Säbel allerdings nicht, oder nur in höchst seltenen Fällen, aber wenn unsere Leute mit den Pontons und Balken arbeiten, so schaffen sie sich in keine geringere Aufregung, als wenn sie mit dem Bajonnet darauf losgehen, — aber undankbarer ist unsere Arbeit, wird nicht immer so anerkannt und belohnt, — wenn so eine Brücke, Tranchee oder ein Schanzwerk fertig ist, dann ist sie eben fertig und es wird nicht so viel Lärm davon gemacht, als wenn ein Zug Kavallerie oder Infanterie das Glück hat, ein paar Geschütze zu nehmen, wobei es noch die Frage ist, ob der kalte, bedächtige Muth unseres Arbeiters im Granatfeuer nicht höher anzuschlagen ist, als wenn ich im Elan und in der Aufregung des Handgemenges eine Anhöhe stürme."

„Und Sie arbeiten doch zuweilen unter starken Verlusten?" fragte der junge Ingenieur etwas schüchtern.

„Mitunter ja, doch ist es wunderbar, daß bei unseren braven Leuten dennoch der gute Humor in den wenigsten Fällen schwindet und sie eine einschlagende Kugel, wenn sie gerade keine großen Verheerungen angerichtet, mit Lachen und Scherzen begrüßen."

„Doch stelle ich es mir fürchterlich vor, namentlich bei Nachtarbeiten, wenn das Aufblitzen der Pulverladung nur unheimlich, kaum Sekunden lang einen zerschmetterten Nebenarbeiter zeigt."

„Am unheimlichsten in der Dunkelheit sind mir die kaum leise pfeifenden, von weit her tödtlich wirkenden Chassepotkugeln, wenn der Nachbar, ohne daß ich Knall und Spektakel vernommen, plötzlich schlaff die Arme und den Kopf hängen läßt, sich wie müde an die Trancheewand

lehnend und todt zusammensinkt, wenn ich ihn frage und
anfasse — aber alles das vergißt sich bei der angestrengten
Arbeit, und es ist kein kleiner Lohn für einen braven Ingenieur, wenn man zusehen kann, wie beim Aufdämmern
des Tages die ersten Schüsse aus dem fertig gewordenen
Werke eine feindliche Schießscharte zusammenwirft, daß die
Steintrümmer umherfliegen, oder wenn im Glanze der
Morgensonne unsere Armee in endlosen Reihen, unter ju-
belndem Hurrah und Schwenken der Helme und Mützen
über die Brücke zieht, welche wir in der Nacht gebaut,
und dabei vergessen alle Noth und Mühe, kaum noch geden-
kend der armen gefallenen Kameraden, die, abseits liegend,
auf den letzten Liebesdienst warten."

„Wenn das Letztere nicht wäre, möchte ich wohl einmal dabei sein," sagte Fahrbach.

„An das Letztere denkt man nicht, soll nicht daran
denken, es vergeht Einem auch mehr und mehr, je toller
das Getümmel ist; ein braver Kerl, nachdem er sich vielleicht dem Himmel empfohlen, muß denken, er sei unver-
letzlich und für ihn die Kugel noch nicht gegossen, und unter
dem Gedanken muß er siegen."

„Welch' ein seliges Gefühl muß es sein, einem solchen Siege beizuwohnen, jubelnd seine Freunde begrüßen und sich dann zur wohlverdienten Ruhe am lodernden Wachfeuer ausstrecken, wobei die Flasche fleißig in der Runde geht."

„Oder nach einer Schlacht im strömenden Regen auf Vorposten ziehen," meinte ein etwas grämlich aussehender Infanterie=Offizier; „vielleicht auch mit irgend einem Trup= penttheil die ganze Nacht durch weiter marschiren."

„Darin haben wir es schon besser," sagte der Haupt= mann vom Geniekorps, „und wenn man das Glück hat, in der Nähe eines Brückentrains zu sein, da kann man sich sogar bei strömendem Regen ein behagliches Nachtlager ver= schaffen; ich habe schon bei ähnlichen Gelegenheiten hohe und höchste Generalität bei mir beherbergt, die unter meinen Pontons so behaglich saßen wie in Abraham's Schooß, aber Jeder so gut er kann, Jeder sein Theil, und das Ihrige, mein lieber junger Freund vom Sanitätskorps, ist wahrlich nicht immer das beneidenswertheste, doch höchst ehrenvoll — gehen Sie wieder mit uns hinaus?" fragte er nach einer Pause und setzte gleich darauf hinzu: „Nun, ich zweifle nicht daran, da Sie in Ihrem praktischen Anzuge ganz kriegsfeldmäßig ausgerüstet erscheinen, und bitte ich in dem Falle, die vierte Pionnier=Kompagnie nicht zu ver= gessen, wo es zuweilen nicht unbehaglich ist und wo Sie wieder zu begrüßen mich recht freuen würde."

Es war dem jungen Ingenieur unmöglich, diese freund= liche Aufforderung anders als mit der Versicherung zu beantworten, daß er sich allerdings nach der ihm eben so reizend geschilderten Thätigkeit sehne und auf die Einladung nicht vergessen werde, vorausgesetzt, daß ihn bei seiner Zurückkunft keine andere Bestimmung erwarte; doch setzte er gleich darauf hinzu, und zwar in einem heiteren Tone, zu dem er sich allerdings ein bischen zwingen mußte: „Solch' freundliche Protektion könnte mich veranlassen, sogleich mit hinauszuziehen, wenn —"

„Nur nicht lange Wenn und Aber abgewogen," sagte lachend der Hauptmann, „da heißt es, wie bei allen Vorsätzen, wenn man sie einmal als gut anerkannt, die Augen zu und rasch hineingestürzt."

Da hielt der Zug wieder einmal an einer größeren Zwischenstation, wo ein guter Theil der Bevölkerung zusammengeströmt war, um die durchziehenden Truppen wie überall jubelnd zu begrüßen und auf's Reichlichste zu bewirthen.

Die Offiziere verließen den Waggon und Fahrbach folgte ihnen bis zur Treppe, wo er stehen blieb, das bunte Gewühl betrachtend und dabei trotz der Abmahnung des freundlichen Hauptmanns Wenn und Aber mit einiger Aengstlichkeit gegen einander abzuwägen. Gestern Abend oder auch heute Nacht, oder diesen Morgen früh wäre es ihm nicht im Entferntesten eingefallen, seine Thätigkeit als Sanitätsmitglied anders ausüben zu wollen, als in der bisherigen, sehr friedfertigen Art: die durchfahrenden Krieger erquicken, den zurückkehrenden Verwundeten Hilfe leisten oder sich im Lokal des Sanitätsvereines nützlich machend beim Ordnen und Verpacken der fertig gewordenen Hemden und Jacken, kurz als Ordonnanz oder Adjutant der allgebietenden Flanellkönigin, was immerhin gegen den angestrengten Bahnhofdienst eine höchst angenehme Abwechslung war. Da saßen sie an den Wänden umher die hübschen Töchter der Stadt, ein Kranz allerliebster junger Mädchen, und ließen die Finger gleiten über den groben Baumwollenstoff und den weichen Flanell, oder saßen, elegant vornüber gebeugt, an den rasselnden Nähmaschinen, wobei sie Zeit genug übrig behielten, das Zünglein flink zu benutzen und die Aufmerksamkeit zu theilen zwischen ihrer Arbeit, zwischen dem Straßenleben vor den Fenstern und dem Treiben im großen Saale selber, das auch höchst interessant war; sei es, daß die Flanellkönigin oder andere ernste, gebietende Damen zuweilen in lauten und eindringenden Worten von verunglückten Hemden sprach, oder von Leibbinden, die um eine halbe

Elle zu kurz gerathen seien — vielleicht nach der eigenen
Taille bemessen, wie mit einem scharfen Blicke weiter er=
örtert wurde; sei es, daß interessante Fremdlinge eintraten,
um den vorhandenen Arbeiten und den interessanten Arbei=
terinnen anerkennende Blicke zu spenden; sei es, daß man
von den freundlichen jungen Gehilfen des Sanitätsvereines
kleine Neuigkeiten erfuhr oder mittheilte.

Ach, und zu diesen Gehilfen gehörte er ja auch und
erschien dort nie in seinem heutigen Kostüme der grauen
Joppe und der hohen Wasserstiefel, sondern war da zierlich
gekleidet, wie es sich für seinen Stand und für seine Fa=
milie schickte. Ja, er war von guter, angesehener Familie,
war doch der Banquier sein naher Verwandter, und dieser
hatte seinen Entschluß, dem Sanitätsvereine beizutreten,
aus verschiedenen Gründen gebilligt, und wenn Eberhard
Fahrbach auch nur dem Drange seines Herzens folgte, in
dieser schweren Zeit sich dem Vaterlande nützlich zu machen,
so dachte doch der weitersehende Finanzmann, wie ersprieß=
lich es wäre, wenn Eberhard dadurch auch Gelegenheit fände,
Damenbekanntschaften zu machen, in welcher Art von Kennt=
nissen der junge Ingenieur bis jetzt sehr vernachläßigt war;
er war auch darin furchtsam und schüchtern, und als er zum
ersten Male im großen Saale des Sanitätsvereines das
Kreuzfeuer zahlreicher Augen hatte aushalten müssen, fand
er dies im ersten Augenblicke nicht behaglicher, als wenn
er genöthigt gewesen wäre, gegen eine feindliche Batterie
zu marschiren. Das gab sich allerdings recht bald, doch dann
kam das Schicksal, allerdings nicht roh und kalt, vielmehr
lieblich und warm in Gestalt jener schönen, aber etwas
schnippischen jungen Dame, die mit dem seltsam hellglän=
zenden Blicke und dem langen kastanienbraunen Haar, das
so wundervoll verwirrt und so künstlerisch zerzaust über ihren
Nacken herabfiel, und das trotz seiner Fülle so duftig echt
war. Aber boshaft war die Kleine und übermüthig unartig,
das hatte er bemerkt, als er einstens mit zehn Dutzend
Flanellhemden beladen an ihrer Seite zum Magazin ging,

und sie dabei mit einem verständlichen Augenblinzeln gegen
ihre Freundin einen herabhängenden Aermel jener Hemden
gefaßt hatte und ihn so gewissermaßen neben sich führte,
wie der abgesessene Kornak den Elefanten, wie der Führer
den Bären, wie der Müller den — doch nein, zu einer

solchen Anspielung hatte er sich doch nicht entschließen mögen,
besonders da die junge Dame später hoch und theuer, jedoch
etwas spöttisch versicherte, es sei ihr überhaupt gar kein
Vergleich in den Sinn gekommen — wozu auch?

Allerdings wozu auch — gewiß aus keinem Interesse
an seiner Person, denn nicht lange nachher geschah es, daß
sie einer Bekannten jene Versicherung gab, ein junger Mann
könne nur für sie Interesse haben, der sich in dieser schweren
Zeit freudig dem Vaterlande opfere, und an seinem Lager
niederzuknieen oder seine bleiche Stirn zu küssen, das
würde sie ohne Scheu vor der ganzen Welt thun.

So dachte der junge Ingenieur, auf dem Tritt des
Eisenbahnwaggons stehend, und wenn er dazu in das heitere,
lustige Soldatenleben rings um sich her blickte, so fand er
allerdings seine bisherigen Bestrebungen zum Besten des
Vaterlandes etwas farblos und schal.

Wäre er nur gezwungen worden, mit hinaus in den
Krieg zu ziehen, er würde tapfer und brav gewesen sein
wie Einer, ja er würde sich glücklich geschätzt haben, jetzt
dort nebenan zu stehen als Reiter bei seinem Pferde, als
Artillerist neben seinem Geschütz.

Und wie lustig waren alle diese Leute, wie glücklich
beim Empfang, der ihnen hier wie überall zu Theil wurde.
Umschlang doch Alle im gleichen großen Gefühl der Vater=
landsliebe ein gemeinschaftliches treuliches Band, und wenn
dort zwischen Bürger und Soldaten das Weinglas von Hand
zu Hand, von Lippe zu Lippe ging, so reichten hier die
helläugigen Mädchen den Kriegern gerne die Hand und
ließen sich auch wohl scherzweise von einem oder dem an=
deren an die Brust ziehen.

„Soldatenleben im Kriege," sagte lachend der Haupt=
mann vom Geniekorps, indem er dem jungen Manne ein
volles Glas anbot, „ein glückseliges Leben trotz Gefahr
und Entbehrungen, der herrlichste Traum mit fröhlichem
Erwachen — oder vielleicht auch mit gar keinem Erwachen,
was in diesem Falle gleichgiltig ist."

„Ja," rief Fahrbach aus, das geleerte Glas zurück=
gebend, „und auch ich hoffe es mitzumachen" — das sprach
die muthige Seele, worauf seine furchtsame Menschennatur
hinzusetzte: „wenn über mich zu Hause nicht anders ver=
fügt wird — — doch hoffe ich nicht, gewiß, ich hoffe es
nicht," setzte er mit aufleuchtendem Blicke hinzu, als sich
nun der Zug langsam in Bewegung setzte, als glänzende
Augen, erhobene Hände herzlich zum Abschiede winkten, als
laute Zurufe ertönten, und als hierauf die Mannschaft in
den offenen Waggons in weithin tönendem Chore sang:

> „Es braust ein Ruf wie Donnerschall,
> Wie Schwertgeklirr und Wogenprall,
> Zum Rhein, zum Rhein, zum deutschen Rhein,
> Wer will des Stromes Hüter sein?"

Das hörten noch die Zurückbleibenden hell und deutlich,
worauf der Refrain des Liedes:

„Lieb' Vaterland kannst ruhig sein,
  Fest steht und treu die Wacht am Rhein!"

ein anderes, noch großartigeres Publikum hatte: Berg, Feld
und Wald auf beiden Seiten, Schlösser, Kapellen und Kir-
chen auf den Höhen, zur Seite der langsam dahin fließende
Fluß, die grünen Rebengelände des schönen Neckarthales.

Wir schulden es hier dem Sanitätszuge, welcher den
jungen Ingenieur so gastfreundlich aufgenommen, einen
ganz kurzen Rückblick zu schenken, während der Militärzug
ruhig seinen Weg thalabwärts fortsetzte. Jener hatte in der
Morgendämmerung die Alb erklommen, und als droben der
erste Strahl der Morgensonne über die Wagen hinglitt,
warf Dr. Bemmel die verhüllenden Plaids von sich, setzte
seine Brille auf und machte sich auf den Weg, um nach
dem Typhuskranken zu sehen; doch kam ihm schon auf der
Hälfte des Weges der Wärter in einiger Bestürzung kopfschüttelnd entgegen, wobei er mit der linken Faust hastig
über die Handfläche seiner Rechten strich und diese Panto-
mime durch die Worte vervollständigte: „Fort ist er —
rein fort — es ist gar nichts von ihm übrig geblieben."

„Fort? — — O—o—oh — — in dem Zustande?"

„So fort als nur möglich, und kein Mensch hat
gesehen, wie er davon ging oder vielleicht zum Fenster
hinaussprang."

„Das Letztere wäre entsetzlich, doch muß man jedenfalls nach Geislingen telegrafiren. Haben Sie aber auch
genau nachgesehen?"

„Bitte, sich selbst zu überzeugen, ich sah nie ein
leereres Bett."

„Und haben Sie im ganzen Zuge geforscht und
nachgesehen, auch in der Küche und der Speisekammer, sowie bei der Wärterin und der Köchin? Dergleichen Kranke
haben oft wunderliche Einfälle."

„Ich und die Anderen haben überall nachgesehen und
er ist auf dem ganzen Zuge ebenso wenig, als hier in
seinem Bette."

Dr. Bemmel betrachtete fast wehmüthig die leere
Lagerstätte, und obgleich unter der Decke auch nicht einmal
eine Katze hätte verborgen sein können, so glatt lag sie da,
hob er sie aber trotzdem auf, um sich gründlich zu über=
zeugen — „ja, er ist fort, daran ist kein Zweifel — ich
muß das sogleich dem Doktor melden — ein interessanter
Fall, ein Fall, wie er leider bei nicht ganz sorgfältiger
Ueberwachung allzu häufig vorkommt.“

Dem pflichtete der dirigirende Arzt bei, unter Erwäh=
nung einiger merkwürdigen Vorkommnisse, wo ähnliche Kranke
das Lazareth heimlich, und zwar mit Sack und Pack verlassen,
andere in sehr mangelhafter Ausrüstung; doch machte er
sich speziell aus dem Verschwinden des jungen Mannes nicht
so viel, wie Dr. Bemmel, der sich schon darauf gefreut
hatte, seinem Kollegen da unten eins tüchtig auszuwischen,
und dem jetzt in Folge dieser vereitelten Hoffnung beim
Morgenkaffee kein kleiner Bissen schmeckte.

Unterdessen entfernten sich die beiden betreffenden Züge
mit jedem Radumschwung immer weiter von einander, und
vielleicht wäre es trotz alledem für Dr. Bemmel immer=
hin eine Beruhigung gewesen, wenn er gesehen hätte, wie
jetzt Angesichts der fern zwischen den Bergen zum Vorschein
kommenden Residenz der vermeintliche Kranke vor einem
der Wagen des Militärtrains stand, mit fliegendem Haar,
hellem und frischem Blick und rosig angestrahlt von der
Morgensonne.

Er hatte sich das mit dem Hinausziehen nochmals gründ=
lich überlegt und fand doch, daß sich viel einwenden lasse
gegen einen so plötzlichen Entschluß. War er doch durch=
aus für eine Kriegsfahrt nicht vorbereitet, allenfalls nur
in seinem Kostüme, und auch da fehlte ihm Plaid oder
Mantel; freilich hatte er Geld genug bei sich, um sich der=
gleichen irgend wo anzuschaffen — dann mußte er doch
irgend wohin bestimmt oder empfohlen sein — freilich hatte
er dagegen seine genügenden Papiere als Mitglied des
Sanitätsvereines — aber bei allem Drang, der ihn noch

vor einer halben Stunde angetrieben hatte, mit dem freund=
lichen Hauptmann hinauszuziehen und sich bei irgend
einem Lazareth oder einer Feldambulanz einreihen zu lassen,
fand er doch jetzt, daß das wohl überlegt sein müsse und
am besten, vielleicht später, von der Residenz aus geschehen
könne, wo für ihn gewiß in einem der nächst abgehenden
Sanitätszüge ein passenderer Platz sein würde, als die
Sache gar so übereilt und ex tempore zu betreiben.

Diese Betrachtung hatte ihn auch vermocht, seinen
gegenwärtigen Platz einzunehmen, um im Güterbahnhofe
vor der Stadt, wo der Zug gewöhnlich einen Augenblick
zu halten pflegte, rasch zu verschwinden, denn er hatte sich
eigentlich mit dem Hauptmann vom Geniekorps betreffs der
Weiterfahrt schon etwas zu tief eingelassen, und fürchtete
mindestens einem Blick der Verwunderung zu begegnen.

„Und das ärgert mich," murmelte er unmuthig zwischen den
geschlossenen Zähnen hervor, indem er sich selbst mit dem
Ellbogen in die Rippe stieß, — „ja, das ärgert und kränkt
mich, und ich kann es doch nicht überwinden und werde
nachher zu Hause wieder trostlos unglücklich sein, diese schöne
Gelegenheit von mir gewiesen zu haben — a—a—a—ah,
wenn nur nicht immer alle diese verfluchten Bedenklich=
keiten in mir auftauchten, wenn mein Körper doch so muthig
wäre wie meine Seele, wenn ich Aermster nur nicht gleich
an alles das dächte, was mir begegnen könnte: beim Reiten
an's Durchgehen des Pferdes, bei der Jagd an einen
unvorsichtigen Schützen in meiner Nähe, hier auf der Bahn
an Entgleisen und Zusammenstoßen, und gar da draußen
an Chassepotkugeln, an die noch heimtückischeren Franc=
tireurs, an Kartätschen und Granaten."

Damit hielt der Zug im Güterbahnhofe und der
Waggon, auf dem er sich befand, dicht neben einem, an=
gefüllt mit lustigen Preußen, die aus den hohenzollern'schen
Landen kommend, hier angehängt werden sollten, und welche,
das volle Weinglas in der Hand, aus lauter Kehle
sangen:

„Und träf' jede Kugel apart ihren Mann,
Wo kriegten die Könige Soldaten dann."

„Allerdings recht tröstlich," dachte der Ingenieur, „aber besser ist besser, und man kann sich auch dem Vaterlande auf andere Weise nützlich machen."

Dabei dachte er an die stillen Hallen des Sanitäts= vereines — und an sie, die dort ja auch mit unermüdlichem Fleiß und wahrer Aufopferung thätig war.

Er wollte gerade vom Waggon herabspringen — da mit einem Male fiel sein überraschter, ja erschrockener Blick auf eine Gruppe, die sich ziemlich versteckt zwischen zwei Güterschuppen befand und bei deren Anblick er sich rasch hinter die Ecke seines Waggons zurückdrückte, um nicht gesehen zu werden, während er doch selbst Alles und mit tiefem Schmerze sah.

Da stand sie — neben einem jungen Reiter=Offizier, dessen feldkriegsmäßige Ausrüstung den Augenblick der Ab= reise bezeichnete — zwar nicht allein stand sie mit ihm da, sondern an der Seite einer älteren Dame; aber die Art, wie sie neben ihm stand, zeigte deutlich den Moment eines zärtlichen Abschiedes. Sie hatte die Hand auf seine Schulter

gelegt, und da er sie gerade jetzt zärtlich auf die Stirne
küßte, so sank sie schluchzend an seine Brust; allerdings
ruhte sie dort nur ein paar Sekunden, denn es wurde
zum Einsteigen gerufen, aber diese paar Sekunden waren
für den jungen Ingenieur eine ganze Ewigkeit voll Qual
und Schmerz, besonders als sie jetzt dem Reiter=Offizier mit
gefalteten Händen und weit geöffneten, thränenerfüllten
Augen nachschaute.

O diese schönen Augen, sonst so glänzend und doch so
kalt! Er hatte nie geglaubt, daß diese Augen, die so gerne
spöttisch blickten und siegreich lächelten, einen solchen Aus=
druck der innigsten Liebe und gänzlichen Hoffnungslosigkeit
annehmen könnten.

Fahrbach hätte um Alles in der Welt jetzt nicht
seinen Waggon verlassen mögen und vielleicht gesehen wer=
den, denn die beiden Damen blieben zwischen den Güter=
schuppen stehen, und auch die Aeltere wischte sich, hinüber=
blickend, mit dem Taschentuche die Augen. Konnte er doch
auch in der Bahnhofhalle unbemerkt den Waggon verlassen
— „wenn ich überhaupt gesonnen bin, ihn zu verlassen,"
murmelte er zwischen den fest zusammengebissenen Zähnen
— „und doch — warum hinausziehen mit so gänzlich
ödem und leerem Herzen."

Jetzt setzte sich der Zug in Bewegung, aber zurück
in der Richtung, von woher er eingefahren war, und zu
gleicher Zeit sprang einer der Kondukteure auf das Tritt=
brett, über welchem der Ingenieur stand.

„Man fährt wohl zurück, um die Wagen zu rangiren?"
fragte Fahrbach.

„Das auch," entgegnete der Beamte — „ah, Sie
sind es, Herr Ingenieur? — aber wir bleiben in dieser
Richtung, da wir nicht in den Zentralbahnhof einfahren
können, weil derselbe zu besetzt ist; wir traversiren die
Geleise des Güterbahnhofes bis zur Linie nach Bruchsal,
und dann geht es sogleich weiter. — Wollten Sie hier
aussteigen?"

4*

Ehe er aber hierauf eine Antwort zu geben vermochte,
fühlte er, wie sich eine Hand auf seine Schulter legte, und
vernahm die freundliche Stimme des Ingenieur-Hauptmanns,
der ihm lachend sagte: „Ich dachte schon, Sie hätten uns
treulos verlassen, und muß Ihnen wegen dieses stillen
Vorwurfes eine kleine Belohnung anbieten; kommen Sie
herein, wir sind durch die Güte eines Augsburger Gast-
freundes mit einem ganz vortrefflichen Frühstück versehen
worden, — das soll jetzt in Angriff genommen werden;
kommen Sie."

Dem war schwer zu entgehen, selbst wenn ihm ein
gutes Frühstück nach den Abenteuern der letzten Nacht und
nach der langen Morgenfahrt nicht an sich schon erwünscht
gewesen wäre. Er ließ sich bei den Offizieren nieder, doch
mußte man mit dem Beginne des Frühstückes noch einen
Augenblick warten, da der Zug gerade über ein paar Dutzend
Schienen stieß und humpelte, bis er jenseits des großen
Güterbahnhofes wieder auf das rechte Fahrgeleise kam. Hier
hielt der Train eine Minute und der Ingenieur schöpfte
hinausblickend tief Athem, denn noch war es Zeit — —
aber jetzt nicht mehr, denn schon leuchte die Lokomotive
gegen die Höhe, die Soldaten draußen jubelten und schrieen
Hurrah, und der Hauptmann vom Geniekorps ließ gerade
den ersten Champagnerpfropfen knallen.

„Also auf weiteren glorreichen Feldzug — auf den
endlichen vollkommenen Sieg des einigen, großen Vaterlandes — auf unsere tapfere deutsche Armee."

III.

In verhältnißmäßig kurzer Zeit, wenn man in Betracht
zieht, daß selbst bei dem immer noch streng geregelten Ver-
kehre und der größtmöglichsten Ordnung auf den baierischen, württembergischen und badischen Bahnen Verspätun-
gen selbst bei den noch laufenden Kourier- und Schnell-
zügen häufig genug vorkamen, war der große Militärzug,

auf dem sich Fahrbach nun vorläufig als Gast seines neuen
Freundes, des Ingenieur-Hauptmanns befand, in Karls-
ruhe angelangt, wo den deutschen Soldaten ein ebenso
warmer und herzlicher Empfang zu Theil wurde, als bisher
auf allen größeren und kleineren Stationen. Da der Hauptmann nach eingezogenen Erkundigungen mindestens eine
Stunde Aufenthalt garantiren konnte, so verwandte der
junge Ingenieur diese Zeit dazu, um seine Ausrüstung
durch eine nothwendige Anschaffung noch ein bischen feld-
kriegsmäßiger zu machen; ihm fehlte ein Plaid, als Mantel und Decke zu gebrauchen; auch mußte er sich nothdürftig mit einiger Wäsche versehen, und als er zu diesem
Zwecke in ein ihm bezeichnetes Magazin trat, fand er hier
alles Nöthige so hübsch beisammen, daß er bei seiner Zurückkunft vollberechtigt war, sich bei seinem neuen Freunde als
fertig zum Gefechte zu melden. Er trug über der Schulter
auf der rechten Seite eine kleine Ledertasche mit dem Nö-
thigsten, an der linken eine Feldflasche voll Cognac, und
war obendrein von dem Kaufmanne zu einem vortheil-
haften Gelegenheitskaufe veranlaßt worden, bestehend in
einem starken Leibgurt, an dem sich neben einem ledernen
Geldtäschchen ein gutes Messer in Scheide befand, sowie
auf der anderen Seite ein sechsläufiger Revolver, und
mochte wohl letzterer Theil seiner Ausrüstung hauptsächlich
daran Schuld sein, daß er einer badischen Militär-Abthei-
lung, die unter dröhnenden Musikklängen ebenfalls hinaus
zum Bahnhofe zog, in recht gehobener Stimmung und fest
Schritt haltend gefolgt war.

Dann ging es nach Maxau an den Rhein, und hier
gab der Uebergang über den schönen breiten Strom ein
recht lebendiges Bild. Wie Mancher sah die grüngoldenen
Wellen, von denen er so oft in Liedern und Erzählungen
gehört, zum ersten Male und ließ das Auge mit Interesse
der gewaltigen Wassermasse folgen. Für Andere war er ein
lieber Bekannter vielleicht aus der Jugendzeit, und wenn
er auch schon oft an seinen Ufern gewandelt war bis weit

abwärts, wo die fernen Berge mit den malerischen Ruinen
alter Ritterburgen gekrönt sind, bis wo die Lorelei mit
goldenem Haar auf ihrem Felsen sitzt, oder wo, gegenüber
dem Rolandsbogen, der Drachenstein jäh emporragt, und
auch schon oft auf seinen Fluthen dahin gezogen, sei es auf
leichtem Kahn, sei es auf einem der heiteren, weißgrünen
Dampfer, hatte doch gewiß noch niemals, sei es auch in
der liebsten und besten Gesellschaft, die Ufer des Rheines
mit einem erhebenderen Gefühle betrachtet, als heute.

> „Die Luft ist still und es dunkelt,
> Und ruhig fließt der Rhein;
> Die Spitze des Berges funkelt
> Im Abendsonnenschein."

Klang es doch im leisen Gesang kaum vernehmbar
bei dem dumpfen Dröhnen der Geschütze, bei dem Tone
der Hufeisen auf den Bretterplanken, bei dem lauten Hur=
rah, mit dem die Ersten des langen Zuges das vom Feinde
so heiß begehrte linke Rheinufer betraten, welches ihm heiß
und blutig streitig zu machen jedes Herz gesonnen war,
und wenn sich auch vielleicht mancher ernste Blick rückwärts
verirrte zu den tiefdunklen Bergen des Schwarzwaldes, oder
hinab glitt mit den grünen Fluthen des Stromes, so waren
das Gedanken an die Heimat und an irgend etwas dort,
was man abschüttelte wie der Hund den Regen, und hinter
sich warf mit einem leisen „Auf Wiedersehen!" dafür jetzt
mit einstimmend in den Jubel der vorausziehenden Kame=
raden, Helm und Feldmütze lustig schwenkend.

Vorne dran waren Preußen, die von einem Gefan=
genen=Transport wieder in das Feld zurückkehrten und mit
lauter Stimme ein altes Soldatenlied sangen:

> „Friedrich Wilhelm saß im Wagen,
> Zog mit uns in's Feld,
> Heute woll'n wir Frankreich schlagen,
> Lustig und fröhlich sein,"

und die nicht mitsangen oder das Lied nicht kannten,

dachten wenigstens in ihrem Herzen so, stimmten auch viel=
leicht ein anderes Lied an:

> „Lieb' Vaterland kannst ruhig sein,
> Fest steht und treu die Wacht am Rhein,"

das darauf hier von allen den hunderten kräftigen Stim=.
men mitgesungen:

> „Wie Donnerhall und Wogenprall"

durch die Luft brauste.

Fort ging es nun über Winden, um, aber erst nach
eingebrochener Dunkelheit, Weißenburg zu erreichen. Hier
während der Nacht in den Bahnhof einzufahren, war eine
Unmöglichkeit, denn es waren da, wie fast immer, alle
Geleise versperrt, Zug um Zug langte an, jeder hatte die
größte Eile, weiter zu kommen, und jeder Führer eines der=
selben glaubte ganz speziell für sich etwas bei der Bahn=
hof=Inspektion oder dem Etappen=Kommando herausschla=
gen zu können, aber alle, die noch so zuversichtlich längs
den unendlichen Wagenreihen vorwärts geeilt waren, kamen
nach kürzerer oder längerer Zeit kopfschüttelnd oder achsel=
zuckend zurück — „keine Möglichkeit, rasch weiter zu kom=
men; wer weiß überhaupt, ob wir nicht morgen noch
hier liegen. 'Der Etappen=Kommandant ist unerschütterlich
wie ein Fels im Meere und gibt auch ebenso wenig Ant=
wort wie ein solcher, trotz der Brandung unserer Bered=
samkeit. Fügen wir uns in unser Schicksal," meinte ein
Anderer.

„Es ist wahrhaftig interessant," meinte ein Anderer,
„diese Masse Material zu sehen, diese Geschütz=, Muni=
tions= und Proviant=Kolonnen."

Noch interessanter wäre es, eine kleine Erfrischung
an einem ruhig stehenden Tische zu finden, doch war das
Letztere trotz des überfüllten Lokals wohl zu haben, wo=
gegen die Erstere nur in einem Schoppen Wein bestand,
dessen Säure nur noch übertroffen wurde von dem Aus=
drucke auf dem Gesichte der Kellnerin.

Es war zum erſten Male in Weißenburg, daß ſich
Fahrbach ſchon im Hereinfahren von den Spuren des Krie=
ges, beſonders des hier ſtattgefundenen furchtbaren Kam=
pfes umgeben ſah, und er folgte bereitwillig der Auffor=
derung des Genie=Hauptmanns, um einen Gang durch
die Stadt zu machen, wo man trotz der Dunkelheit von

Kugeln zerriſſene Mauern, zerſplitterte Gitter, zertrüm=
merte Brettereinfaſſungen deutlich bemerkte, dabei im
Gegenſatze zu den öde liegenden Straßen zahlloſe erleuch=
tete Fenſter, doch nicht zu Luſt und Fröhlichkeit erhellt,
denn an den Giebeln aufwärts blickend erzählten die
leicht im Nachtwinde hin und her wehenden weißen Fah=
nen mit dem rothen Kreuze von vielem Elende hinter
jenen erleuchteten Fenſtern.

Dann kehrten sie wieder zurück an das berühmte Bahnhofsthor, wo der Kampf am tollsten gewüthet und wo man rechts und links Trümmer aller Art aufgehäuft hatte, wo man noch ganze Berge sah von französischen Kürassen, Helmen, Tornistern, Käppis, ein buntes Durcheinander, vom Regen durchnäßt, mit Schmutz bedeckt — ein trostloser Anblick.

Wer, wie Fahrbach), überhaupt bis jetzt nur ordentlich geregelte Bahnhöfe gesehen hatte, wo selbst die längsten Militärzüge oder Transporte von Verwundeten und Gefangenen nur eine augenblickliche leichte Störung im gewöhnlichen Dienste hervorbrachten, der mußte kopfschüttelnd das unbeschreibliche Chaos anstaunen, welches sich hier seinen Blicken bot, mußte an dem eigenen weiteren Fortkommen verzweifeln, sowie es überhaupt unbegreiflich finden, wie ein Bahnhof-Inspektor und Etappen-Kommandant da hinein Ordnung zu bringen vermochten, selbst wenn Letzterer wirklich die unerschütterlichen Eigenschaften eines Felsen im Meere hatte.

Nicht nur waren sämmtliche Schienen mit Wagen aller Art vollgepfropft, auch die Perrons waren bedeckt mit den verschiedensten Gegenständen aller Art, mit Kisten, Fässern und Ballen, zwischen denen es sich theils die Besitzer, theils fremde Eindringlinge so bequem als möglich gemacht hatten, da an eine Unterkunft im Bahnhofgebäude selbst für geringe Sterbliche nicht zu denken war. Lagen doch in einem der verfügbaren Zimmer, zu welchem unsere beiden Spaziergänger neugierig, vielleicht auch begehrlich hineinblickten, rings an den Wänden auf dem Boden ein paar Generäle und Oberste, mit dem Mantel zugedeckt, während die sie begleitenden Offiziere um einen kleinen hölzernen Tisch sitzend die Nacht verbrachten. — Wurde doch Fahrbach, als er wieder auf den Perron hinaustrat, von einem Kollegen mit der weißen Binde und dem rothen Kreuze freundlich gebeten, ihm doch behilflich zu sein, eine Lagerstätte zu bereiten für den General-

stabsarzt Dr. D., der nirgends habe unterkommen können
und sich dort zwischen ein paar Ballen und einigen mächtigen Kisten, wenn man dieselben bei Seite zu schieben
vermöge, niederlassen wolle. Begreiflicher Weise bot der
Genie-Hauptmann einen Platz im Koupé seines Wagens
an, doch meinte der schon ältere Herr mit einem bezeichnen-
den Lächeln, er könne doch unmöglich seine werthvollen
Kisten mit in das Koupé nehmen, worauf er freundlich
gute Nacht wünschte, sich eine weiße Mütze über die
Ohren zog, noch ein Taschentuch darüber band und sich
zum Schlafen niederlegte. Fahrbach sah das mit einiger
Rührung, denn dieser alte Herr dachte gewiß, ehe er einschlief, an die Seinigen in der fernen Heimat, auch wohl
an sein eigenes, behaglich eingerichtetes Schlafzimmer, und
fand sich dann wohlgemuth auf seinem harten Lager zurecht im Bewußtsein der großen heiligen Pflichten, die
er übernommen. — Ehre dem Manne um das gewiß
sauer verdiente eiserne Kreuz.

Der junge Ingenieur ging mit gehobener Stimmung
in seinen Waggon zurück, und wenn es jetzt plötzlich einen
Allarm gegeben hätte, wenn irgend eine muthvolle That
zu verrichten gewesen wäre, so würde er dem Rufe:
„Freiwillige vor!" mit Begeisterung gefolgt sein. Ueberhaupt konnte er nicht anders, als sich hier selbst zum
ersten Male Glück wünschen, daß er seinen Rubikon über-
schritten, und statt jetzt wieder vielleicht auf Sanitätswache zu sein, schon ein wenn auch kleines Atom des gewaltigen Hebels bildete, der bestimmt war, das seit lange
so unnöthiger Weise zusammengeschwindelte sogenannte
europäische Gleichgewicht aus den Angeln zu heben und
über den Haufen zu werfen.

Glücklicher Weise gefiel es in der Früh des anderen
Morgens der hiesigen Vorsehung in Gestalt des Etappen-
Kommandanten, den Militärzug gegen Sulz und Hagenau
vorgehen zu lassen, welche Bewegung indessen so rasch und
unvorhergesehen kam, daß beinahe Verschiedene zurückge-

blieben wären, die sich nach unruhig verträumter Nacht auf einen Schluck heißen Kaffee gefreut.

„Es ist eben im Kriege nicht anders," meinte der Hauptmann vom Geniekorps achselzuckend, indem er dem jungen Ingenieur die gutgefüllte Feldflasche anbot und dafür von dessen Brod nahm.

„Hätte uns das Etappen=Kommando nicht gestern Abend versichert, wir würden wahrscheinlich noch bis Mit= tag ruhig hier liegen, so hätte man schon früher eine Kaffeekocherei anfangen können — doch blicken Sie jetzt dorthin nach jener Höhe, wo, allerdings im Morgendufte kaum kenntlich, auf den höchsten Punkten drei einsame Pappeln stehen, der berühmte Gaisberg, dessen Erstür= mung so viel deutsches Blut gekostet; bemerken Sie wohl, wie sich die sanft geneigte Fläche so kahl und baumlos ab= wärts zieht, wodurch das französische Geschütz, welches oben stand, unsere tapfer anstürmenden Truppen wie auf einem Präsentirteller vor sich hatten, und dazu die Schü= ßengräben und Einschnitte."

„Bei Spicheren war das fast noch ärger," meinte der Lieutenant von der Infanterie, „wo die Weinberge ein noch koupirteres Terrain boten und die ganze steile Höhe etagenförmig mit Chassepots gespickt war."

„Sie waren mit dabei und kamen unverletzt davon?"

„Ja, und es war wohl ein Wunder zu nennen, daß die Kugeln nur meine Uniform zerrissen und meinen Helm, wie Sie hier sehen, an drei Stellen durchbohrten, wobei ich es aber so heiß auf meinem kahlen Schädel fühlte, daß ich unwillkürlich hinaufgriff und mich sehr wunderte, kein Blut zu sehen — mein eigenes," setzte er mit dü= sterem Blicke hinzu, „obgleich man sonst leider genug da= von bemerkte. Am tollsten war es droben, wo ein ziem= lich tiefer Hohlweg wie ein Festungsgraben um die Höhen= rücken lief, der von beiden Seiten mit Mitrailleusen be= strichen wurde, und über den wir nicht hinüber kamen,

bis er mit den Leibern von Freund und Feind ange=
füllt war — furchtbares Gemetzel da oben."

„Es muß doch ein eigenthümliches Gefühl sein,"
bemerkte der junge Ingenieur etwas schüchtern, „mit dem
man vorgeht, um eine so furchtbare Position zu stürmen."

„Gewiß — entweder denkt man gar nichts dabei,
als seine Pflicht zu thun und das Andere unserem Herr=
gott zu überlassen, und das ist vielleicht das Richtige, oder
man schaut den Höchstkommandirenden, an dem die Todes=
kandidaten vorüberziehen und die er vielleicht freundlich
grüßt, an, oder man ist der Ueberzeugung, daß die für
Einen selbst bestimmte Kugel noch nicht gegossen sei,
worauf sich aber später im Drange des Sturmes und der
Aufregung alle diese Gefühle in den einen brennenden
Wunsch verwandeln, vorwärts zu kommen und seine Leute
mit sich fortzureißen."

„Sehen Sie dort," sagte ein Anderer, „überall noch
die Spuren des Kampfes: zerstampfte Felder, vom Geschütz
zerschnittene Wege, niedergetretene Weinstöcke, überall da=
zwischen Tornister und Helme zerstreut, und dort das
Traurigste von Allem, lange frisch umgegrabene Strei=
fen, Gräber ohne Kreuz und Grabhügel, wo die tapfe=
ren Kameraden ruhen, hier namenlos, anderswo aber
gewiß nicht vergessen."

Doch wie rasch wechselt auch hier die Szenerie, wenn
wir so, von der brausenden Lokomotive dahingerissen, vor=
beifliegen, und kaum war der Gaisberg mit seinen drei
Pappeln verschwunden, so hatte man auch schon hinter
sich gelassen die Spuren der Schlacht, und es wäre rings
umher in der herrlichen Gegend gewesen wie im tiefen
Frieden, wenn man sowohl auf den Feldern, die hier
in froher, üppiger Frische grünten, als auch in den Dör=
fern am Wege frohe, arbeitsame Menschen gesehen hätte
— aber Alles todt, Alles wie ausgestorben, dafür aber
desto mehr militärisches Leben auf den Bahnhöfen in Ha=
genau und Büschweiler, wo es überall von preußischen,

babischen und württembergischen Truppen wimmelte —
von deutschen Truppen, sollte man eigentlich sagen. War
es doch jetzt schon ein einiges Heer geworden, in welchem
Alles auf die herzlichste Weise mit einander fraternisirte,
und wo man nur noch die einzelnen Länder durch die ver=
schiedenartigen Uniformen erkannte, vielleicht auch durch
die Art des Grüßens unter kräftigem Händedruck, mit
dem „Grüß Gott" des Baiern und. Schwaben gegen=
über einem leichten Schlag auf die Schulter und dem
„Juten Morjen" des Norddeutschen.

Prächtiges militärisches Leben, herrliche Kriegsbilder
auf diesen Bahnhöfen, wo jeder neu angekommene Zug
das tolle Durcheinander vermehrt und wieder andere wech=
selvolle Szenen darbietet. Wie kräftig wird das Hurrah
begrüßt, mit dem die Kameraden empfangen werden, wie
eilig verläßt Alles die Wagen, Jeder, um seinen kleinen
Bedürfnissen nachzujagen. Dieser hat einen Landsmann
entdeckt, Jener sucht seine Feldflasche zu füllen, sei es mit
Wasser, sei es mit irgend einem geistigen Getränk, oder
um seinen Durst zu löschen am nahe liegenden Brunnen
oder an den Bier= und Weinfäßchen, die spekulative Ein=
geborne in die Nähe der Bahnhöfe geschafft haben, der
Wein sauer, das Bier schlecht, und Letzteres doch gesucht,
weil, wie ein stämmiger Baier versichert, wobei er mit
dem Daumen rückwärts zeigt, daß da hinten hinein auch
gar kein Tröpfchen mehr zu bekommen sei. Auch Toilette
wird gemacht, besonders von Offizieren, welche die Nacht
durch gefahren sind, sehr einfache Toilette vermittelst eines
Wasserkübels, um den man herumsteht, eines kleinen
Kammes und eines Handtuches; doch genügt in Ermange=
lung des Letzteren auch ein trockener Zipfel des eigenen
Taschentuches, sowie vielleicht der leere Brodbeutel des
Burschen.

Dort kommen Soldaten von einer kleinen unschul=
digen Requisition zurück, sie haben grüne Zweige erobert,
mit denen sie die Wagenfenster bestecken, um sich vor den

Fliegen zu schützen, oder wohl auch ebenso gut zur Aus=
schmückung des Zuges, als den mit groben Kreidestrichen
sehr primitiv gezeichneten, davonlaufenden Marschall Mac
Mahon und die Aufschriften der Wagen: „Vergnügungs=
zug nach Frankreich — frische Wichse für Paris."

Bald ver= oder entwickeln sich die Szenen, wenn für
einen Zug, der vielleicht schon lange hier gehalten, endlich
das Zeichen zum Einsteigen gegeben wird, wobei die Unter=
offiziere ihre liebe Noth haben, die Mannschaften selbst
durch Androhung von Strafen vom Erklettern der Wagen=
dächer abzuhalten, wo man ja so frei und luftig sitzt und
eine so schöne Aussicht hat nach dem Frankreich hinein.

Dann setzt sich der betreffende Zug langsam in Be=
wegung und die Davonziehenden winken zurück mit Hand,
Helm und Mütze.

„Wenn sie uns nur dem Zug angehängt hätten,"
sagte der Hauptmann des Geniekorps, als er vom Bahn=
hof=Inspektor zurück wieder an seinen Wagen trat; „wie
ich soeben erfahren, wären wir besser in Weißenburg ge=
blieben, denn, um einem durchgehenden Geschützzuge Platz
zu machen, schiebt man uns wahrscheinlich für lange Stun=
den auf ein Nebengeleise, und wer dort einmal festsitzt, der
kommt so bald nicht wieder los."

Eine sehr richtige Voraussetzung, denn es verging
Stunde um Stunde, bis der schwere Geschütz= und Muni=
tionszug signalisirt wurde und endlich dumpf dröhnend in
den Bahnhof einfuhr. Lauter schwere, riesenhafte Geschütze,
die bestimmt waren, vor Paris ihren metallenen Mund
zu öffnen, dunkelfarbig und matt glänzend, vermochten
kaum die grünen Kränze und Blumen, mit denen die Sol=
daten in ihrer langen Weile Rohr und Laffette besteckt
und geschmückt hatten, die düsteren Fisiognomien dieser
gewaltigen Kriegsungeheuer ein wenig aufzuhellen.

Glücklicher Weise hielt dieser Zug nur eine kleine
Stunde in Hagenau, und als darauf noch ein paar andere
verflossen waren, wurde der Militärtrain wieder auf sein

richtiges Geleise geschafft und dampfte endlich langsam
weiter.

Andere Bilder des Krieges zeigten sich hier jenseits
der Station und waren wohl im Stande, dem Vorüber=
fahrenden das lange Warten vergessen zu machen. Sah
man doch hier ungeheure Massen von Proviant in Kisten,
Fässern und Ballen, und daß diese Massen leider schon
lange vergeblich auf den Weitertransport harrten, bemerkte
man wohl an ganzen Wagenladungen angeschimmelten
Brodes und durchnäßten Hafersäcken, in welchen die an=
gefeuchteten Körner schon angefangen hatten zarte Keime
durch die grobe Leinwand zu treiben.

Dann kam man nach Büschweiler und später bei ein=
brechender Dunkelheit in die Nähe von Brumath, wo der
Zug ziemlich weit von dem Bahnhofe stehen bleiben mußte.

Das zweite Nachtquartier unterwegs, wenn auch ohne
Zimmer und Bett, aber in behaglichen Räumen, wenigstens
unter Dach und Fach und bei gutem Wetter, was Letzteres
den größten Theil der Soldaten veranlaßte, die finsteren,
dunstigen Wagen zu verlassen und sich später, fest in die
Mäntel gewickelt, eine Lagerstätte längs des Eisenbahndam=

mes zu suchen, wogegen die Offiziere um so weniger etwas
einzuwenden hatten, als man hier die Nachricht erhielt, daß
von einer Weiterbeförderung des Zuges vor morgen Abend
kaum die Rede sein werde, da nicht nur auf der Bahn von
Weißenburg hieher Zug um Zug angemeldet sei, einer
dringender als der andere, sondern weil auch in Wenden=
heim, bei Gabelung der Linien nach Straßburg und Bru=
math, der Bahnhof so vollgepfropft wäre, daß dort seit
gestern Mittag zahlreiche Züge der Weiterbeförderung per
Bahn oder per Achse harrten.

Hagenau hat ganz anständige Gasthöfe und Wirths=
häuser, aber auch hier befand sich wie in Weißenburg
beinahe noch jedes Plätzchen besetzt von Verwundeten und
Kranken, und die Offiziere des Militärzuges, nachdem sie
eine Zeit lang auf dem Perron hin und her getrabt, um
die steif gewordenen Glieder wieder gelenkig zu machen,
dankten es sehr unserem Freunde Fahrbach, daß er neben
der Bahnhof=Restauration, die in keinem behaglichen Zu=
stande war, noch ein Zimmer entdeckt hatte, wo mit be=
scheidener Schmiegsamkeit immerhin noch ein halbes Dutzend
Ankömmlinge untergebracht werden konnten. Die Meisten
erhielten sogar noch einen Stuhl, Andere behalfen sich mit
einem Sitze auf der Fensterbank oder einem herbeigerollten
Fäßchen. Dazu war ein genießbarer Wein vorhanden und
der Empfang von den anwesenden Offizieren der ver=
schiedensten Truppentheile, auch einige Zivilisten und Be=
amte darunter, herzlich und kameradschaftlich.

Woher und wohin — über diese Fragen war bald
das Nöthige ausgetauscht, hatten doch Alle den gleichen
Weg fast in gleicher Richtung, und wenn auch Jener von
hier ein bischen weiter nördlich zog, der Andere etwas
südlicher, so hofften sie doch Alle auf das gleiche Ziel —
vor und in Paris.

„Zu einer zweiten und anderen Weltausstellung,“
meinte ein Freiwilliger von der Infanterie, der mit ein
paar Kameraden des gleichen preußischen Regiments —

sie gingen als Ersatzmannschaft zur Armee — zwischen den
Offizieren saßen und von diesen als gebildete junge Leute
hier im Wirthshause ganz als Ihresgleichen angesehen
wurden.

„Und ich hätte es mir damals nicht träumen lassen,
als ich Schiedsrichter in der sechsten Gruppe war, daß ich
unsere Sohlinger Fabrikate nach so kurzer Zeit selbst prak=
tisch mit in Anwendung bringen werde."

„Schade," meinte ein Anderer über den Tisch hin=
über, „daß man die famose Krupp'sche Riesenkanone, unser
rheinländisches Fabrikat, den weiten Weg zurück machen
lassen mußte, um sie jetzt wieder hinzuführen."

Doch schüttelte ein Artillerie=Offizier, Führer eines
Zuges, der draußen auf den Schienen stand, bedeutsam
den Kopf, indem er sagte: „Es ist nichts mit dem Wieder=
hinschaffen dieses Geschützes — falsche Nachrichten — wenn
man es auch nach Ueberwindung großer Schwierigkeiten
bis an den Endpunkt der jetzt benutzbaren Bahn brächte,
so wäre es doch unmöglich, dasselbe mit seinem unge=
heuren Gewichte von dort auf den Landwegen weiter und
in eine Batterie zu bringen; 's bräucht's das auch nicht,
werden auch sonst die nöthigen Brummer dort zusammen=
bringen."

„Haben Ihre Geschütze draußen auch diese angenehme
Bestimmung, Herr Hauptmann?"

„Weiß nicht," erwiederte der vorsichtige Offizier, „es
geht vorläufig gegen Nanzig und wollen sehen, wie weit
wir kommen — doch will ich jetzt nach meinen hübschen
Schlüsselbüchsen sehen und machen, daß ich weiter komme —
auf Wiedersehen irgendwo, Ihr Herren."

„Und wenn wir Ihre Schlüsselbüchsen auch nicht
wiedersehen, Herr Kamerad," lachte der Ingenieur=Haupt=
mann, „so werden wir doch von ihnen hören."

„Hoffentlich," erwiederte der Artillerist, während er
vom Tische aufstand und das Zimmer verließ, worauf ein
Anderer, der eben hereingekommen war, seinen Platz ein=

5

nahm, die Anwesenden freundlich grüßend. Dies war ein
schon älterer Herr in der Uniform eines preußischen Stabs=
arztes, er trug blaue Brillen und hatte an der Oberlippe
und dem Kinn seines feinen, intelligenten Gesichtes einen
so struppigen und harten Bart, daß man demselben wohl
ansah, er sei ein Erzeugniß der letzten Wochen, nachdem
dieses Kinn sonst Jahre lang auf's Sorgfältigste rasirt
worden war.

Ein anderer der preußischen Freiwilligen wandte sich
an den neben ihm sitzenden Kameraden vom gleichen Re=
giment und sagte: „Ihre Bemerkung von soeben, Herr
Landgerichtsrath, daß die meisten unserer Soldatenlieder
schon seit langen, langen Jahren mit Kämpfen gegen unsere
unruhigen französischen Nachbarn sich beschäftigen, habe
auch ich schon öfter gemacht und finde sie jetzt wieder
bestätigt; interessant aber ist es, daß schon in den ältesten
Landsknechtliedern den Franzosen auf so kräftig deutsche
Art die Wahrheit gesagt wird, wenn es z. B. in Ueber=
lieferungen aus der Schlacht von Pavia heißt:

> „Selbstflüchtig leut ir worden sind,
>   ir seib unsinnig, darzu blind,"

und in anderen, Herr Professor, dessen Sie sich gewiß
ebenfalls erinnern:

> „Ich hab' oft hören sagen,
>   Verachten thut kein gut,
>   Das thut der Franzos' beklagen" —

„Leider aber noch viel zu wenig," mischte sich der
Ingenieur=Hauptmann in's Gespräch, „nachdem sie doch
schon so feste Schläge bekommen haben."

„Gestern bei dem Rhein=Uebergange hörte ich von
einem älteren Landwehrmanne wieder einmal das bekannte
Lied:

> „Schlag' ihn todt
>   Mit der Krücke
>   In's Genicke
>   Den Kujon Napoleon."

„Das hätte der misteriöse Kuschke machen können," warf ein Infanterie=Offizier ein; „wer weiß, ob es nicht damals entstanden ist wie die gegenwärtigen Kuschke= Lieder."

„Wohl möglich," erwiederte der Professor, „und Kuschke's berühmtestes Lied anbelangend:

„Was kreucht da in dem Busch herum,
Ich glaub', es ist Napolium,"

so entstand das schon im Jahre 1851 in Studenten= kreisen."

Der preußische Stabsarzt hatte sich ebenfalls Wein geben lassen und genoß dazu aufgeschnittenen Schinken, den er in einer platten Blechkapsel bei sich führte, bot auch als höflicher Mann seinen Nachbarn davon an, was übrigens dankend abgelehnt wurde, dann sagte er: „Es thut Einem ordentlich wohl, wenn man die frischen Sol= datenlieder wieder vernimmt, die uns in der Jugend auf so manchem langen Marsch erheitert, wenn man auf der staubbedeckten Chaussée dahinzog, sehnsüchtig des Augen= blickes harrend, bis es hieß: Rührt Euch, Pfeifen heraus. Damals hatten wir ein Lied, welches in Beziehung auf die häufig so streng verbotene Tabakspfeife gewöhnlich zu= erst kam:

„Nun marschiren wir grad' nach Paris herin,
Dort, Kinder, soll das Rochen nicht verboten sin."

Und wenn unser vortrefflicher Oberst dieses Lied hörte, so verfehlte er nie, wenn er nämlich gut gelaunt war, mit aufgehobenem Zeigefinger zu sagen: „Na nu, dat hat man davon, wenn man gutmüthig ist, jetzt machen sich die Kerls zum Dank wieder über eine allerhöchste könig= liche Verordnung lustig."

Fahrbach hatte den preußischen Stabsarzt schon längst forschend angeblickt, er glaubte eine Aehnlichkeit in dessen Zügen mit einem Bekannten zu finden, vermochte aber die= selbe wegen der blauen Brillen und des struppigen Bartes

nicht festzustellen. Jetzt fragte er: „War das nicht der
Oberst von Tuchsen, Herr Stabsarzt?"

„Gewiß war er's, Gott hab' ihn selig, ein braver
Herr — hatte das eiserne Kreuz erster Klasse, doch war
diese Bemerkung durchaus nicht böse gemeint, und wenn
wir an die Strofe kamen:

„Die Franzosen schießen so in's Blaue hinein,
Sie bedenken nicht, daß da könnten Menschen sein,"

da lachte er meistens, daß sein weißer Federbusch wackelte."

„So haben Sie bei der vierten reitenden Batterie
der siebenten Artillerie=Brigade gedient," sagte der junge
Ingenieur, indem er sich so weit als möglich vorbeugte,
um den Andern besser zu sehen und von ihm genauer
betrachtet zu werden. „Sie sind der Herr Stabsarzt D.
und erinnern sich vielleicht meiner noch?"

Der Angeredete hob seine blauen Brillen etwas in die
Höhe, und nachdem er einen Augenblick hinübergeschaut,
rief er mit freudiger Stimme: „Ah, mein lieber Fahr=
bach, Sie sind es? Das ist einmal ein unverhofftes, aber
angenehmes Zusammentreffen. Wo kommen Sie her und
wohin geht's? Wie ich sehe, dienen Sie unter dem rothen
Kreuz, also gehören wir in ein Departement — freue
mich — freue mich sehr."

„Ich komme direkt von Hause," erwiederte der Inge=
nieur, indem er die ihm über den Tisch gereichte Hand
des Andern herzlich drückte.

„Mit einer Ambulanz=Abtheilung oder einem Sani=
tätszuge?"

„Das nicht, der Herr Hauptmann dort war so freund=
lich, mich in seinem Militärzuge mitzunehmen, und jetzt
bin ich unterwegs, mir eine passende Beschäftigung zum
allgemeinen Besten zu suchen."

„Gefunden, mein lieber Freund, gefunden, ich brauche
Leute, wie Sie sind, die das Herz auf dem rechten Fleck
haben und fest eingreifen, wo's Noth thut — Sie gehen
mit mir, lieber Fahrbach, das ist abgemacht."

„Dagegen sollte ich Einsprache erheben," meinte der Ingenieur-Hauptmann, „ich hätte den jungen Herrn da, der eigentlich zu unserem Handwerke gehört, gerne bei mir behalten, ihm Mantel und Mütze gegeben, auch ein tüchtiges Beil, und bin überzeugt, daß er bei einer schwierigen Gelegenheit, wo die Kugeln um uns her an die alten Pontons schlagen und nur so in's Wasser patschen, besser am Platz gewesen wäre, und der Erste, wenn es heißt: Freiwillige vor! Der junge Herr sieht ganz darnach aus."

„Ganz gewiß," sagte der Stabsarzt lächelnd, „und wenn ich auch nicht so viele Kugeln versprechen kann, als Sie ihm da in Aussicht stellen, so soll er auch bei mir Chassepots pfeifen hören, vielleicht auch eine Granate krepiren sehen bei der unverschämten Art, mit der die Franzosen auf unsere Ambulanzen schießen. Mußte ich doch bei Gravelotte meine Kunst zuerst bei einem der eigenen Gehilfen ` anwenden, dem sie auf fünfzehnhundert Schritte durch das Handgelenk schossen."

Das waren nun allerdings für den armen Fahrbach schöne und tröstliche Aussichten, die sich ihm hier beim Beginne einer neuen Laufbahn eröffneten, und fast hätte er unter irgend einem Vorwande einen stillen Rückzug versucht, wenn nicht in diesem Augenblicke der junge Reiter-Offizier an den Tisch getreten wäre, den er in für sich so schmerzlicher Situation auf dem heimischen Güterbahnhof gesehen, und wenn er nicht in der Erinnerung daran es für unmöglich gehalten hätte, wieder in jenen Raum zurückzukehren, wo sie sich befand und wo er früher glücklich gewesen war, von ihren schönen Händen mit Flanelljacken und Unterhosen belastet zu werden — „nimmermehr", tönte es in ihm, „lieber noch Chassepotkugeln pfeifen hören und zerplatzende Granaten sehen." — Auch war ja das nicht einmal unumgänglich nothwendig, gab es doch gewiß Gelegenheit genug, sich fern vom Schlachtfelde bei den Ambulanzwagen nützlich zu machen, wobei es ihm tröstlich war, daß

der Stabsarzt jetzt die gleiche Ansicht ausssprach, die geringe
Zahl der Treffer bei der Unmasse von Kugeln hervorhob
— nach Berechnungen ein Treffer auf zehntausend Kugeln
— und dazu tröstlich aus dem uns schon bekannten Sol=
datenliede recitirte:

„Denn träf' jede Kugel apart ihren Mann,
Wo kriegten die Könige Soldaten dann.“

IV.

er junge
Reiter=Offizier war gekommen, um von seiner Reisegesell=
schaft, die er bis hieher begleitet, Abschied zu nehmen, und
that das mit freundlich dankenden Worten gegen den In=
genieur=Hauptmann, worauf er sich den übrigen Kameraden
zu einem späteren freudigen Wiedersehen empfahl. „Ich
glaubte zu meinem Regiment einrücken zu dürfen,“ sagte er
in einem fast betrübten Tone, „erfahre aber hier soeben,
daß ich als Ordonnanz=Offizier einem unserer Generale zu=
getheilt bin, der sich im Hauptquartier des Kronprinzen
befindet.“

„Sie sind gewiß ein vortrefflicher Reiter?" fragte der Hauptmann.

„Ich schmeichle mir, wenigstens gute Pferde zu haben," gab der Reiter-Offizier zur Antwort, indem er sich mit einem Lächeln leicht verbeugte.

„Nun sehen Sie," bemerkte der Stabsarzt, sich mit einem wohlwollenden Gesichtsausdruck in das Gespräch mischend, „so kommt alles darauf an, was Ihr General für eine Art von Herr ist. Will er viel Interessantes selbst sehen und erfahren, so haben Sie einen ausgezeichneten Posten, und wenn er Sie noch obendrein einem der Kommandirenden als einen schneidigen jungen Offizier hie und da zu Aufträgen überläßt, so sind Sie auf dem Schlachtfelde in dem glücklichen Falle, Nummer 1 zu haben, sich auch ganz besonders auszeichnen zu können, wenn Sie so glücklich sind, sich in einem so müßigen Augenblicke einer hübschen Attaque anschließen zu können, haben dabei allerdings auch Anwartschaft auf unsere spezielle Begegnung. Ist aber Ihr Herr General Einer von denen, die sich nur zum Staat beim Hauptquartiere befinden und gern in der dritten Linie reiten, so ist Ihr Dienst schon sicherer, aber auch nicht so interessant, — und dann," fuhr er mit einem pfiffigen Lächeln fort, als er ein leichtes Achselzucken des jungen Offiziers bemerkte, „müssen Sie sich zuweilen auf eigene Faust umschauen, was es weiter vorne zu thun gibt."

„Also auf glückliches Wiedersehen draußen, Herr Kamerad," sagte der Ingenieur-Hauptmann, ein Wunsch, dem die Andern beistimmten, mit Ausnahme des Stabsarztes, der dem Davongehenden freundlich mit der Hand winkte, indem er noch hinzusetzte: „Auf Wiedersehen, was meine Person anbelangt, will ich eigentlich zu Ihrem eigenen Besten nicht sagen." Dann stand er vom Tische auf, steckte seine Kapsel in die Tasche und meinte, die Uhr hervorziehend, es sei jetzt Zeit sich nach seinen Wagen umzusehen, die auf einem Nebengeleise ständen, und seine sieben Sachen dort noch so weit ordnen zu lassen, daß sie vor

Anbruch des Tages in requirirte Wagen verpackt werden könnten.

„Ich gehe auf der Landstraße über Pfalzburg nach Saarburg, und denke, so rascher vorwärts zu kommen, als wenn ich, wie bisher, auf jeder Station stundenlang liegen bleiben muß; habe auch unterwegs noch ein paar kleine Hilfsspitäler zu inspiziren und mit Nöthigem zu versehen.“

„Ist denn Pfalzburg genommen?“ fragte einer der Offiziere.

„Ohne Zweifel, es steht ja in den Zeitungen.“

„O, in den Zeitungen steht viel.“

„Auch hat man mir hier die Nachricht bestätigt.“

„Es scheint mir fast glaublich, daß sie wahr ist,“ sagte der Ingenieur-Hauptmann, „schon die Ansammlung der Züge hier scheint mir darauf zu deuten, daß Pfalzburg genommen ist und man uns vielleicht zurückhält, bis die zerstörte Bahn nothdürftig wieder hergestellt ist, — das sollten Sie eigentlich abwarten, Herr Stabsarzt, Sie kämen nach einigem Aufenthalte doch rascher vorwärts.“

„Vielleicht — vielleicht auch nicht, und dann muß ich Ihnen schon gestehen, daß ich es vorziehe, mein eigener Herr zu sein, statt auf den Eisenbahnen herumzubummeln und bald den Schwanz zu bilden einer Proviantkolonne, bald eines Militärtrains, bald eines Geschütz- oder Munitionszuges. — Und wie ist's mit Ihnen, Fahrbach? Sie kommen doch mit mir — freiwillig, sonst muß ich Sie requiriren, da ich ein paar tüchtige Hände weiter gut gebrauchen kann.“

Der junge Ingenieur erhob sich unschlüssig von seinem Stuhle. Sollte er den freundlichen Hauptmann mit dem beziehungsweise sicheren Militärzug verlassen, um sich seinem allerdings genauen Bekannten, dem Stabsarzte, anzuvertrauen und mit diesem auf requirirten, wahrscheinlich schlechten Leiterwagen über einsame Wege zu ziehen, die gewiß von Franctireurs und anderem Gesindel recht unsicher gemacht würden. Er kam sich vor, als verlasse er jetzt erst die sichere

Heimat,. um sich in ein abenteuerliches Leben zu stürzen, und doch hatte auch dieses verlockenden Reiz für ihn — wenn nur nicht —

„So leid es mir thut," sagte der Hauptmann, „daß Sie uns hier schon verlassen wollen, so kann ich doch Ihren Entschluß nur billigen, da Sie sogleich in das richtige Fahr= wasser hineinkommen, hoffentlich aber sehen wir uns baldigst wieder, wenn auch auf andere Art, als der Herr Stabsarzt vorhin angedeutet — doch auch so, wenn Gott will. — Sollten Sie aber wieder einmal in unsere Nähe kommen, so hoffe ich, daß Sie sich bei mir sehen lassen, in Ihnen steckt schon das richtige Zeug, um beim Brückenschlagen unter ganz besonders schönen, gefährlichen Verhältnissen in heftigem Kugelregen dem Rufe: „Freiwillige vor!" zu folgen."

Damit verließen die Beiden das Zimmer, und draußen schob der Stabsarzt seinen Arm unter den seines jungen Freundes und sagte: „Das ist für mich ein höchst angeneh= mes Zusammentreffen, wie lange ist es, daß wir uns nicht gesehen haben?"

„Es sind zwei Jahre, als ich in der Nähe von Wild= bad, wo wir uns trafen und eine so heitere Zeit verlebten, den Brückenbau über die Enz leitete."

„Unvergeßlich ist mir das herrliche frische Thal mit den duftenden dunklen Tannen seiner Bergabhänge, mit dem klaren murmelnden Wasser voll Forellen und dem übrigen höchst behaglichen Komfort des reizenden Badeortes inmitten des stillen Alp= und Waldthales."

„Wo waren Sie seit jener Zeit; keine größeren Reisen gemacht?"

„Ich fand nicht die Zeit dazu, war immer mit wich= tigen Arbeiten beschäftigt."

„Und haben sich endlich mit Gewalt losgerissen, um jetzt hier Ihr Schärflein zur großen heiligen Sache bei= zutragen — brav — und gerade so ehrenvoll, als wenn sie mit dem Säbel oder mit dem Bajonnet darauf losgingen."

„Hier sind endlich unsere beiden Wagen," rief er nach
einigen Kreuz= und Querzügen über zahlreiche Schienen=
geleise und zwischen Wagenkolonnen hindurch, „da sind sie,
ab= und ausgespannt, sehe aber noch nichts von unseren
requirirten und mir feierlichst versprochenen Leiterwagen."

„Es waren aber schon welche da, Herr Stabsarzt,"
vernahm man eine dünne Stimme aus einem der Wagen."

„Und sind wieder davongefahren? Da soll ja gleich
ein —"

„Nein, nicht davongefahren, Herr Stabsarzt, sie halten
dort hinter dem Güterschuppen, füttern ihre Pferde, die
armen Teufel, und suchen selbst ein bischen ihre nothwendige
Ruhe."

„Nun dann wollen wir sie nicht stören, aber doch
nachsehen, wie viel es ihrer sind; kommen Sie, Fahrbach."

Damit tappten sie in der tiefen Dunkelheit vorsichtig
über die Schienen hinweg und an anderen Wagen vorüber,
und dann um den langen Güterschuppen herum, wo sie die
weite nächtliche Landschaft vor sich hatten.

„Was ist denn das — — dort in der Ferne," rief
der Ingenieur, plötzlich stehen bleibend.

„Was denn? — — ah so — — das ist allerdings
ein schauerlicher Anblick."

Dort am Horizont, der aber kaum von dem tief
dunklen Nachthimmel zu unterscheiden war, zeigte sich etwas
wie ein gewaltiges Wetterleuchten, bald mächtig aufblitzend,
bald wieder fast ganz verschwindend bis auf eine tiefe Röthe,
die unruhig hin= und herzuckte und die schweren, tief herab=
hängenden Wolken sekundenlang mit glühendem Schein
beleuchtete.

„Straßburg — das brennende Straßburg," dazu
vernahm man bald stärker, bald schwächer den dumpfen Ton
der schweren Festungs= und Belagerungsgeschütze, obgleich
die Entfernung wohl drei Stunden betrug, ja das scharfe
Auge Fahrbach's glaubte mitunter den Feuerschein der flie=

genden Bomben zu sehen, vielleicht wenn eine hoch in der
Luft zerplatzte — es war ein schauerlicher Anblick.

„Das sind eben die Schrecken des Krieges, mein Lieber,
man gewöhnt sich daran — nicht auszuhalten wäre es ja,
wenn man sich nicht bei all' dem übrigen Elend auch an
den Anblick brennender Städte und Dörfer gewissermaßen
gewöhnte."

„O Straßburg, o Straßburg, du wunderschöne Stadt."

„Wird's auch wieder werden und hoffentlich größer
und schöner, mit der Aussicht, deutsch zu bleiben; doch
da sind unsere Wagen — sechs — das wird genügen, und
dann wollen wir zurückgehen, um noch ein paar Stunden zu
ruhen, wir haben morgen einen schweren Tag vor uns."

Bald waren sie irgendwo in einem der Gepäckwagen
des Stabsarztes untergekrochen, wo ein Haufen wollener
Decken, als Unterlagen dienend, ein so prächtiges Lager
gab, daß Fahrbach, der schon ein paar Nächte gewacht hatte,
augenblicklich in tiefsten Schlaf versank und nicht eher die
Augen wieder öffnete, als bis er durch einen Stoß an den
Gepäckwagen erweckt wurde und alsdann bemerkte, daß
bereits der Morgen anfing zu dämmern, und daß der Stabsarzt, der sich schon vorhin erhoben hatte, den requirirten
Leiterwagen herbeibrachte, um das Ueberladen der vielen
nothwendigen und nützlichen, wenn auch nicht immer angenehmen Dinge zu bewerkstelligen.

Fahrbach legte hilfreiche Hand an; da er Alles mit
Geschick ergriff und, kräftig wie er war, nicht nur allein für
ein paar gewöhnliche Menschen arbeitete, sondern auch den
Andern dadurch ein gutes Beispiel gab, so war die Ver-
packung der sechs Leiterwagen in Kurzem beendigt, und als
ihm der Stabsarzt schließlich eine Tasse guten heißen Kaffee,
den er selbst in einem Winkel gebraut, gereicht, natürlich
auf türkische Art ohne Milch, war man fertig und die
Wagen humpelten über die Geleise hinüber auf der Straße
gegen Saarburg zu.

„Nur keinen Regen heute," meinte der Stabsarzt, an den Himmel hinaufblickend, wo allerdings schwere, frostig aussehende Wolken zogen, während er mit Fahrbach vor der Kolonne auf dem durchweichten und tief aufgefahrenen Wege dahinschritt.

„Mich dauern diese armen Fuhrleute, die aus aller Herren Länder hergekommen, bald hierhin, bald dorthin ziehen müssen und oft Tage lang keinen trockenen Faden auf dem Leibe haben — rauchen wir eins —" dann dampften die Zigarren in die Morgenluft hinauf und dann blitzte endlich die Sonne so wärmend durch die zerrissenen Wolken, daß es Menschen und Thieren wohl that.

„Wohin ziehen wir eigentlich?" fragte Fahrbach, nachdem sie eine Zeit lang vorwärts geschritten waren.

„Vor der Hand nach Saarburg, dann wohl über Lüneville nach Nanzig, und wohin wir dann weiter dirigirt werden, hängt von den nächsten Ereignissen ab, die uns, wie ich fest überzeugt bin, Großes und Wichtiges bringen werden. Bazaine ist nach den glorreichen Gefechten bei Mars la tour und Gravelotte zwischen die Forts vor Metz sozusagen eingesperrt; Mac Mahon, bei dem sich der Kaiser befindet, scheint die Trümmer seiner Armee bei Chalons zusammen zu ziehen, um sich vielleicht, was jedenfalls das Klügste für ihn wäre, rückwärts gegen Paris zu konzentriren, vielleicht aber auch folgt er wieder einmal einer höheren Inspiration, wie die Franzosen 1859 seinen zufälligen Marsch auf Magenta nannten, und sucht auf irgend eine Art seine Vereinigung mit Bazaine; der Himmel gebe das, und für den Fall würde er in ein hübsches Netz hinein gerathen. Wenn man so wie ich," setzte er nach einer Weile hinzu, „so oft Gelegenheit hat, in die Nähe dieser militärischen Größen zu kommen und als Arzt mit Vertrauen behandelt wird, so erfährt man manches von Wichtigkeit und muß jedenfalls erstaunen, mit welcher wundervollen Um- und Voraussicht dieser Krieg bis jetzt geführt worden ist. Das ganze Kriegstheater ist für Moltke, den Gott erhalten möge, ein Schach=

brett, auf dem er nicht nur nach den Zügen des Gegners
seine eigenen einrichtet, auf dem er nicht nur den Gegner
häufig zwingt, so und nicht anders zu manövriren, sondern
wo der große, wo der größte Feldherr aller Zeiten auch
nicht einmal das außer Acht läßt, was bei der glücklichsten
oder unglücklichsten Kombination kommen könnte, um auch
darauf sogleich mit einem kräftigen Schach zu dienen. Dazu
kommt noch das wundervolle, oft unbegreiflich richtige und
schnelle Ineinandergreifen aller Truppentheile, ihre Feuer=
disziplin, ihre fabelhafte Marschfähigkeit, um mit der herr=
lichen Führung nicht nur selbst den Zufall glücklich zu be=
nutzen, sondern auch gegen Zufälligkeiten selbst unangeneh=
mer Art stets den richtigen Gegenzug im Kopfe zu haben."

„Mehr kann ich Ihnen nicht sagen, aber Sie werden
das in den nächsten Tagen hoffentlich auf's Großartigste
erfahren. Jetzt zieht die Armee des Kronprinzen über Nancy,
Bar le duc gegen Chalons — nach Paris heißt die Losung,
ihm folgt der König über Rheims, und diesen Armeen vor=
aus, ihre Flanken deckend, meilenweit ihre Fühler aus=
streckend, schwärmt die Kavallerie, voraus der unvermeid=
liche Uhlane, der heute schon zum Schreck für Alt und
Jung geworden ist und mit dessen Namen, wie ich fest
überzeugt bin, man noch nach langen Jahren die französischen
Kinder in's Bett jagen wird. Das sind unsere wahren und
richtigen Spione, wenn ich diesen Namen gebrauchen darf,
ihnen entgeht nicht das Geringste, und diese unermüdlichen
und aufmerksamen Reiter unter intelligenter Führung wer=
den sich auch nicht die kleinste Schwenkung oder Marschab=
änderung des vor ihnen herziehenden Feindes entgehen lassen."

Nach einiger Zeit sagte Fahrbach, stehen bleibend,
„man hört immer noch die Schüsse von Straßburg her."

„Ich habe auch schon einige Male so etwas gehört,"
erwiederte der Stabsarzt, um sich schauend, „doch scheint
mir der Schall mehr von Westen herüber zu bringen, wäh=
rend wir Straßburg fast südlich haben; da vor uns kann
doch unmöglich ein Gefecht engagirt sein."

Doch wurde ihm dieses Räthsel nach Verlauf einer
Stunde auf eine unbehagliche Art gelöst, denn bei einer
Biegung der Straße begegneten sie einer badischen Patrouille,
die den Wagenzug mit Erstaunen, ja mit überraschten
Mienen daher kommen sahen.

„Wohin soll's denn eigentlich gehen, Ihr Herren?"
fragte der Unteroffizier.

„Bei Pfalzburg vorbei nach Saarburg."

„Wär' schon recht, wenn man bei Pfalzburg vorbei
dorthin kommen könnte; doch würden wenig Wagen unverletzt passiren, schießen sie doch heute Morgens wieder
auf einen einzelnen Reiter, der sich sehen läßt."

„Wer schießt?"

„Nun, die Franzosen aus ihrer Festung."

„So ist Pfalzburg nicht genommen?"

„Denkt nicht daran, Herr Doktor, wird auch noch
lange dauern. Das war so eine Zeitungsente, wie sie zu
sagen pflegen."

„So soll doch alle Zeitungsschreiber der — was ist da
zu machen?"

„Die Richtung ändern, nach Süden umbiegen und
über die Vogesen auf Zabern marschiren."

Dagegen war nun nichts zu machen und der Weg
über das Waldgebirge, den alten Wasgenstein, mußte an=
getreten werden. Fahrbach freute sich darauf, durch die so
schön geschwungenen Bergabhänge, mit Buchen vom Scheitel
bis zur Sohle bekleidet, von überall her rieselnden Wald=
wässern durchströmt, vom Vogelruf durchklungen, dahin zu
ziehen; dies schöne Land von so echt deutschem Gepräge,
heute so ruhig und still, als wenn ringsum der tiefste Friede
herrschte. Vernahm man doch häufig nichts, als das Mur=
meln der Quellen, hoch in der Luft den heisern Schrei des
Raubvogels und fern her das Knarren und Aechzen der
Wagen in den ausgefahrenen Geleisen, denen unsere bei=
den Wanderer zuweilen weit vorausschritten.

Unvergleichlich schön war der Platz, den sie sich Nach=
mittags für eine Stunde zum Ruhepunkt aussuchten, um
aus den mitgenommenen Vorräthen ein bescheidenes Mittag=
mahl zu halten, wobei auch die armen Fuhrleute nicht ver=
gessen wurden. Sie hatten gerade einen Ausblick in's Elsaß
hinein, in das goldige Land, von dem prächtigen Rhein
durchströmt, bekränzt drüben von den malerischen Zügen
des tief dunklen Schwarzwaldes, diesseits umsäumt von den
Waldthälern der Vogesen, ein lachender, lebensvoller Erdstrich.

„Wie gern kam ich schon in meiner Jugend hieher,
als ich noch in Freiburg studirte; wie zog es mich hinüber
nach dem dämmerig glänzenden Straßburg mit seinen Thür=
men und Schanzen, ja —"

„Zu Straßburg auf der Schanz', da fing mein Leiden
an, wenn ich wieder zurück mußte und hinter mir lassen die
tief schattigen Thalgründe, in welchen sich hell und anmu=
thig die Dörfer betten, während die Bergzacken mit Burg=
ruinen bedeckt sind. — Sie waren nie im Elsaß?"

„Ich kann es nicht nennen, im Elsaß gewesen zu sein,
daß ich auf der Bahn über Straßburg und Sarere nach
Paris fuhr, obendrein in der Nacht."

„Gehen Sie einmal hin, oder gehen wir Beide einmal
zusammen hin, wenn es wieder Friede und Elsaß deutsch
geworden ist, was es ja hier in der schönen Natur immer
geblieben, wenn auch die Städte, selbst manche Dörfer
gewaltsam verwelscht worden sind. Sie werden sehen, wie
es sich so prächtig ruht bei dem kühlen duftigen Wein unter
den weitästigen Nußbäumen, wie fast das ganze Volk noch
so herzig, so kerndeutsch ist und all' die hübschen Mädchen so
keck und lauschig und gescheidt, ganz die schöne Schwarzwälder
Art, nur lebhafter und gesprächiger. Ach damals, als ich
hier umherwanderte in den tief schattigen, frisch grünen
Thalgründen, wie weltverloren, wie versenkt in lang ent-
schwundenen Zeiten kam ich mir da öfters vor. In Deutschland drüben, jenseits des breitschimmernden Rheins, war so
Vieles verändert. Französische Heere hatten in Städten und
Dörfern drüben fleißig eingeäschert und der rasch schaffende
Geist der Neuzeit war darüber hingefahren, während sich hier
in den geschützten grünen Wald= und Wiesenthälern des
Elsaßes ein so schönes Stück deutschen Lebens frisch aus dem
Mittelalter her erhielt in alter Mundart, in alten deutschen
Bräuchen, unter bemoosten Dächern der Häuser und Kir-
chen. Hier hörte und sah ich nur die Sprache und dörfliche
Lust aus Hebel's köstlichen allemannischen Gedichten, aber
noch viel eigenthümlicher als vor ein paar Jahrhunderten.
Es hätte mich nicht gewundert, wenn die Schelle eines
Tages die Männer unter die Dorflinde gerufen hätte, um
öffentlich Recht zu hegen nach uraltem Weisthum der
Väter.“

Als sie später weiter zogen, gewährte ihnen noch zuweilen eine Durch= und Fernsicht Blicke auf das weite Rhein-
thal, doch erschien die Landschaft nicht mehr heiter und
lachend, wie noch um Mittag bei Sonnenschein, vielmehr
hatte sich das Wetter wieder zum Schlimmen gewendet und
der Monat August blieb seinem einmal angenommenen
Charakter getreu, es stürmte von Westen herüber und die
kalten Regentropfen schlugen ihnen in das Gesicht, ein

feiner Regennebel lag in der weiten Ebene, und als sie spä=
ter das Schloß „der Gräfin von Savern", welches die
Landschaft beim Austritt aus den Wäldern abschließt und so
wunderbar an den Berg hinangelehnt erscheint, vor sich
sahen, erschien ihnen das malerische Bauwerk wie hinter
grauen Schleiern verborgen, ungemüthlich aber war es noch
für die Beiden gewesen, daß sie meistens zu Fuß gehend,
bisher knöcheltief im Schmutz der von Regengüssen auf=
gerissenen Gebirgspfade wateten. Der Stabsarzt hatte
seinen Plaid äußerst praktisch eingerichtet, nach Art der me=
xikanischen Poncho, mit einem Schlitz in der Mitte zum
Kopf durchstecken, so daß die beiden Enden des Wollstoffes
vorn und hinten herabhingen wie ein Heroldsmantel, und
als er bemerkte, wie sich Fahrbach Mühe gab, sich unter
seinem Plaid gegen Regen und Wind zu schützen, so schlug
er ihm die Operation des Schlitzes mit einem seiner scharfen
Messer vor und der junge Ingenieur befand sich wohl dabei.

„Solch' Wetter," meinte der Stabsarzt, „läßt sich
noch ertragen, wenn man nur für die Nacht die tröstliche
Aussicht hat, unter irgend ein Dach kriechen zu können,
wozu in Saarburg wohl schlecht Aussichten vorhanden sind."

Doch ging es ihnen in dieser Hinsicht besser, als sie
gefürchtet, und wenn sie auch bei ihrer Ankunft in später
Nacht das große Gastzimmer des ärmlichen Wirthshauses
mit einem Theil ihrer Fuhrleute theilen mußten, sowie mit
Offizieren und Soldaten, die es sich dort schon so bequem
als möglich gemacht, so fanden sie doch Feuer, um noth=
dürftig ihre Plaids zu trocknen, sowie eine Ofenbank, um
ein paar Stunden darauf zu schlummern, immerhin besser,
als sie es am Abend des nächsten Tages in Lüneville trafen,
wo sie um Mitternacht angekommen, ein mitleidiger Maga=
zinverwalter durch Gewährung eines Strohlagers in seinen
ausgeräumten, frostig feuchten Hallen vor dem Uebernachten
auf dem Pflaster des Marktplatzes bewahrte.

„Dafür aber kommen wir heute nach Nanzig," tröstete
der Stabsarzt, als sie trotz des eingenommenen heißen Kaffees

6

fröftelnd ihren Plaß auf dem erften der Leitermagen ein=
nahmen, „nach dem angenehmen liebenswürbigen Nanzig,
wo der romantifche Polenkönig Stanislaus, Lefczinski dazu=
mal, als Polen für ihn verloren war, nicht nur feine Refi=
denz auffchlug, fondern auch fo viel zur Verfchönerung der=
felben gethan; dort finden wir nicht nur zahlreiche und gute
Gafthöfe, fondern auch in denfelben hoffentlich ein Zimmer
mit guten Betten; die Nanziger find gefcheidte Leute, haben
fich in diefem Kriege recht klug benommen und fich mit befter
Manier in die veränderte Lage gefchickt.“

„Und dort werden wir einige Tage bleiben?“

„Wahrfcheinlich, doch hängt das alles von weiteren
Difpofitionen ab, find wir doch nur ein kleines Glied der
großen Kette, und wer weiß, wo wir eingefügt oder angehängt
werden; — hoffentlich aber, mein lieber junger Freund,“
feßte er mit einem lächelnden Seitenblick hinzu, „bereuen
Sie es nicht jeßt fchon, den Militärtrain verlaffen zu haben
und mir gefolgt zu fein.“

„O gewiß nicht,“ erwiederte Fahrbach, und darin
fagte er die Wahrheit. Waren ihm doch die kleinen Stra=
pazen nichts Ungewohntes und hatte er doch in diefen paar
Tagen fchon fo viel Neues und Intereffantes gefehen; ja,
wenn es in ähnlicher Art fortgegangen und wenn nicht
andere unangenehmere Dinge in Ausficht geftanden wären,
fo würde er aufrichtig bedauert haben, nicht fchon vor Wo=
chen mit hinausgezogen zu fein, — vielleicht auch erfchie=
nen ernftere Begegnungen, wenn fie einmal eintreten, ihm
in ganz anderem Lichte, hatte er es doch vorgeftern in den
Vogefen beinahe bedauert, nicht mit dabei gewefen zu fein,
als einer der Fuhrleute erzählte, daß eine ähnliche Wagen=
kolonne vor etwa acht Tagen an derfelben Stelle von Franc=
tireurs angegriffen worden fei und ein Pferd verloren hätte;
doch war es auch fo gut, meinte er anderntheils, denn es
ift immerhin eine unangenehme Sache, aus dem Hinterhalte
auf fich fchießen zu laffen.

Doch begegnete ihnen heute noch nichts dergleichen, ja auch das Wetter hatte sich etwas gebessert, so daß es ihnen vergönnt war, endlich am späten Nachmittage Nanzig, die heitere, fröhliche Stadt mit ihren vielen Kirchthürmen, um= schlungen von den Windungen der Meurthe, vor sich liegen zu sehen. Auch hatte der Stabsarzt nicht zu viel versprochen, als er heute Morgens der guten Gasthöfe erwähnte, und sie fanden im Hotel de Commerce ein wenngleich beschränktes, doch behagliches Unterkommen. Ihre Wagenkolonne, die mit auserlesenen und werthvollen Vorräthen beladen war, wurde dem Zentral=Depot zur Verfügung gestellt, und da sie Beide in diese Verfügung mit einbegriffen waren, so hatten sie, ihre neue Bestimmung erwartend, vielleicht einen Tag, auch wohl zwei zu ihrer Verfügung, welche Fahrbach dazu benützte, um sich Nanzig, wenngleich flüchtig anzuschauen. Wie alle Fremde interessirte ihn besonders der prächtige Place royale vor dem Hotel de Ville mit seinen vielen reich vergoldeten eisernen Gittern im Rococcostyl, mit der kolossalen Statue des Königs Stanislaus, mit seinen reichen Kaffeehäusern, wo sich gerade in diesen Tagen in Folge der erlogenen Sieges= berichte der Blätter das Leben und Treiben der leicht erregten Nanziger nicht gerade so friedlicher und harmloser Natur zeigte, als noch vor Kurzem. Die Stimmung war gereizt, die zahlreichen Arbeiter begannen schwierig zu werden und wollten mit Gewalt einen Verhafteten befreien, so daß die schwache Besatzung von 800 Baiern einen bedenk= lichen Stand hatte. Es war auf Soldaten geschossen worden und in Folge dessen mußten ein Paar auf frischer That Ergriffene füsilirt werden.

Als der Stabsarzt und Fahrbach auf dem Place royale vor einem der Kaffeehäuser ihren Kaffee getrunken hatten, sagte Ersterer: „Mit diesen Nanzigern war von jeher nicht gut Kirschen essen, und es hat wohl das ganze, ebenso männ= lich feste und kluge, als wohlwollend freundliche Auftreten des Kronprinzen von Preußen dazu gehört, um sich die Ein= wohner bedingungsweise geneigt zu machen; kommen Sie, ich

6*

werde Ihnen später aus alter Zeit ein Denkmal zeigen, wie
die Nanziger in den Tagen des damals mächtigen Karl
des Kühnen Repressalien zu nehmen pflegten. Zuerst aber
haben wir dort an der dicht mit Bäumen besetzten Place
Carrière das kaiserliche Residenzschloß, wo Marschall Mac
Mahon noch gehaust, ehe er siegesgewiß, man sagt, die Reit=
peitsche leicht in der Hand schwingend, hinauszog gegen
Weißenburg und Wörth. Interessantes und Angenehmes
ist dort für uns nicht viel zu sehen, mit Ausnahme des wohl=
wollenden Generals Bonin, der dort sein Hauptquartier
aufgeschlagen hat und der wohl nicht verfehlen wird, unsere
Kolonne morgen vor dem Abmarsch in Augenschein zu neh=
men. Dann gingen sie nach der Kirche St. Evre mit ihrem
alten grauen Kirchthurme, an dessen Spitze die Nanziger im
Jahre 1477 gefangene burgundische Offiziere aufknüpften,
um ihren von Karl dem Kühnen erschlagenen Kämmerer
Suffron du bachier zu rächen.

Vielleicht dachten die Blousenmänner, die dort mit
finstern Mienen neben im Wege standen, an Aehnliches, traten
aber ohne Weiteres zurück beim Erblicken der kräftigen
Gestalt des jungen Ingenieurs mit dem Kreuz auf
der weißen Binde, welches Zeichen sie meinten, wenn
auch häufig genug nicht achteten.

Im Uebrigen aber machte das Leben in den Straßen von Nancy, nachdem sich das erste zornige Erstaunen der Einwohner gelegt hatte über die Keckheit dieser Preußen, zur Revanche einmal in das geheiligte Frankreich vorgedrungen zu sein, schon nach den ersten Tagen im Allgemeinen wieder den gewöhnlichen heiteren, leichtlebigen Eindruck, und wenn auch zuweilen Abends vor den Häusern des Stanislausplatzes „die Wacht am Rhein" mit einigen Takten der „Marseillaise" erwiedert wurde, wenn auch in manchen Kaffeehäusern niederen Ranges gewisse Damen noch unter der Demimonde zuweilen auf höchst unanständige Art die deutschen Soldaten verhöhnten, und wenn auch der echte Patriot still und bewegt die Faust im Sacke machte, so war doch der äußere Firniß des alltäglichen Lebens wieder hergestellt, der schöne öffentliche Garten bei Nanzig wie früher belebt, nur daß man hier von der Musikbande statt eines mäßigen Potpourris jetzt gute deutsche Weisen vortrefflich vortragen hörte. In den Straßen herrschte wieder das frühere Leben, nur daß die Trottoirs von Soldaten wimmelten aus allen Truppentheilen der mächtigen deutschen Armee, und daß man die Krieger mit den Einwohnern auf's Freundlichste verkehren sah und nicht immer mit streng sittlicher Absonderung beider Geschlechter.

. V.

Wenn es auch unserm Ingenieur nicht unerwünscht gewesen wäre, noch ein paar Tage in der glänzenden und reichen Hauptstadt Lothringens zu bleiben, so hatte er doch in den zwei Tagen seines Aufenthaltes des Schönen und Interessanten viel gesehen, auch Zeit gefunden, seine kleinen Reisebedürfnisse zu vervollständigen, und war es ihm deshalb lieb, als ihm der Stabsarzt anzeigte, daß es morgen Früh weiter gehe und zwar in vermehrter Kolonne mit der ehrenvollen Aufgabe, stets dem Hauptquartier des Kronprinzen von Preußen zu folgen und unmittelbar in oder sofort nach

der Aktion auf dem Schlachtfelde ihre Thätigkeit zu ent=
falten.

„Und daß wir so nahe hinkommen, als Sie es nur
wünschen können, mein lieber junger Freund, dafür wird
schon gesorgt werden, denn der tapfere General liebt es,
in der großen Sorge um seine Truppen, die Ambulanzen
und Hilfskolonnen recht hübsch in der Nähe zu haben.‟

So verließen sie denn Nanzig und folgten den Spuren
des Kronprinzen über Bannes, Vancouleurs, Reigny la
Salle nach Lagny, und hier war es, wo Fahrbach zum ersten
Male mit einem freudigen Erstaunen den Glanz und die
prächtige bunte Mannigfaltigkeit des großen königlichen
Hauptquartiers sah.

Sie waren schon vor dem Orte von den geschäftig hin
und her galoppirenden Feldgendarmen angewiesen worden,
ihre Kolonne neben der Straße aufzustellen, um diese für
den Zug des Königs mit seinem zahlreichen Gefolge, seiner
Eskorte und den nachfolgenden Equipagen zu räumen,
worauf unsere Beiden dem allgemeinen Menschenstrome
folgten, der in Kurzem die breite Straße von Lagny
sich herandrängend, begierig, den König und den Kronprinzen
zu sehen, so daß die Feldgendarmen hier kaum im Stande
waren, die Passage frei zu halten und Platz zu gewinnen
für die zahlreiche glänzende Suite des Kronprinzen, welche
ihn in weitem Kreise umgab, während eine Menge deutscher
Fürsten: der Herzog von Koburg, Prinz Otto von Baiern
(Bruder des Königs Ludwig), die Prinzen Wilhelm und
Eugen von Württemberg, der Erbprinz von Hohenzollern,
der Erbgroßherzog von Weimar, der Erbgroßherzog von
Mecklenburg und der Herzog von Augustenburg, den sieg=
reichen Prinzen ehrerbietig umstanden.

Man erwartete den König, und so oft man das Rollen
eines Wagens hörte oder den Galoppschlag von Pferden,
so stockte die Unterhaltung in dem weiten Kreise, und diese
Masse von Uniformen in allen Farben, allerdings ohne viel
Glanz und Pracht, feldkriegsmäßig, einfach, auch wohl bestaubt

und beschmutzt, gerieth in Bewegung, welche sich naturgemäß immer weiter und weiter ausdehnte, bis zu den ringsumher haltenden rothen, braunen, grünen Hußaren, die als Ordonnanzen zugegen waren, bis zu den Reitern der Stabswache, eine Bewegung und Aufmerksamkeit, die vor und über allem sichtbar wurden in den luftigen Fähnleins der Uhlanen, die im Winde flatterten, wenn sie die Lanzen zur Hand nahmen. Dazu die dicht gedrängte Volksmenge mit gestreckten Hälsen und neugierigen, aber nicht unfreundlichen Blicken.

Man wußte, daß Mac Mahon sich bei Chalons konzentrire, dort in dem befestigten Lager, das, wie die Franzosen fest überzeugt waren, die deutschen Armeen aufhalten würde; vielleicht auch zog sich der Marschall zurück unter die Befestigungen vor Paris, um dort nach Vereinigung mit Vinoy eine Schlacht anzubieten, jedenfalls das Klügste, was er hätte thun können, und war man auch diesseits freundlich genug gesinnt, die vorgeschlagene Partie anzunehmen.

Da sprengte — es mochte um die Mittagsstunde sein — ein Hußar mit allen Zeichen eines eiligen wilden Rittes vor das Hauptquartier und übergab einem Adjutanten des Kronprinzen eine Depesche. Sie mußte Wichtiges enthalten, denn der Kronprinz durchlas sie mit erstauntem Blick, theilte sie den Umstehenden mit und bald verbreitete sich wie ein Lauffeuer unter dem Offizierskorps die Nachricht, daß Mac Mahon mit seiner ganzen Armee Chalons verlassen und nordwärts abgerückt sei. Der Bericht kam von Vorposten der kronprinzlichen Armee, wo die unermüdliche Kavallerie schon die ersten Anzeichen dieses Marsches erlauscht und rückwärts gemeldet hatte. Auch der General Moltke, der sich unterwegs nach Lagny befand, erhielt die gleiche Nachricht durch ein Telegramm aus Berlin, wo man aus indiskreten Plaudereien französischer Blätter erfahren hatte, daß Mac Mahon nordwärts, vielleicht nordöstlich ziehe, um den Versuch zu machen, sich mit der eingeschlossenen Armee Bazaine's zu vereinigen.

Es war das ein großer Augenblick hier in Lagny, und wurden wichtige Berathungen gepflogen, besonders als bald darauf Moltke mit dem großen Generalstab eintraf, um sich mit dem Kronprinzen und General Blumenthal für einige Augenblicke zurückzuziehen.

Während dem wuchs das Leben und Treiben auf der Straße noch in ganz außerordentlicher Weise, denn unter Trommelwirbel und den dröhnenden Klängen der Musik= banden zog das erste baierische Armeekorps in die Stadt, die braven Regimenter und Bataillone aus all' den statt= gefundenen blutigen Schlachten, lustig grüßend und jubelnd begrüßt werdend. Eine Kompagnie der tapfern Baiern er= hielt Befehl, sich an der Straße aufzustellen, um mit Musik und Fahne die Ehrenwache für den obersten Feldherrn zu thun. Dann, nach drei Uhr, kam der König in vierspän= nigem Wagen, den General Treskow zur Seite, Dragoner

mit gespanntem Karabiner ritten voran, in seiner Beglei= tung war Prinz Karl, der Großherzog von Weimar, Graf Bismark und die Adjutanten. Freudig begrüßte der König seinen Sohn und dessen Umgebung, ließ sich die Offiziere, besonders auch die baierischen, vorstellen und verweilte in längerem Gespräch mit dem Kronprinzen auf der Straße. Hierauf zog er sich mit demselben in das Haus zurück, wo das kronprinzliche Hauptquartier seinen Sitz aufgeschlagen hatte, und hier wurden in einer kurzen Spanne Zeit nur im Vorübergehen die kühnen Pläne gefaßt, welche durch ein rasches Vorschieben der Truppen jenen ungeheuren welthistorischen Akt, jene unerhörte, noch nie dagewesene That, wie sie vor Sedan geschah, vorbereiteten.

Der Stabsarzt hatte unter den höheren Offizieren des Hauptquartiers eine Menge Bekannter gefunden und wurde zu einer bescheidenen Mahlzeit eingeladen, was er, wie er seinem Begleiter sagte, besonders wegen der Aussicht annahm, vielleicht heute schon etwas Näheres über die Marschrichtung seiner Sanitätskolonne zu erfahren; auch Fahrbach hatte schon ein paar Mal ein ihm nicht fremdes Gesicht gesehen, und zwar das des jungen Reiter-Offiziers, welchen er zuletzt in Brumeth getroffen und der sich nun hier als Ordonnanz-Offizier im Hauptquartier des Kronprinzen befand. Jetzt begegneten sie sich zufällig in nächster Nähe, und der Reiter-Offizier erinnerte sich freundlich ihres Zusammentreffens, „auch glaube ich," setzte er hinzu, „daß wir schon von Hause, von meiner Heimat nämlich, auf dem gleichen Zuge gefahren sind."

Fahrbach erinnerte sich begreiflicher Weise dessen ganz genau und konnte sich nicht enthalten, zu sagen, daß er schon vor der Abfahrt auf dem Güterbahnhofe den jungen Reiter-Offizier gesehen.

„Ach ja, das kann wohl sein," entgegnete dieser mit einem ernsten, fast traurigen Lächeln, „es war die Stunde des Abschieds; wer weiß auf wie lange, vielleicht auf immer, jedenfalls ein trüber Augenblick, dem man aber nicht die Macht über sich einräumen darf, besonders jetzt nicht, wo wir so großen Ereignissen entgegen gehen — ja, wie die älteren Offiziere sagen, bereitet sich etwas Unerhörtes vor, und General v. B. meinte vorhin lächelnd, Moltke sei nach

Anhörung der gewissen Nachricht mit einer so befriedigten Miene auf= und abgeschritten, als habe er den Feind bereits im Sacke und brauche nur den Strick über ihm zuzuziehen. — Doch wohin gehen Sie? Ich fürchte, Sie in Geschäften aufzuhalten."

„Mich durchaus nicht, ich gehöre zu der Sanitätskolonne, die vor Lagny neben der Straße hält und warten muß, bis die Passage wieder frei ist. Ich befand mich hier bei unserem Oberarzte, der soeben dort drinnen zum Mittagessen eingeladen wurde."

„Daß es dazu Zeit ist, fühle ich ebenfalls, denn ich kann wohl sagen, daß ich eigentlich seit gestern Mittag nichts Gediegenes mehr zu mir genommen habe; wenn es Ihnen recht ist, so sehen wir, ob man irgendwo noch etwas übrig gelassen hat."

Viel war es allerdings nicht, was sie nach einigem Umhersuchen in einem bescheidenen Wirthshause au Cheval blanc fanden, obgleich dasselbe versteckt hinter der breiten Straße von Lagny lag, immerhin aber eine gute Flasche Wein, Brod und Käse — was will man mehr im Felde.

„Ziehen Sie Ihren jetzigen Dienst als Ordonnanz= Offizier dem beim Regimente vor?" fragte Fahrbach.

„Bedingungsweise ja, denn wenn unsere Kavallerie nicht das Glück hat, besser zum Handkuß zu kommen, wie bisher, allerdings; denn es ist mir versprochen worden, mich bei der nächsten Affaire tüchtig umherzuschicken, wobei ich am Besten Gelegenheit habe, eine Schlacht mit anzusehen, auch nach bescheidenen Kräften thätig mit einzugreifen und gewiß zuweilen fest in's Feuer zu kommen — was will ich mehr?"

„Es ist das kein leichter Dienst, wie ich habe sagen hören, denn häufig geht der nächste Weg von einem Trup= pentheil zum andern durch den heftigsten Kugelregen."

„Was Einen treffen soll, dem entgeht man doch nicht; hoffen wir das Beste, und um bei unserer Begegnung, die mir an sich recht angenehm war, noch einen anderen Vortheil herauszuschlagen," setzte der junge Reiter=Offizier lächelnd hinzu, indem er aufstand, „so empfehle ich mich Ihnen für alle Fälle, wenn wir uns vielleicht draußen unter ernsteren Verhältnissen wiedersehen sollten, besonders wenn dieses Wiedersehen nur von Ihrer Seite stattfände, und füge ich die Bitte hinzu, sich in einem solchen Falle meiner Brieftasche anzunehmen und sie an die wohlbezeichnete Adresse zu besorgen."

Darauf gab ihm Fahrbach einen herzlichen Handschlag und dann trennten sie sich, der Offizier begab sich in's Hauptquartier zurück und der Andere suchte seine Wagenkolonne auf, wo auch bald nach ihm der Stabsarzt eintraf und sie sich auf der wieder etwas frei gewordenen Straße nach Bar le duc begaben.

Marschall Mac Mahon hatte sich bekanntlich nach seiner Niederlage bei Wörth auf Chalons zurückgezogen, um dort seine zersprengten Truppen zu sammeln, neue heranzuziehen, andere neu zu formiren. Das 1., 5. (Failly=), 7. (Felix Douay=), 12. (Lebrun=) Korps und 15.000 Pariser Mobilgarden befanden sich im Lager. Der Kaiser war mit seinem Sohne am 17. gleichfalls dort angelangt. Es herrschte in der Stadt und im Lager ein fröhliches Leben. Trotz aller Schläge, welche die Armee und die Nation betroffen hatten, konnten Offiziere und Soldaten sich zu keinem Ernst erheben; der angeborene Leichtsinn dieses Volkes, der häßliche Hang zu Ausschweifungen erlaubte ihnen, ohne daß sie darüber errötheten oder Gewissensbisse empfanden, Zerstreuungen, deren sich ein deutscher Soldat unter ähnlichen Verhältnissen geschämt, die ihn angewidert hätten. Chalons war voll von Pariser Dirnen, und die Cafés chantants hielten dort eine Ernte wie nie zuvor. Hier mußte von Napoleon und seinem Marschall ein Entschluß gefaßt werden. Man konnte dreierlei thun: entweder in Chalons stehen bleiben und den Angriff des Feindes erwarten, oder sich nordwärts wenden, um sich durch eine Rechtsschwenkung Metz und Bazaine zu nähern, oder man mußte sich auf Paris zurückziehen, um die entblößte Hauptstadt zu decken. Und daß Letzteres das einzig Richtige gewesen wäre, haben die nachfolgenden Ereignisse genügend bewiesen, und die Vertheidigung von Paris hätte sich anders, noch furchtbarer gestaltet, wenn Mac Mahon sich mit fast 200.000 Mann immerhin noch guter Truppen zu den Hilfs= mitteln gesellt hätte, welche Trochu später in der Hauptstadt entwickelte.

Aber Napoleon war noch zu mächtig, um sich den Be= schlüssen seines Marschalls zu fügen, und zog es vor, alles Andere zu versuchen, als sich, geschlagen wie er war, mit sei= nen fliehenden Truppen vor Paris zu zeigen, das er vor Kurzem erst verlassen hatte, des Sieges gewiß, zu einem militärischen Spaziergange nach Berlin.

So verließ er denn Chalons mit seinem Sohne und Mac Mahon am 21. August, um sich über Courcelles nach Rheims zu begeben, wobei er unbegreiflicher Weise anzu= nehmen schien, daß die deutsche Armee ihn in Chalons wie auf einer friedlichen Parade ablösen würde, sich dort in Gesellschaft der Demimonde von Paris unterhalten, um eine türkische Pfeife rauchend in aller Gemüthsruhe das Ergebniß des beabsichtigten Rendezvous bei Metz abzuwarten. Son= derbare Schwärmer diese Herren vom französischen General= stab. Und auch Mac Mahon hatte gar nichts mehr von jener höheren Inspiration, die ihn dazumal blindlings nach Ma= genta geführt, und schien es nicht zu ahnen, daß ihm acht deutsche Armeekorps rechts und links das Geleite gaben, um ihn ebensowohl von Metz als auch von Paris abzuschneiden und keine andere Wahl zu lassen, als sich zu ergeben.

Es waren ungeheuere Märsche, welche die deutschen Truppen in diesen Tagen zu machen hatten, bei ungünstiger Witterung, bei gerade durch diese Schnelligkeit bedingter mangelhafter Verpflegung. Man brach in der Früh um 4 Uhr auf, zog dahin durch aufgeweichte Feldwege, durch sumpfige Wiesen und grundlose Aecker, ein paar Mal bis um Mitter= nacht, um dann mit den von Nässe triefenden Kleidern ohne Feuer zu bivouakiren, das heißt sich auf den feuchten Boden zu werfen und dort ein paar Stunden in halber Erstarrung

liegen zu bleiben, bis Trommel und Trompete lange vor der
Morgendämmerung wieder zum Aufbruch rief. — Es war ein
Marsch ohne Schonung, wie man das zu benennen pflegt,
blieb zurück was wolle, das heißt was augenblicklich nicht
mehr vorwärts konnte; es mußte sehen, wie es während der
Nacht oder am andern Tage seinen Truppenkörper wieder er-
reichte. Und mit ganz geringen Ausnahmen fanden sie sich
Alle wieder ein und standen am Tage der Aktion stramm in
Reih und Glied.

Die Armee des Kronprinzen von Preußen ging von
Chalons aus über Suippe gegen Bouziers; der Kronprinz
von Sachsen zog von Verdun das obere Maasthal herab
über Dun und Stenay, wobei der linke Flügel seiner, der
4. Armee, beständig Fühlung behielt mit dem rechten Flügel
der 3. Armee, der des Kronprinzen von Preußen.

Für die Hilfskolonne, jetzt einige 20 Wagen unter
Führung eines preußischen Majors, war es wahrlich keine
Kleinigkeit, bei schlechtem Wege, auf hügeligem Terrain, bei
oft stundenlang mit Armee-Material vollgestopften Straßen
durch alle die großen Truppen- und Trainkolonnen vorwärts
zu kommen; aber belohnend bei all' den Mühen und Strapazen für Jemand, der, wie Fahrbach, alle diese prächtigen
Soldatenbilder, dies ganze malerische Durcheinander so bereitwillig auf sich einwirken ließ, der hier zum ersten Male die
fernen dumpfen Kanonenschläge hörte, welche verkündigten,
daß die Artillerie den Feind erreicht, ihn zum Stehen zwang,
nachdem die deutsche Reiterei, ihren alten Ruhm bewährend,
unaufhörlich dem Feind auf den Fersen gewesen und dadurch
aufgehalten hatte. Ja, die ganze Reserve-Reiterei der Armee
des Kronprinzen war heute in der Früh brausend, klirrend,
jubelnd an ihm vorübergesprengt, sechs preußische Regimenter: Uhlanen, rothe, braune, schwarze, grüne Hußaren,
Dragoner und Küraffiere, auch baierische Chevauxlegers,
Uhlanen und Küraffiere, im Ganzen zehn Regimenter, ihnen
folgend die baierische Artillerie im vollen Galopp, ein herrlicher, unvergeßlicher Anblick! Der Boden dröhnte unter

ihnen, es sauste und brauste durch die Luft und dauerte lange,
bis der letzte Ton in der Ferne auf der weiten Haide ver=
klungen war. Das war alles wie ein phantastischer Traum
für den jungen Ingenieur, dem er sehnsüchtig nachblickte,
und wenn nur Infanterie folgte oder schwere Artillerie oder
eine schmucke Jägertruppe, troh der Ermüdung jubelnd und
singend, da mußte er an sich halten, um nicht mit hinein=
gerissen zu werden in die Reihen, und blickte dann zuweilen
mit einem wehmüthigen Gefühl auf die langsam im
Schlamme dahinziehenden Wagen, auf das rothe Kreuz an
seinem Arme.

„Lassen Sie sie nur dahin ziehen,“ konnte vielleicht der
Stabsarzt sagen, „wir kommen schon nach und werden
morgen tüchtig hinter ihren Reihen sein.“

„Aber nicht mitten d'rin,“ rief der junge Ingenieur
fast unmuthig, „nicht vorne d'ran, wo der Feind steht.“

„O, welches Glück, Soldat zu sein,“ rief er plötzlich
aus, als eine reitende Batterie an ihnen vorüber rasselte,
gefolgt von einem Regiment Uhlanen mit lustig wehenden
Fähnleins.

Abends lernten sie auch noch eine andere Seite des
Kriegslebens kennen, denn sie mußten bivouakiren, da Dörfer,

Häuser, Villen und einzelne Höfe vor und um ihnen mit
Truppen besetzt waren. Es stäubte ein feiner Regen herab,
doch war er glücklicher Weise nicht stark genug, um das lo=
dernde Feuer auszulöschen, das sie in einer Niederung hinter
ihrer Kolonne angezündet hatten, wozu Holz genug ein ver=
lassener Schuppen lieferte, den Fahrbach mit einigen Sani=
tätskollegen nach allen Regeln der Kunst abbrach.

Welch' malerischer Anblick, als die Glut emporloderte,
nicht nur die Wagen hell bestrahlend, sondern auch Soldaten
verschiedener Truppentheile, die sich in der Nähe befanden
und von der Helle und der wohlthätig angenehmen Glut
angezogen wurden. Einzelne Reiter erschienen im Lichtkreis
des Feuers, lautlos vorüberhuschend oder auch für einen
Augenblick anhaltend, um sich Feuer geben zu lassen für ihre
Pfeife, dabei einen Schluck aus der Feldflasche nicht ver=
schmähend, von weit her unbestimmtes Geräusch und Getöne,
wie Sausen in der Luft, wie das Rollen von Rädern, wie
ein seltsames Klingen und Klirren, wie der Klang unheim=
lich rufender Stimmen, von denen man nicht wußte, ob sie
vor oder hinter uns ertönen, — wer hätte da schlafen
können — Fahrbach gewiß nicht, und als ihm der Stabs=
arzt, der sich in einen der Wagen zurückzog, lachend eine
gute Nacht gewünscht, blieb er mit noch ein paar Andern
am Feuer sitzen und schürte die Glut.

Gestalten zogen stumm vorüber oder näherten sich zu=
weilen, wie soeben jetzt ein von draußen zurückkehrender
Ordonnanz=Offizier, der dicht an's Feuer heranritt und sich
vom Pferde schwang, für einen Augenblick die Gastfreund=
schaft der lodernden Flamme erbittend, um auf seiner
Generalstabskarte nachzusehen.

„Man verirrt sich so leicht bei der dunklen Nacht, bei
den vielen Wegen, obendrein wenn uns diese durch mar=
schirende Kolonnen verdeckt oder kleine Merkzeichen unsichtbar
gemacht werden. Ich bin aber schon auf der richtigen
Straße."

„Sie kommen von draußen herein, hatten Sie heute
schon mit dem Feinde zu thun? Man glaubte bei uns
allgemein, gegen Norden Kanonendonner zu hören."

„Und hatte darin nicht Unrecht, wir hatten mit der
Division de Failly zu thun, wie Sie morgen sehen werden,
wenn Sie nach Beaumont kommen; es ist da auf französischer
Seite hart zugegangen und ein Schlachtfeld wie das habe ich
noch keines gesehen. Die ruhig lagernden französischen Truppen wurden beim Abkochen vollständig überrascht, die Kavallerie und Artillerie hatten ihre Pferde zur Tränke geführt,
aber das Merkwürdigste daran," sagte der Ordonnanz-Offizier,
„ist die Art, wie sie überrascht worden, nicht etwa durch flinke
Reiter oder unhörbar heranschleichende Jäger, nein, durch
Artillerie. Ein Rittmeister der Husaren, den Truppen ziemlich weit voraus, durchsucht mit sechs oder sieben Reitern den
ziemlich ausgedehnten Wald da drüben, Sie würden ihn
deutlich vor sich sehen, wenn es hell wäre, auf einmal wird
von einer französischen Patrouille auf ihn geschossen, es ist
das nichts Außergewöhnliches und geht den ganzen Tag so
fort zwischen unseren Vortruppen und der Arrièregarde der
Franzosen; Letztere in ihrem Leichtsinn, ich kann es hier nicht
anders nennen, legten auch keinen weiteren Werth darauf,
besonders da sie gewohnt sind, unsere feindlichen Reiter auf
Meilen weit vor der Truppe plötzlich erscheinen und spurlos
wieder verschwinden zu sehen. Vorsichtig rückt die Husaren-
patrouille nach und sieht, am Saume des Waldes angekommen, plötzlich ein ganzes Lager kochend, bratend und sich auf
das Diner freuend vor sich. Kein Posten ist vor dem Lager
aufgestellt. Der Rittmeister sieht aber gleichzeitig nicht nur,
wie die Patrouille, die ihm begegnet war, in's Lager zurück-
kehrt und ihn anmeldet, sondern daß auch von dieser Meldung
keine Notiz genommen wird, worauf er sich vorsichtig zurück-
zieht und der baierischen Batterie Blaumüller begegnet, die
nun ungedeckt, nur von wenigen Uhlanen begleitet, am Saume
des Waldes auffährt und plötzlich Granaten unter die
Schmausenden wirft. Das ganze Lager fiel in unsere Hände,

und Sie werden nie etwas Entsetzlicheres sehen, als die Ver=
wüstung dort, wenn Sie morgen Früh vorüberkommen."

Damit schwang sich der Ordonnanz=Offizier auf sein
Pferd und ritt durch die Nacht davon, während Fahrbach
träumend sitzen blieb, dann aber auch vom Schlafe über=
mannt wurde und erst nach ein paar Stunden wieder erwachte
beim Schnauben und Schütteln der Pferde, welche die kalte
Morgenluft spürten.

Bald darauf ging es vorwärts in den trüben, nebligen,
regendrohenden Tag hinein. Lautlos und schattenhaft zogen
in weiter Entfernung Truppentheile mit ihnen des gleichen
Weges, auch aus den Reihen der näher Kommenden klang
nicht wie sonst Plaudern und Lachen oder lustige Lieder,
Alles zog still und ruhig dahin unter dem Eindruck des
bevorstehenden Tages und gedrückt von der kalten, grauen
Morgendämmerung. Auch Fahrbach fühlte sich eigenthümlich
bewegt durch diese kalte, nebelhafte Schlacht=Ouverture; er
würde heiterer aufgeathmet haben beim Glänzen eines Son=
nenstrahles, ja bei dem Leuchten und dumpfen Krachen
fern her tönender Kanonenschüsse. Lautlos zogen all' die
Tausende dahin, und wo man je einmal einen Klang hörte,
war es ein fernes Trompetensignal, vielleicht auch das Rollen
einer rasch auf steiniger Straße dahinrollenden Batterie und
ferner Trommelwirbel, der aber auch heute Morgens in der
dicken nebligen Luft so dumpf und traurig tönte.

Und als endlich der Tag emporstieg, schon längst ver=
kündet durch eine trüb und schmutziggelbe Färbung im Osten,
erschien er in seinen grauen Wolkenschleiern mit seinem trü=
ben Lichte dem jungen Ingenieur so passend zu dem, was er
auf der Erde zu bescheinen hatte.

Sie hatten ein kleines Wäldchen erreicht, das sich von
Nordost nach Südwest gegen Beaumont hinabsenkt zu einem
weiten, rings von Anhöhen umzogenen Thal, in welchem die
Division de Failly, der linke Flügel der Armee Mac
Mahon's, gestern kampirte, während das Zentrum bei
la Chêne stand. Zwei durch die Landstraße getrennte große

7

Zeltlager waren südlich vor der Stadt, ein drittes auf einem
Plateau nördlich von derselben aufgeschlagen. Hier war die
Stelle, wo gestern die baierische Batterie die ruhenden Fran=
zosen beschossen hatte, und welch' besinnungsloses Entsetzen
die Ueberfallenen bei den so plötzlich einschlagenden und
platzenden Granaten ergriffen, das sahen sie hier schaudernd
beim Anblick der beiden Lager, wo der Feind in panischem
Schrecken, ohne nur an Widerstand zu denken, Alles stehen
und liegen ließ, wie es bei den ersten Schüssen stand und lag.

„Sollte man es für möglich halten," sagte der Stabs=
arzt, als sie durch die grenzenlose Verwirrung dahin fuhren,
„daß die kriegsgeübten Franzosen, die doch wahrlich in Afrika
genug Veranlassung hatten, den Schutz gegen plötzliche
Ueberfälle zu lernen, ihren Vorpostendienst hier so gräulich
vernachläßigten."

Und es war in der That ein unerhörter Anblick, der sich
hier den Augen der Beschauenden bot, für Fahrbach um so
ergreifender, da er überhaupt hier zum ersten Male die
Spuren eines mörderischen Kampfes sah, die ersten noch
unbeerbigt auf den Feldern liegenden Leichen. In beiden
Lagern, in einem Umkreise von etwa 1½ Stunden, war
Alles, was ein Heer an Waffen, Munition, Kleidung,
Geräthe aller Art, Material und Lebensmitteln denkbarer
Weise mit sich führen kann, in unabsehbaren Mengen hin=
gestreut; Tornister und Gewehre lagen schon in den Gräben
der Landstraße weit vor dem Lager, aber in diesem selbst
fanden sich ungezählte Feldmützen, Käppis, Helme, Uniform=
röcke, Hosen, Strümpfe, Schuhe, Tornister mit jedem mög=
lichen Inhalt, Chassepots, Yatagans, Pistolen, Karabiner,
Küchengeräthe aller Art, Zelte und Zeltstangen, todte und
verwundete Pferde, Munitions= und Proviantwagen, zer=
schossene Laffetten und auch noch eine mächtige Kanone
in Mitte des getödteten Gespanns. Noch hingen die Koch=
kessel mit ihrem halb verschütteten, halb gar gekochten In=
halt von Gemüsen, Hülsenfrüchten, Fleisch über den gekreuzten
Stäben der plötzlich verlassenen Feuer.

Langsam fuhr die Wagenkolonne in das Städtchen
Beaumont ein, dessen Häuser wenige Spuren des Kampfes
zeigten. Die Franzosen hatten sich erst auf der Höhe jenseits
der Thalmulde wieder gestellt. Höchst malerisch nahmen sich
die auf dem Friedhofe vor der hochgelegenen Kirche in bunte
Gruppen zusammengedrängten Gefangenen aller Waffen=
gattungen aus, wie sie in dem gewölbten Portal lehnten,

oder an den Gräbern kauerten, oder auf dem breiten Mauer=
rande saßen und lagen. Zahlreiche Häuser waren von den
deutschen und französischen Militär=Aerzten als Verband=
plätze und Spitäler eingerichtet.

„Da sehen Sie auch von unsern Kollegen des fran=
zösischen freiwilligen Hilfskorps," sagte der Stabsarzt, lachend
auf Gestalten zeigend, die sich im theatralischen Aufputz mit
rothen Schärpen, phantastischen Gürteln, Hüten mit Federn
auf den Straßen umhertrieben, „überall machen sie sich
bemerkbar, drängen sich hervor, wo es nicht viel Arbeit und
keine Gefahr gibt, und ich habe noch nie gesehen, daß diese
malerisch aufgeputzten Herren fest mit Hand angelegt hätten,
so bringend auch das Bedürfniß darnach rief. Hier gibt es
allerdings auch für uns noch nichts zu thun, denn wie ich

7*

eben erfahren, sollen wir noch bis Carignan vorgehen, um
dort morgen gerichtet zu sein, gewiß zu schwerer Arbeit. Es
zieht sich um Sedan zusammen wie schwere, schwere Wetter,
es wird morgen furchtbar blitzen und einschlagen. Kommen
Sie, lieber Freund," setzte er nach einer Pause sehr ernst
hinzu, "wir haben ein paar Stunden Zeit, um das Schlacht=
feld zwischen den überfallenen Lagern zu besuchen, es soll
fürchterlich sein; aber Sie müssen sich daran gewöhnen, und
es ist besser, wenn sie das zum ersten Male heute in aller
Ruhe versuchen, als morgen vielleicht beim Zischen der
Granaten, beim Pfeifen der Chassepotkugeln und vor Allem
bei dem Jammern und Stöhnen der Unglücklichen, denen wir
Hilfe leisten sollen. Kommen Sie, heute da draußen werden
wir es mit lauter stillen Männern zu thun haben."

Vor dem Städtchen kamen sie an einem großen Stein=
bruch vorüber, wo weitere 900 Gefangene bewacht wurden,
und vernahmen hier von den preußischen Soldaten, es sei ein
französischer Curé darunter, der, weil er auf die eindringen=
den Truppen gefeuert, in einer Stunde erschossen werden soll.
Vielleicht nur müßiges Gerede, wie so manches ähnlicher
Art. Auch machte sogleich Anderes ihre Aufmerksamkeit rege,
denn dort begann schon das weite Blachfeld, wo Sanitäts=
soldaten und Ambulanzen noch in voller Thätigkeit waren.
Und hier blieb Fahrbach plötzlich, tief Athem holend, stehen,
denn er stand dicht vor dem ersten Todten, den er unter
diesen Verhältnissen sah. Es war die Leiche eines pracht=
vollen Pionniers, welcher in der Rechten noch das wuchtige
Beil, die Brust mit den Zeichen der Feldzüge in der Krimm,
in Italien und Mexiko bedeckt, den mächtigen grauen Bart
gerade gen Himmel reckte — ein herrlicher Studienkopf mit
der stark knochigen, markirten Nase des echten Troupiers.

"Wie schauerlich mich hier das Handwerk grüßt," sagte
der Ingenieur, worauf ihm sein älterer Freund, nicht ohne
Absicht, sagte: "So nehmen Sie den Gruß praktisch an und
ziehen das Beil aus der starren Hand des Todten, es ist ein
Andenken an den heutigen Tag und kann Ihnen irgendwo

nützlich werden." Es schauerte Fahrbach, als er die kalten Finger zurückbog, doch war er froh, daß ihn sein praktischer Begleiter gezwungen, sich selbst zu bezwingen. Das Beil steckte er in den Gürtel, und als er dicht dabei den zweiten Gefallenen sah, ging sein Athem ruhig wie sonst; es war dies ein französischer Kapitän vom 75. Regiment, der, den durchschossenen Kopf nach unten, am Rande des Abhanges lag, vollständig ausgeplündert, alle Taschen herausgezogen. Ueberhaupt fanden sie diese Beraubung der Leichen überall, zumal wenn eine Nacht über das Schlachtfeld hinweggezogen. Bei der weiten Ausdehnung der Gefechtsfelder und der großen Zahl der Getroffenen scheint alle Wachsamkeit der Posten und der ausgezeichneten Feldgendarmen nicht auszureichen, diese Gräuel zu verhindern; häufig waren die Tornister, um die langsame Aufschnallung zu ersparen, mit einem Fußtritt eingestoßen, die Taschen der Gefallenen umgekehrt.

„Das ist das Werk dieser scheußlichen berufsmäßigen Hyänen des Schlachtfeldes," sagte der Stabsarzt, indem sie weiter schritten. „Wo sie sich am Tage verkriechen, wie sie Nachts so plötzlich von allen Seiten erscheinen, ist mir heute noch ein Räthsel; sie folgen unsichtbar dem Heere, umkreisen das Schlachtfeld, um bei der Dunkelheit, wie die echte Hyäne, vorsichtig zwischen den Todten umherzuschleichen; aber wilder, wüster, unheimlicher als jene, begnügen sie sich nicht mit den Leichen, sondern löschen einen noch glim=menden Lebensfunken, um dann ihr scheußliches Werk zu beginnen. Wie oft haben mir Verwundete erzählt, eiserne Herzen, daß sie angstvoll gebebt, wenn sie, hilflos liegend, mit einem Male bald hier, bald da gebückt schleichende, schattenhafte Gestalten gesehen, dann eine plötzliche Lichthelle der aufklappenden Blendlaterne, dann einen leisen Aufschrei gehört — ein jammervolles Winseln. — Natürlich ist dieses Gesindel so vogelfrei als möglich, wo die Truppen sie antreffen, werden sie ohne Gnade niedergemacht. Aber wer vermag es, auf den weiten Schlachtfeldern dieses furchtbaren Krieges bei dunkler Nacht nach jedem Laternenschein seine

Aufmerksamkeit zu richten? Erscheinen doch die Schlacht=
feldhyänen auch häufig unter der Maske von Helfern und
Hilfebringenden."

Damit hatten die beiden die Reihen der umgestürzten
und niedergetretenen Zelte erreicht und konnten hier erst
völlig das Bild der entsetzten Flucht überschauen, welche
urplötzlich Alles und jedes Erdenkliche, was ein Heer nur
mit sich führt, im Stiche gelassen und preisgegeben hatten,
um das nackte Leben zu retten; die Ueberraschten glaubten
gewiß, beflügelt wie ihre Granaten, fielen die deutschen
Streiter aus der Luft über sie her. Hie und da standen die
Chassepots noch in Pyramiden gehäuft, die Pferde, heil,
wund und todt, standen und lagen noch mit der Schlinge
um die Fessel an die Zeltstangen gebunden, das Feuer
glimmte noch unter dem Kessel mit eingeschnittenen Rüben.
Hier fanden sie grauenhafte Bilder des plötzlichsten Todes, so
einen Soldaten, das Stück Fleisch für sein Mittagmahl in
der Linken, das darauf zu streuende Salz in der Rechten und
einen Granatsplitter in der Brust. Die Franzosen hatten noch
ihre Offiziere todt und verwundet zahlreich liegen lassen,
während der Stabsarzt, wie er seinem jungen Begleiter
sagte, auf keinem der bisherigen Schlachtfelder dieses Krieges
einen deutschen Offizier von seinen Leuten verlassen gefunden
habe. Einen fast wehmüthigen Anblick machten auch hier die
Briefe und Aufzeichnungen aller Art, welche den aufgerissenen
Tornistern und Brusttaschen entfallen, von Ungefähr zer=
streut worden. Fahrbach hob hin und wieder eines auf:
Sorge der Mütter, Sehnsucht der Bräute, vor Thränen halb
verwischte Zeilen — der Herbstwind jagt sie über die blutige
Haide! Da schrieb eine alte Dame aus Valence, aus den son=
nigen Reben= und Pfirsichgeländen des goldenen Rhone, an
ihren Sohn, den Vicomte de**, Lieutenant im 75. Regi=
ment: sie danke Gott, daß er ihn bei „Weißenberg" so
wunderbar gerettet, der Kaiser müsse ja nun bald Frieden
machen, und sie bete alle Tage — der Rest war, von Blut
überströmt, unleserlich; um den seinen aristokratischen Mund

des Gefallenen aber spielte noch ein Zug bitterſten Schmerzes, zwiſchen Naſenwurzel und Auge war die tödtliche Kugel ein- gedrungen. Wo war der Schütze groß gewachſen, der ſo ſcharf gezielt? Auf der umbrandeten Düne der Nordſee oder auf den grünen Alm-Wieſen der Loiſach?

Gräßlich waren die Wirkungen der deutſchen Granaten. In der erſten Zeltreihe fanden wir fünf, in der zweiten ſechs Franzoſen durch e i n e n Schuß dahingeſtreckt — die letztere Gruppe war gerade mit der Suppe beſchäftigt geweſen; das Hohlgeſchoß war in dem Leibe ſelbſt des Mittelſten zerplatzt, vom Gürtel bis an die Knie war er verkohlt, Fleiſch und Uniform zu Zunder verbrannt. Einem Zweiten war der vordere Theil vom Geſicht und Schädel weggeriſſen, den hintern Theil füllte, wie eine Schale, Blut und Gehirn; einem Dritten war Hals und Kopf vom Rumpfe hinweggraſirt, und ein Vierter wollte noch die Blechtaſſe zum Munde führen — er hielt ſie in der Rechten — von welchem nur noch der Unterkiefer übrig war.

Seltſamer Weiſe erſchütterten dieſe Bilder des Grauens den jungen Ingenieur nicht ſo, wie er ſelbſt gefürchtet und wie auch wohl ſein jetzt ſo ernſter Begleiter erwartet, der ihn zuweilen, wenn gar zu gräßliche Bilder erſchienen, mit einem Seitenblick betrachtete. Auch hatte er es ſich gelobt nicht ſchwach zu ſein, und da er ſich nun einmal in das wilde Treiben dieſes Kriegslebens begeben, ſtatt zurückweichen, lieber mit zugeſchloſſenen Augen in die Gefahr hineinzuſtür- zen, wohin ihn ſein eigener Wille und die ihm dadurch auf- erlegte Pflicht riefen. Es überſchlich ihn allerdings ein eigen- thümliches Gefühl, wenn er daran dachte, vielleicht morgen auf einem ähnlich blutigen Felde handelnd eingreifen zu müſſen, Granaten einſchlagen zu ſehen und Chaſſepotkugeln pfeifen zu hören, und dann kamen wohl Augenblicke, wo ſein Athem etwas ſchwerer ging, wo er vielleicht mit der Hand über ſeine Stirn fuhr.

In einem ſolchen Momente nickte ihm der Stabsarzt, der das zu bemerken ſchien, freundlich zu und ſagte: „Ja,

wenn ein fester Vorsatz uns auch stählen kann wider alles
äußere Entsetzen, so gewährt doch das Erz dreifachen Vor=
satzes keinen Schild gegen die weiche Rührung, die von
innen unser Herz beschleicht, und bei dem traurig schönen
Bilde dort zu Ihren Füßen verstehe ich wohl, warum Ihre
Mienen zucken."

Denn da lag vor ihnen ein todter preußischer Jäger
mit einem Schuß in die linke Seite, von welchem der Stabs=
arzt, nachdem er näher herangetreten und ihn genau be=
trachtet hatte, sagte, daß der so tödtlich Getroffene wohl
noch etwa zehn Minuten bei vollem Bewußtsein gelebt habe;
er hatte den Tornister unter das Haupt geschoben und sich
auf den rechten Arm gelehnt, der Blick der noch offenen

Augen aber war gerichtet auf — die Fotografie eines
Mädchens in seiner starren linken Hand; er hatte das Bild
aus der Brieftasche gezogen, die neben ihm lag, und hatte den
Tod erwartet, den letzten Blick auf die geliebten Züge geheftet.

Tief gerührt standen Beide eine Weile vor diesem weh=
müthig schönen Bilde, dann löste Fahrbach das Bild aus der

Hand des Todten, entnahm aus den bei ihm gefundenen
Briefen seine und des Mädchens Adresse — sie wohnte in
einem Städtchen bei Halle — und übernahm es, Bild und
Briefe mit einem Bericht, wie sie den Todten gefunden, an
das Fräulein zu senden.

Rasch war ihnen so die Zeit verflogen, die sie aus=
bleiben durften, und sie mußten ihren Rückweg beschleunigen,
obgleich sich ihren Blicken noch auf allen Punkten die beweg=
testen, interessantesten Bilder zeigten, sie unwillkürlich bei
jedem Schritte fesselnd. Hier sahen sie eine schwere franzö=
sische Kanone mitten in dem ringsum liegenden Gespann
von sechs durch Granaten zerrissenen Pferden, dort knallten
Schüsse herüber, um schwer verwundete dieser armen Thiere
vollends zu tödten, und drüben sah man Leute der Sanität
und der Hilfskorps beschäftigt, Verwundete aufzusuchen und
Todte in langen Gräbern einzuscharren. Dann kamen sie
wieder an einem Steinbruch vorüber, und als hier der Stabs=
arzt einige herumstehende Einwohner auf französisch anwies,
dort mit Spaten und Schaufeln hinauszugehen auf das
Schlachtfeld, um unsere Soldaten zu unterstützen bei Aus=
übung des letzten Liebeswerkes an ihren Landsleuten, da
schob eine schwarze Gestalt die bunten Uniformen der gefan=
genen Soldaten zur Seite und dicht vor ihnen stand — ein
unheimlicher Anblick — der verurtheilte Curé, ein echtes
— man könnte hier keinen anderen Ausdruck gebrauchen —
Pfaffengesicht, voll Fanatismus in den unheimlich glühenden
Augen, aber nur von Todesangst verzerrt: „Oh pour la
grâce de Dieu, Monsieur," hub er an, „j'entends que
vous parlez français! je suis accusé d'un crime,
duquel je suis entièrement innocent, on va me tuer,
oh par la grâce de Dieu, procurez-moi un prêtre de
ma religion!"

„Glauben Sie es ja nicht, Herr Doktor, daß der
unschuldig ist," sagte einer der bewachenden preußischen
Soldaten, welcher die französische Sprache verstand, „wir
haben ihn gestern auf der That ergriffen, zielend und mit

dem vom Schießen noch heißen Gewehre. Besser wäre es
allerdings, mein Kamerad hätte besser getroffen, so brauchten
wir diese ganze traurige Zeremonie nicht; aber wenn Sie
einen Geistlichen finden, so ist es ein gutes Werk, ihn her=
zuschicken."

Dies versprach auch der Stabsarzt, und es gelang
ihm auch Wort zu halten, im Weitergehen aber sagte er zu
Fahrbach: „Solche Begegnungen sind die traurigsten Seiten
dieses furchtbaren Krieges, und wenn ich auch zugeben
will, daß es bei rings umher wogendem wilden Kampfe
einen solchen Diener des Friedens gewaltsam mit hinein=
reißen kann, thätlich an dem Gefecht theilzunehmen, so ver=
stehe ich anderntheils die Erbitterung unserer braven Sol=
daten und weiß, wie groß der Frevel dieser Zeloten ist, die
mit kaltem Blut und ruhiger Ueberlegung noch größeres
Unheil stiften. Nicht nur haben sie in Elsaß und Lothringen
die Bauern dadurch zu fanatisiren versucht, daß sie überall
verbreiteten: Die Preußen kämen, um sie lutherisch zu
machen. — „Ditsch werden wir ja gerne, aber katholisch
möchten wir doch schon bleiben," jammerten mir die Leute
in Reigny la Salle vor — ich habe selbst das Dorf
gesehen, in welchem die deutschen Verwundeten von den
Schulkindern mißhandelt wurden, und auf erhobene Nach=
forschung, wer ihnen das eingegeben, antworteten die Knaben
und Mädchen: Der Schullehrer und der Pfarrer."

Als sie wieder bei ihren Wagen ankamen, fanden sie
die Dispositionen für den Weitermarsch insoweit geändert,
daß sie direkt nach Mouzon vorgehen sollten, um dort dem
wahrscheinlichen Schlachtfelde des morgigen Tages näher
zu sein.

Für den 31. August hatte das Oberkommando befoh=
len, den am vorhergehenden Tage auf allen Punkten geschla=
genen Feind bis an die Maas zu verfolgen. Das 1. baierische
Korps sollte bis Remilly, das 2. als Reserve bis Roncourt
vorrücken, während das 12. Korps auf dem rechten Maasufer
von Mouzon aus nachdränge. Die baierische Artillerie stellte

sich auf den Höhen von Remilly auf. Der Feind stand jenseits der Maas bei Bazeilles und Douzy. Er war an Infanterie bedeutend überlegen, hatte auf den Höhen von Bazeilles eine zur Vertheidigung des Maasüberganges sehr geeignete Stellung, mehrere Mitrailleusen=Batterien bestrichen die Ausgänge des Dorfes, die Eisenbahnbrücke und das Maasufer. General von der Tann befahl, die Eisenbahn=brücke zu nehmen, jedoch nicht weiter gegen Bazeilles vorzudringen, bis das Eingreifen des sächsischen Korps auf dem rechten Maasufer fühlbar wäre. Die Brücke wurde um 10 Uhr Vormittags genommen und behauptet, die Versuche des Feindes, sie zu sprengen, abgewiesen. Zwei Jäger=Bataillone gingen aus eigenem Antrieb mit außerordentlicher Bravour über die Brücke vor und drangen in das zum Theil schon in Brand geschossene Bazeilles ein. Sie erlitten große Verluste und zogen sich, auf Befehl des kommandirenden Generals, in vollständiger Ordnung bis zur Eisenbahn=brücke zurück.

VI.

Von Beaumont brach die Wagenkolonne Nachmittags nach Mouzon auf. Die breite Landstraße, welche über die Höhen führt, war, außer mit der übrigen nun schon wohlbekannten Hinterlassenschaft französischen Rückzuges, mit einer bisher noch nicht gefundenen bedeckt, nämlich mit vielen Dutzenden der viereckigen Kistchen für je 28 Patronen von Mitrailleusen — das für niederdeutsches Mundwerk nicht zu verarbeitende, ölig gleitende Wort haben die Landsleute Fritz Reuter's längst in ein ehrliches „Trall=Meusen" umgesetzt, das sie mit unbefangenstem Ernst konstant gebrauchen. Auf dieser, die Niederung beherrschenden Hügelkrone sollten die Mordgeschütze, wie nun schon so oft seit Weißenburg und Wörth, den deutschen Ansturm hemmen und Zeit gewinnen für den Abzug der geschlagenen Infanterie und der Geschütze. In Massen lagen die Zigarren-

büchsen ähnlichen Kästchen leer oder noch mit dem tödtlichen
Inhalt gefüllt umher; daß sie aber die Verfolgung nicht
aufzuhalten vermochten, dafür kamen uns eben hier von
Mouzon her die erfreulichsten Zeugen entgegen: eilf Kanonen, gestern Abends dem weichenden Feind abgenommen
und nun von der siegreichen Mannschaft, welche Helme und
Waffen bekränzt trug, zurückgebracht; dahinter abermals
ein großer Zug Gefangener, an der Spitze ein wild blickender
Zuave, die Hände auf den Rücken geschnürt und von dem
führenden Dragoner am Stricke gehalten.

Es war volle Dämmerung, als sie sich dem alter-
thümlichen Mouzon näherten; welch' einen Anblick hatten
sie hier! Erst gegen Mittag hatten die Preußen, welche
gestern Abends nur bis an die Thore gelangten, im Sturm
die engen verrammelten Gassen und selbst die einzelnen
Häuser genommen; links und rechts am Rande der schmalen
Gäßchen lagen, wie sie gefallen waren — höchstens hatte
eine fromme Hand das verzerrte Gesicht bedeckt — die
todten Franzosen in breiten Blutlachen; die eingeschossenen
Fensterrahmen, die mit dem Kolben gesprengten Haus-
thüren, die Dallen der Gewehrkugeln an den Mauern be-
kundeten den grimmen Straßenkampf, der hier getobt; in
einem Hause zur Linken hatte eine Granate die Ecke des
Ziegeldaches durchschlagen und noch in die Wand des
Nachbars eine klaffende Wunde gerissen. Sie bogen ein
auf einen freien Platz: da war ein großes Gebäude total
ausgebrannt, noch immer aber stiegen aus dem qualmenden
Schutt Rauchwolken, von feurigem Scheine durchglüht, in
den Abendhimmel. Linkshin öffnete sich der Blick auf einen
Kanal der Maas; aber welch' ein Blick! Die flüchtenden
Franzosen hatten auf einer Brücke ihre Artillerie und
ihre Mitrailleusen durch eine Furt den kolossalen Train
über das schützende Gewässer führen wollen; mitten in dieser
Arbeit wurden sie von der auf der Höhe auffahrenden deutschen
Artillerie überrascht, und als nun die Granaten sausend in
die dichte Masse schlugen, da stürzten im Gedränge der

Verzweiflung Mann, Roß, Wagen und Geschütz von der
Brücke, deren Geländer barst; die kaum gefundene Furt
ward verstopft, Pferde und Menschen wurden weggespült,
und jetzt noch lagen und standen in der Flut Kanonen,
Mitrailleusen und Gespanne aller Art haushoch über=
einander gethürmt — ein unentwirrbarer Knäuel. Und

über dem allen nun die friedevollste Dämmerung: zartgelbe
Abendwolken lange hingestreckt, über dem schlanken go=
thischen Kirchthurm stand die feine Sichel des Mondes, und
aus einem fernen, fernen Dorfe her klang leise verhallend
das Ave Maria.

Trotz der Dämmerung wäre Fahrbach gar zu gern in
dem kleinen Städtchen umhergegangen, um so viel zufällig
Malerisches hier näher zu betrachten; war doch Alles das
für ihn neu und von höchstem Interesse, doch ein preußischer
Offizier — er hatte gestern Abends drei Geschütze mit
seiner Kompagnie genommen und trug den zerschossenen Arm

in der Binde — warnte, einzeln oder unbewaffnet in die
Häuser zu gehen, in denen immer noch Franzosen versteckt
gefunden wurden, welche wiederholt gegen Aerzte und Sanitätssoldaten Gewalt gebraucht, und während er sprach,
wurden fünf Gefangene vorübergeführt, die man eben aus
einem Keller geholt; auch hatte der Stabsarzt soeben den
Befehl erhalten, in Mouzon nur kurzen Aufenthalt zu
machen und so weit wie möglich gegen Sedan vorzugehen,
wo man für morgen die Entscheidung erwartete, jedenfalls
einen heißen Kampf.

Ⓢo fuhr denn die Wagenkolonne — es war völlig
dunkel geworden — weiter bei dem zweifelhaften Scheine
von nur drei Laternen, welche auf 21 Wagen vertheilt
waren, welche wenig Trost, noch weniger Licht gewährten
und mehr das Symbol als die Wirklichkeit einer Beleuchtung
waren; doch ging es noch leidlich, so lange sie sich durch
die von den Offizieren und Feldgendarmen in musterhafter
Ordnung gehaltenen Kolonnen der marschirenden Truppen
zu winden hatten, obwohl auch Artillerie die Hälfte der
Straße bedeckte. Als aber die Kolonne in die Nähe des
Dörfleins Autrecourt gelangt, konnten die Wagen, mit
lebensmüden, zum Theil von Brumeth mitgeschleppten
Rößlein bespannt, ein neues Hinderniß, das sich darbot,
kaum mehr überwinden: nichts Geringeres nämlich, als
einen ganzen französischen Train, welchen die fliehenden
Truppen, da er ihren Weg sperrte, einfach auf der Straße
umgestürzt, rechts und links in die Gräben geworfen;
todte Pferde, Karren, Körbe und Kisten lagen noch in
Menge auf der Chaussée.

Das gab harte Arbeit, besonders für Fahrbach, der
sich hier vor Allen unermüdlich zeigte, um sich endlich einmal
nützlich zu machen; Jeder und Jede — denn es befanden
sich auch barmherzige Schwestern bei der Kolonne —
mußten die Wagen verlassen, man führte die müden, ängst-
lichen Pferde an all' den Hemmnissen vorüber, nachdem man
diese so weit als möglich aus dem Wege geräumt; man

schob und hob die Räder bald rechts und bald links, alles in
tiefster Dunkelheit, und so gelangten sie endlich in den
ärmlichen Flecken und waren nach langem Umhersuchen so
glücklich, endlich einen Theil der Expedition unter Dach
und Fach bringen zu können, darunter auch den etwas
müde gewordenen guten Stabsarzt, nachdem er vorher
mit Fahrbach so frugal als möglich soupirt: ein Stück hart
gewordenes Brod mit einem Reste von Speck, der die gegen=
theilige Eigenschaft zeigte, dazu einen Schluck guten Cognac.

Was Fahrbach anbelangt, so war für ihn ein schöner
Hausflur, dem nur die Thür fehlte, sowie etwas feuchtes
Stroh übrig geblieben, weshalb er es vorzog, sich in seinen
ponchoartigen Plaid auf eine Steinbank vor dem Hause zu
setzen, da er wohl fühlte, daß er nicht schlafen könne;
die beiden Stunden Ruhe der vergangenen Nacht hatten
ihn gestärkt, die mannigfaltigen Erlebnisse des heutigen
Tages beschäftigten auf's Lebhafteste seine Fantasie und
setzten sich jetzt noch in lebendigen Bildern vor seinen Augen
fort. Dort gegen Nordwesten leuchtete Feuerschein durch die
Nacht, brennende Häuser von Bazeilles, welches dort tapfere
baierische Jäger schon heute aus eigenem Antrieb mit außer=
ordentlicher Bravour genommen hatten, ohne sich vor der
feindlichen Uebermacht dort behaupten zu können; hinter
dem Flecken auf den Höhen brannten in einem weiten
Halbkreise Hunderte von französischen Wachfeuern, während
sich die des baierischen 1. Armeekorps an den Abhängen,
die zur Maas hinabführten, bis hinter Remilly erstreckten;
dazu erklang in der Ferne gedämpft bald hier, bald da
der Sehnsucht weckende Ruf deutscher Hörner. Es war
gegen die vorhergehenden eine schöne Nacht, der Regen
hatte sie den Tag über verschont, ein leichter Wind die
Wolken zerrissen, so daß hie und da freundliche Sterne
durchblickten, zu denen wohl manches Menschenauge heute
zum letzten Male aufschaute.

Es durchschauerte ihn seltsam bei dem Gedanken, und
er fühlte den Drang in sich, dort hinabzugehen, um an

irgend einem der lodernden Wachfeuer ein paar Stunden
der langen Nacht zu verplaudern — wenn nur — wenn
er nur den Weg gewußt hätte — oder wenn er sicher ge=
wesen wäre, keiner feindlichen Patrouille zu begegnen —
oder vielleicht auch — da er nicht Losung und Feldgeschrei
wußte — von den eigenen Leuten angeschossen zu werden;
doch sprang er im nächsten Augenblicke auf seine Füße, schob
das wuchtige Beil des todten französischen Pionniers wieder
tiefer hinab in den Gürtel, griff nach seinem Revolver
und herrschte sich selbst in entschiedenem Tone zu: „Aber
ich will einmal — auf eigene Faust ein wenig handeln,
um zu sehen, ob mich mein Muth verläßt, wenn ich nicht
mehr im schützenden Geleite der Wagenkolonne bin."

Damit hatte er auch schon rasch einige Schritte gemacht
und bald das Dorf hinter sich gelassen. Wo die Wach=
feuer am dichtesten loderten, genau gegen Nordwesten mußte
Remilly liegen, dahin beschloß er zu gehen und den
tapfern Baiern einen Besuch zu machen; der Ort lag dicht
an der Maas, vielleicht wurden dort Brücken geschlagen
und in dem Falle konnte er vielleicht hoffen, den freund=
lichen Hauptmann des Geniekorps da zu finden.

Es war das nun gerade nicht das Klügste, was er
unternehmen konnte, denn leicht hätte er dem Ruf eines
Vorpostens nicht zu antworten vermocht und einen unange=
nehmen Gruß davongetragen. Doch war ihm bei diesem
ersten kühnen Entschluß, den er zur Ausführung brachte,
das Glück insofern günstig, als er an einem Gabelwege, wo
er unschlüssig stehen blieb, plötzlich den Trab eines Pferdes
hinter sich vernahm und gleich darauf von einem Reiter=
Offizier überholt wurde, der, neben ihm angekommen, den
Trab seines Pferdes mäßigte und ihn fragte: „Das war
doch Autrecourt, was ich soeben passirte," und als der An=
dere dieses bejahte, hinzusetzte: „Es befindet sich dort wohl
eine Sanitätskolonne, zu der Sie gehören?"

„Beides richtig," gab Fahrbach zur Antwort, „wir
kamen heute Abends von Mouzon und rücken morgen Früh

weiter gegen Sedan vor, und wenn Sie mich etwas näher betrachten wollen, so werden Sie finden, daß ich Ihnen nicht ganz fremd bin."

Er hatte nämlich sogleich den jungen Offizier erkannt, dessen Züge ihm begreiflicher Weise unvergessen waren.

„Ah, Sie sind es, dachte ich doch gleich die Stimme zu kennen, und wohin wollen denn Sie so allein in der Nacht?"

„Sehen, ob ich nach Remilly gelange und dort vielleicht bei den Baiern einen Bekannten finde."

„Ein eigenes Vergnügen, wenn man nicht muß," sagte lachend der Offizier — „und fürchten sich nicht?"

„Pah, ich fürchten, wovor denn?"

„O, was das anbelangt, so wäre Ursache vorhanden; es schwärmen hier überall versprengte Franzosen umher, und noch vor ein paar Stunden ist in dem Walde diesseits Raucourt auf mich geschossen worden; ich komme vom Hauptquartier in Chémery und reite nach Remilly, um dort den Kommandeur des baierischen Armeekorps aufzusuchen."

„Sie kennen den Weg?"

„Ich habe ihn heute schon einmal gemacht, auch ist Remilly nicht zu verfehlen, die Wachfeuer leuchten da rings um den Ort prächtig durch die Nacht — haben Sie Feuer für eine Zigarre bei sich?"

„Auch eine Zigarre selbst, wenn Sie mir erlauben wollen, Ihnen eine anzubieten," erwiederte Fahrbach, sein Etui hervorziehend.

„Immerhin und mit bestem Danke, brauche mir auch wohl kein Gewissen daraus zu machen, da Ihr Herren bei den Sanitätskolonnen immer vortrefflich versehen seid — danke bestens — und wenn Sie einen tüchtigen Schritt anschlagen wollen, so können wir eine gute Strecke zusammen gehen, mein Pferd ist müde, da es heute schon viel geleistet, und ich hatte nicht Zeit, ein anderes zu nehmen. — Nun, wie gefällt Ihnen das Kriegsleben?"

8

„Was ich bis jetzt davon gesehen, ist ungeheuer interessant."

„Wird morgen schon besser kommen," sagte kopfnickend der Reiter-Offizier, „das zieht sich in einem hübschen Kreis um die Franzosen zusammen, und wer morgen Früh um diese Zeit noch zu sehen vermag, kann Großes erblicken; wenn das gute Wetter nur anhält," setzte er gen Himmel blickend hinzu — „ach, die schönen Sterne, wie freundlich sie herabblicken und wie ernst, fast traurig sie uns stimmten; es wäre doch schrecklich, wenn man sie heute zum letzten Male sähe."

„Das fühle ich mit Ihnen," erwiederte Fahrbach fast schmerzlich bewegt, „wenngleich an meinem Leben nicht so viel gelegen wäre — mir würde eigentlich Niemand nachweinen."

„Mir doch — mir doch —" sagte der junge Reiter-Offizier und setzte nach einer Pause mit leiserer Stimme hinzu: „Aber es ist das in unseren Verhältnissen nicht einmal ein Glück zu nennen, sich so geliebt zu wissen und oft denken zu müssen an die heißen Thränen einer Mutter und einer — Andern — — —. Ich sage das zu Ihnen, weil Sie mir versprochen haben, in einem gewissen Falle meine Brieftasche zu besorgen."

„Gewiß," erwiederte Fahrbach, „und werde alles, alles daran setzen, um mein Wort zu halten." Dabei gelobte er sich im Stillen, als sie nun schweigend neben einander hinzogen, nicht eher zu ruhen, als bis er nach der bevorstehenden Schlacht den jungen Offizier wieder gefunden lebend, verwundet oder todt, und dann im schlimmsten Falle wolle er die Brieftasche an sich nehmen, sie selbst überbringen, dafür als Lohn erwartend, daß sie ihm dankend ihre Hand reiche und ihre thränenvollen, schönen Blicke einen Moment auf ihm ruhen lasse.

„Da sind wir schon ganz nahe," sagte der junge Reiter-Offizier nach einiger Zeit, „man erkennt schon trotz der blendenden Wachfeuer die Häuser von Remilly, und dort mehr rechts hinüber können Sie zu einem für Sie recht interessanten Schauspiel kommen — hören Sie das leise Klirren der Ketten, ja einen schwachen Ruderschlag?"

„In der That, ich höre so etwas."

„Dort schlagen die braven Baiern Brücken über die Maas; mich wundert's nur, daß die Franzosen nicht herüberschießen — doch da haben wir's schon," rief er gleich darauf, als man am Abhange des andern Maas=Ufers einen Blitz aufleuchten sah, dem der dumpfe Knall eines Schusses folgte, nachdem eine Granate sprühend und zischend herüber gesaust war, um nur ein paar hundert Schritte vor ihnen selbst in den Boden zu schlagen und dort mit einem dröhnenden Schlag zu krepiren.

„Sie schießen wieder wie gewöhnlich zu hoch," meinte der Reiter=Offizier, „doch ist es nicht gerade nothwendig, daß Sie, um zu den Pionnieren zu gelangen, gerade in die Schußlinie hineinrennen, Sie haben es viel bequemer, dort vor dem Thor von Remilly der Maas entlang zu gehen, während ich in das Nest hinein muß, um meinen Befehl abzugeben. Also auf Wiedersehen, hoffentlich unter angenehmen Verhältnissen." Er reichte ihm die Hand und trabte davon.

Das sichtbare und hörbare Einschlagen dieser ersten Granate in nicht allzu weiter Entfernung hatte doch eines starken Eindruckes auf Fahrbach nicht verfehlt, wenn auch Alles glatt abgegangen war und keine Zerstörungen, keine Rufe des Schmerzes gefolgt waren. Es war das so plötzlich gekommen, kaum daß man drüben den Pulverblitz gesehen, so hatte das schwere Geschoß auch schon den Boden durch=furcht und zerplatzte krachend; er hatte wohl gehört, man sehe diese hohen Geschosse besonders bei Nacht, kenntlich am sprühenden Zünder, daher kommen, könne allenfalls aus=weichen; doch waren das die früheren weit gemüthlicheren Granaten, die hoch im Bogen geworfen einen Augenblick herabzublicken schienen, wo sie eigentlich niederfallen wollten, während die heutigen Geschosse plumpe Dinger, wie Vor=

beaux=Flaschen anzusehen, denen man die Hälse abgeschlagen,
oder wie eiserne Zuckerhüte bei den Positionsgeschützen so
roh und zudringlich geradeaus fliegen.

— — da, eine zweite und nicht ganz ohne Wirkung,
und Fahrbach, der sich unwillkürlich etwas geduckt hatte, be=
merkte, wie sie einen ziemlich starken Baum an dem Wege,
den er soeben passirt hatte, krachend zusammenriß; es schien
gerade, als wollte sie ihm den Rückweg sperren und als
sei dadurch auch hier etwas, das ihn unwillkürlich zum
Fortschreiten nöthigte, wenn auch ganz leise der Gedanke in
ihm aufstieg, es sei am Ende doch behaglicher gewesen
droben in dem finstern Hausflur zu Autrecourt.

Jedenfalls aber drängte es ihn, sobald als möglich
zu Menschen zu kommen, weshalb er die Strecke bis zur
Maas in sehr großen Schritten zurücklegte, dabei auch an=
gezogen von dem lebhaften Durcheinander der dunklen Ge=
stalten, die dort am Rande des Flusses beschäftigt waren,
unter deren Händen mit einer fast zauberhaften Schnelligkeit
ein Ponton um das andere von den schweren Wagen
herab in's Wasser glitt, dann hinausgerudert wurde, rasch
verankert und so zusehends zu einer Brückenlinie heran=
wuchs. Es waren zwei Partien dort beschäftigt, solche
Uebergänge über den Fluß zu bilden, beide natürlicherweise
außer dem Lichtbereich der Wachfeuer, um die Aufmerk=
samkeit des Feindes nicht unnöthiger Weise anzuziehen, auch
schien derselbe das Brückenschlagen nicht zu bemerken oder
weiter keine Notiz davon zu nehmen, denn es krachten
nur sehr vereinzelte Schüsse von drüben herüber, und auch
die, ohne irgend welchen Schaden zu thun.

Fahrbach ging weiter bis dicht zu dem Platze, wo die
Pionniere arbeiteten, und schaute mit Interesse ihrem fast
lautlosen und doch so rasch geförderten Werke zu; seinen
Poncho hatte er über die Schulter zurückgeschlagen, um für
alle Fälle die weiße Binde mit dem Kreuz an seinem
Arme sehen zu lassen, jedenfalls eine Empfehlung und ein
Passierschein, denn die umherstehenden oder hin= und her=

gehenden Offiziere beachteten ihn nicht weiter, bis endlich
einer, der gegen die halbfertige Brücke ging, ihm scharf in's
Gesicht blickte und ihm darauf mit einem freundlichen Wort
des Erkennens eine Hand auf die Schulter legte.

„Ah, so haben Sie mich doch gefunden," sagte der
Hauptmann des Genietorps, „und kommen gerade zu einer
auch für Sie recht interessanten Arbeit — haben Sie sich
das schon näher angesehen?"

„Noch nicht, Herr Hauptmann, wäre aber sehr dankbar,
wenn Sie mir dazu Erlaubniß geben würden."

„Gewiß, mein lieber junger Freund, ich führe Sie
selber, da ich doch gerade auf dem Wege dorthin bin." Er
schob seinen Arm unter den des Ingenieurs und fuhr
dann mit seiner gewinnenden Freundlichkeit fort: „Wo
haben Sie denn die letzten Tage gesteckt, sind Sie bei
dem Stabsarzt geblieben, der Sie förmlich gepreßt hat?"

„Ja wohl, Herr Hauptmann, es ist ein alter Bekannter von mir, und ich glaubte dort nützlich sein zu
können; unsere Kolonne ist droben in Autrecourt, und da
ich von einem Ordonnanz-Offizier erfuhr, daß hier unten
Brücken geschlagen würden, so wollte ich mir das in der Nähe
ansehen, hoffte auch auf das Glück, Sie wieder zu finden."

„Brav — brav, und es freut mich sehr — — sehen
Sie," fuhr er nach einer Pause fort, als sie auf dem ersten
Brückenponton standen, „wie wacker die Leute arbeiten;
vor einer Stunde erst haben wir den Befehl erhalten und
sind schon weit über die Mitte des Flusses hinaus —
möchte auch gern bald fertig werden," setzte er flüsternd
hinzu, „denn ich traue den Franzosen nicht, sie haben
vorhin schon ein paar Granaten gegen die Wachfeuer geworfen und fürchte immer, daß sie unsere Arbeit entdecken
und plötzlich mit ihren verfluchten Mitrailleusen hineinfeuern
— — hört man drüben nichts?" fragte er einen jungen
Lieutenant seiner Kompagnie, als sie nun an dem Rande
des letzten Pontons standen, wo sich dieser befand, um
die Arbeit zu leiten.

„Gar nichts, Herr Hauptmann; doch ist soeben wieder der Nachen mit der Jäger=Patrouille an's andere Ufer gerudert."

„Gott sei Dank," erwiederte der Hauptmann, worauf er sich an die Leute wandte, die eben ein neues Boot vorlegten, und ihnen flüsternd zurief: „Eilt Euch, Leute, eilt Euch, daß wir ohne Schaden davon kommen; ich gebe Euch noch eine kleine halbe Stunde, dann müssen wir jedenfalls fertig sein, die auf der anderen Brücke sind schon weiter, denke ich."

Doch schüttelte jetzt der Lieutenant mit dem Kopfe und erwiederte ganz leise: „Verzeihen Sie, Herr Haupt= mann, wir haben schon zwei Pontons mehr in Linie ge= bracht," setzte aber gleich darauf lauter hinzu: „Hurtig, Leute, hurtig, die 2. Kompagnie muß jedenfalls zuerst an's andere Ufer kommen — fester dort an die Winde, das Ankertau rasch angezogen, sonst stoßen wir an — hat ihm schon."

Der Ponton, der noch in Bewegung war, stieß so unsanft an die schon stehende Brücke, daß sie ein paar Sekunden lang dröhnte und schütterte, allerdings ein Ver= sehen, doch nicht groß genug, um deshalb die Leute zu veranlassen, plötzlich alle zusammen an den Rand des Bootes zu springen, wie es in diesem Augenblicke geschah.

„Was gibt's da," rief flüsternd der Hauptmann, „ist etwas gebrochen?"

Doch hatte Fahrbach, der, um besser sehen zu können, auf dem Rande des letzten Pontons balanzirte, mit seinem scharfen Auge sogleich bemerkt, um was es sich handelte; er warf rasch seinen Poncho ab, auch das wuchtige Beil und seinen Revolver, wozu er nur wenige Sekunden brauchte.

„Es ist ein Mann in's Wasser gefallen," rief der junge Lieutenant.

„Kann er gut schwimmen?"

„Wenig — dort treibt er ab."

„Alle Wetter, das fehlt uns noch — rach mit einem Ponton."

Doch war das unnöthig, denn noch während jene Worte in fliegender Eile gewechselt wurden, schwang sich Fahrbach, ohne Geräusch zu machen, in das Wasser hinab,

theilte sogleich die Flut mit kräftigen Armen, hatte auch in Kurzem den Mann erreicht und dirigirte ihn an's dies= seitige Ufer.

Der Hauptmann war über die Brücke vorausgeeilt und empfing ihn dort mit herzlichem Danke. „Das war rasch und schön gehandelt," sagte er, ihm die Hand drückend, „Sie ließen mir nicht einmal Zeit, Freiwillige vorzu= rufen."

„Aber so klang es in mir," entgegnete Fahrbach lachend, „und da ich doch jedenfalls dort der Freiwilligste von Allen war, auch bei der Arbeit am wenigsten nützlich sein konnte, so that ich nur meine Schuldigkeit."

Der Mann, der in's Wasser gefallen war und aller= dings wenig schwimmen konnte, bedankte sich ebenfalls auf seine Art und eilte dann, sich tüchtig schüttelnd, wieder an seine Arbeit, „da ihm dort schon wärmer würde," wie er meinte, „als wenn er an eines der Lagerfeuer ginge, was ihm der Hauptmann gestatten wollte.

„Es sind das brave Leute," sagte der Hauptmann, dem Soldaten nachblickend, „und leider muß ich wohl sagen, sorgt der Himmel ausgiebig dafür, daß sie sich aus der Nässe nichts mehr machen — aber bei Ihnen ist das was anderes, mein lieber junger Freund, und Sie muß ich schon zu einem stillen und behaglichen Platze dort hinter eines jener Häuser führen, wo ein tüchtiges Feuer unterhalten wird und wo auch ein gutes Tröpfchen zum Trinken nicht fehlt." Dieser Platz, von dem der Hauptmann gesprochen, war nun allerdings für ein Lagerfeuer in der That wohl behaglich zu nennen: er befand sich hinter einer hohen Gartenmauer, die nicht nur Schutz gegen den kühlen Nachtwind gewährte, sondern von der auch die lodernde Flamme des Feuers angenehm erwärmend zurückstrahlte, sogar Sitzgelegenheiten gab es hier: ein paar aufrecht stehende Fäßchen, einige halbvolle Habersäcke, auch ein weiches Strohlager, das aber von ein paar Jäger-Offizieren eingenommen war, die dort bequem ausgestreckt ruhten, aber ohne zu schlafen, in voller Ausrüstung.

„Ich mache jede Wette," sagte der Eine, „daß es mit dem morgigen Ruhetag nichts ist; auch wäre es schade, nicht schon bei Tagesanbruch das Treibjagen zu beginnen, da die Franzosen so hübsch eingekreist sind."

Dann stellte der Hauptmann den jungen Ingenieur vor, wobei er mit großer Anerkennung die Ursache von dessen durchnäßter Kleidung erzählte; auch rief er seinen Burschen, der es sich in einem Schuppen nebenan bequem gemacht hatte, hieß ihn ein paar Decken herausbringen, worauf Fahrbach seine Stiefel und Beinkleider ausziehen mußte, damit diese rasch am Feuer getrocknet würden, ebenso seine triefende Juppe, und als er hierauf seinen Poncho über sich geworfen und ein Glas voll vorzüglicher Tröpfchen erhalten hatte, fühlte er sich so behaglich wie lange nicht, denn er war nach Bestehung der Feuer= und Wasserprobe zum ersten Male nach längerer Zeit wieder zufrieden mit sich selber.

Das Gespräch der Offiziere drehte sich in ziemlich ernster Weise um die wahrscheinliche Entscheidungsschlacht des kommenden Tages, und wenn auch alle dieser tapferen, meistens jüngeren Leute mit der größten Ruhe den bevor= stehenden, jedenfalls blutigen Kampf besprachen, so gab es doch auch Augenblicke, wo manch' glänzendes Auge ge= dankenvoll in die lodernden Flammen blickte.

Andere Offiziere, die gerade nicht zu diesem Lager= feuer gehörten, traten vorübergehend .in den Lichtschein des= selben, ein paar Worte wechselnd oder sich einen brennenden Span nehmend zum Anzünden der Zigarre, auch gingen und ritten welche mit stummen Gruß vorüber, und jeden Augenblick wechselte so die lebendige Szenerie. An den übrigen Feuern war es wohl nichts anders, und wenn sich auch Manche in tiefer Ermüdung dem Schlaf über= ließen, so pulsirte doch im Allgemeinen ein fast fieber= haftes Leben in den Hunderttausenden, die Sedan in weitem Kreis umlagerten.

Da kam ein Reiter heran in Begleitung eines Majors von den Jägern, und Fahrbach erkannte sogleich seinen jungen Freund wieder, den er gegen Remilly begleitete. Die Jäger=Offiziere wollten sich von ihrem Strohlager er= heben, doch winkte ihnen der Major abwehrend mit beiden Händen, indem er sagte: „Ruht's Euch nur aus, Ihr Herren, so lang wie möglich, es wird bald genug wieder losgehen."

„Gibt's was Neues, Herr Major?" fragte der Hauptmann vom Geniekorps.

„Sobald Ihre Brücken fertig sind, wird's schon was geben."

„Heute Nacht noch?"

Der Major von den Jägern nickte mit dem Kopfe und sagte erst nach einer kleinen Pause: „Es ist das kein

Geheimniß mehr, auch mir nicht als solches anvertraut, da — unser Herr Kamerad von den Reitern hat es soeben vom Oberkommando herübergebracht, ich war just beim General, der es mir mittheilte; es ist nichts mit einem Ruhetag, wir sollen mit Anbruch des Tages, nach Maß= gabe wie die Sachsen vorrücken werden, den Feind drüben bei Bazeilles angreifen, aber — der Befehl hat noch einen kleinen Zusatz: Es sei nämlich General von der Tann unbenommen, noch während der Nacht eine Wegnahme von Bazeilles zu versuchen, um hiedurch den Feind bis zum Herankommen der übrigen Korps festzuhalten, und wie Sie alle unsern tapfern, schneidigen General kennen, wartet er jetzt schon mit Ungeduld auf die Meldung, daß die Brücken fertig sind.

Diese Worte verursachten ein lebhaftes Aufstürmen nicht nur der Jäger=Offiziere, die sogleich Säbel und Ring= kragen befestigten, dann nach ihren Helmen griffen, sondern auch des Genie=Hauptmanns, der ermüdet von langem Marsche und der unabläßigen Beaufsichtigung des Brücken= baues, einen Augenblick am Feuer geruht, und Letzterer eilte sogleich hinweg, kehrte aber gleich darauf an der Seite seines jungen Lieutenants zurück, der ihm gemeldet hatte, daß die Brücke vollständig fertig sei, ebenso die untere, und er bitte um Erlaubniß, die Meldung selbst in's baierische Hauptquartier bringen zu dürfen.

„Gut, gut," sagte Hauptmann Wiebler, „man wird mit uns zufrieden sein — demnach aber," setzte er, zu den Anderen gewendet, hinzu, „ist unsere Sitzung hier wohl aufgehoben und kann das Schicksal seinen Weg gehen, nachdem wir noch zur Stärkung einen heißen Schluck Kaffee, den mein Bursche eben bereitet, zu uns genommen haben."

„Was wir dankbar annehmen," sagte der Hauptmann von den Jägern, „und dann gut Glück zum heutigen Tage."

Fahrbach hatte sich ebenfalls erhoben, und als der Ordonnanz=Offizier das seltsame Kostüme seines Bekannten

lächelnd betrachtete, bemerkte der Hauptmann vom Genie=
korps: „Unser Freund vom Sanitätskorps ist heute der
Erste freiwillig im Gefecht gewesen, im Gefecht mit einem
unangenehmen Feind, dem Wasser, woraus er mir einen
braven Mann gerettet. — Ist Ihr Zeug wieder trocken
geworden?"

„O ja, genügend, auch nehmen wir das nicht so
genau."

„Und wir," sagte der junge Reiter=Offizier, indem
er Fahrbach freundlich seine Hand reichte, „haben wohl
wieder eine Strecke gemeinschaftlichen Weg — brechen wir
auf, wenn es Ihnen recht ist."

Damit verließen die Beiden das Lagerfeuer, nicht
ohne von Allen durch einen stummen, aber herzlichen
Händedruck freundschaftlichsten Abschied genommen zu haben,
und indem man Jeden mit dem ernsten, fast traurigen
Gedanken verließ, unter den man von einem guten Freunde
vielleicht zum letzten Mal — auf ewig Abschied nimmt.

Als der junge Reiter=Offizier und Fahrbach mit
einander aufwärts gegen Autrecourt zogen, sagte der Erstere:
„Es ist eigenthümlich, daß wir Beide uns in den letzten
Tagen so häufig getroffen und uns dadurch vielleicht näher
gekommen sind, als wenn wir uns früher schon Jahre lang
gekannt hätten; ich wenigstens habe das Gefühl, und ebenso
eines aufrichtiger Hochachtung für Sie, denn man kann
sehr brav in seinem Geschäfte sein und sich doch besinnen,
um bei dunkler Nacht in's Wasser zu springen, um einen
fremden Menschen zu retten — nein, nein, keine falsche Be=
scheidenheit; hätte ich eine Rettungsmedaille zu vergeben,
so sollten Sie dieselbe gerade für diese That mit Schwertern
haben."

„Pah, Sie hätten ebenso gehandelt."

„Vielleicht, aber jedenfalls wäre ich ebenso lieb gegen
eine Batterie geritten — — nur gerade jetzt nicht auf
diesem armen müden Pferde," setzte er hinzu, als das=
selbe einen tüchtigen Stolperer über eine Baumwurzel that;

„kann es ihm aber nicht übel nehmen, denn es hat heute das Uebermögliche geleistet;" dann klopfte er ihm leicht auf den Hals und sagte: „Sollst auch heute und morgen Ruhe haben."

„Und sein Herr?" fragte Fahrbach lächelnd.

„Ja, das ist allerdings ein anderes Kapitel, doch weiß ich mich zum neuen Tagwerk zu restauriren, ein Guß kalten Wassers über den Kopf, ein frisches Pferd unter mir und alle Müdigkeit ist verschwunden."

„Welche Farbe hat das Pferd, das Sie heute reiten werden?"

„Mein Schlachtroß ist ein auffallend starker arabischer Fuchs, Halbblut und glänzt im Sonnenlicht wie ein Gold= strahl."

„Gut, das werde ich mir merken," sagte der Ingenieur, als sie Autrecourt erreicht hatten, „hoffentlich sehe ich Pferd und Reiter wohl und glücklich wieder."

„Wie Gott will — im andern Falle aber denken Sie an meine Brieftasche."

Damit reichte der Reiter=Offizier seinem Begleiter

die Hand und war bald im Dunkel, welches durch den auf= steigenden Nebel noch vermehrt wurde, verschwunden.

Fahrbach blickte ihm sinnend nach, wobei Vielerlei an seinem Geiste vorüberzog und wobei er sich schließlich glücklich pries, durch Zufall freiwillig gezwungen worden zu sein, hier in das kriegerische Leben mit einzutreten; auch dachte er jetzt schmerzlos, ohne Neid an jene Szene auf dem Bahnhofe, und es freute ihn in dieser Richtung, die Bekanntschaft des liebenswürdigen jungen Mannes gemacht zu haben, der mit seinem gewinnenden, offenen Wesen ihm jetzt schon wie ein guter Freund erschien.

Es mochte 3 Uhr geworden sein, als er wieder vor dem Hause ankam, wo auf einem kleinen Platze die Wagen= kolonne hielt, und fand er hier die Fuhrleute schon beschäftigt, ihre Pferde zu füttern und zu tränken, auch schon seine Ka= meraden von der Sanität bei der Arbeit, ein Feuer anzu= zünden, um für die ganze Gesellschaft einen stärkenden und wärmenden Morgenkaffee zu kochen.

Es würde den Raum dieser Blätter überschreiten, auch zu weit aus dem Wege dieser einfachen Erzählung führen, wollten wir den geneigten Leser näher mit den Bestandtheilen des Sanitätszuges bekannt machen, und sei nur gesagt, daß Alle, die sich freiwillig zu diesem Liebes= dienste hier zusammen fanden, mit wahrhaft aufopfernder Thätigkeit mehr als ihre Pflicht erfüllten zum Glück, Heil und Segen der armen Verwundeten. Es waren hier Mi= litär= und Zivil=Aerzte, darunter Professoren mit bedeu= tenden Namen, die bereitwillig ihr trauliches Heim ver= lassen, um sich hier in Strapazen und Entbehrungen für das allgemeine Wohl oft den größten Gefahren auszusetzen; wie Fahrbach, befanden sich eine Menge junger Leute dabei, die schon eine ehrenvolle Stellung im Leben erreicht, und Alles das bildete ein ausgezeichnetes Personal, worunter barmherzige Schwestern eine hoher Achtung und hohen Dankes werthe Stellung einnahmen.

Ein belebtes Bild gab diese Wagenkolonne, wenn sie sich wie jetzt zum Aufbruch rüstete, oder wenn sie an einem Haltpunkt ankam, wo der kommandirende Offizier, ein

älterer Major, eifrigst für seine Schützlinge in den langen
schwarzen Gewändern mit den weißen Kopftüchern und
den meistens feinen, bleichen Gesichtern besorgt war, sie
militärisch ehrerbietigst grüßte, wenn er ihnen vom Wagen
half, und möglichst auf kleine Bequemlichkeiten für sie dachte;
wogegen er es auch wie heute Morgens nicht verschmähte,
zum freundlichen Dank seinen Kaffee aus den Händen einer
der barmherzigen Schwestern zu empfangen.

„Da sind Sie ja," sagte der Stabsarzt, auf Fahrbach
zutretend, „ich habe wahrhaftig schon gedacht, Sie wären
uns davon gegangen."

„Das war ich auch, da ich nicht zu schlafen vermochte, habe viel Interessantes gesehen, und wenn Sie mir
einen Augenblick vor das Dorf folgen wollen, so kann ich
Ihnen die Richtung zeigen, wo wahrscheinlich in Kurzem
die große Schlacht beginnen wird."

„Sagen wir es dem Major, es wird für ihn sehr
interessant sein."

Dies geschah und dann gingen die Drei nördlich vor
das Dorf hinaus, wo sie indessen von der Landschaft gar
nichts mehr sahen, da überall dichte Nebel aufstiegen, Thal
und Höhen umziehend und namentlich den Lauf der Maas
wie mit dichten grauen Schleiern zudeckend. Vereinzelt
hörte man Hornsignale und das dumpfe Wirbeln der
Trommeln; Fahrbach hatte mitgetheilt, daß dort unten
neben der Eisenbahn zwei Pontonbrücken geschlagen worden wären, wo die Baiern noch vor Tagesanbruch angreifen sollten, und jetzt schien dort unten das großartige
Drama zu beginnen. Plötzlich und in rasch aufeinander
folgenden Schlägen wurde der dichte Nebel beleuchtet wie
von zuckenden Blitzen, denen lang nachhallender Donner folgte.

„Das ist schon auf dem andern Ufer der Maas," sagte
der Major, „sie dringen gegen Bazeilles vor, dort antworten die Franzosen ebenso kräftig; es wird ein heißes
Ringen werden um den Ort mit seinen Mauern und steinernen Häusern."

Und wie ein Feuermeer wogte es jetzt unter den
grauen Schleiern des dichten Nebels, ein unheimlicher An=
blick, als seien zwei wilde Wetter niedergestiegen, um dort
unter Donner und Blitz mit einander zu kämpfen; die
graue Luft war wie von Flammen durchzuckt, die Schüsse
nicht mehr einzeln hörbar, rollten wie ein fortwährendes
Dröhnen.

Stumm und bestürzt blickte Fahrbach dort hinab,
mächtig ergriffen von dem Anblick dieses seines ersten
Schlachtenbildes.

„Kommen Sie, meine Herren," sagte ernst der
Major, „es ist Zeit, daß wir uns auf den Weg machen;
wenn das mit solcher Wucht schon so früh anfängt, so
werden wir bald Arbeit genug haben."

Und bald darauf zog die Wagenkolonne durch den
weißen Nebelduft dahin, Jeder bei derselben stiller als
sonst, Alles mit feierlicher Empfindung.

Die Truppen, an denen sie gestern und vorgestern vor=
übergekommen oder die ihnen vorausgeeilt, waren schon
lange voran oder hatten andere Routen eingeschlagen; die
Straße war leer und still, — ein ernster Gegensatz zu
dem lärmenden Gedränge der letzten Tage; schweigend
sammelte sich wohl jede Seele, entschlossen und gespannt,
das Aeußerste zu leisten — leider nur an Hilfe, an fried=
licher Hilfe.

Als sie südlich über Chémery hinaus waren, begannen
die ersten Zeichen des nahen Kampfes sich zu melden; rechts
in der Ferne stand ein großes Anwesen mit seinen Nebenge=
bäuden in hellen Flammen, und ungeachtet des Rasselns der
Wagen, die nun in scharfem Trabe abwärts fuhren, ver=
nahm man den dumpfen Schlag der Kanonen. Zu sehen
war noch nichts, da ragende Hügel die Aussicht fast nach
allen Seiten verdeckten und auch der Nebel noch in ein=
zelnen Streifen langsam in die Höhe wallte; doch bemerkte
man jetzt hie und da zwischen diesen Streifen an dem
hellen Blau des Himmels kleine rundliche Wolken, plötzlich

auftauchend, eine Weile schweben und ebenso rasch ver=
wehen: es waren in der Luft krepirende französische Gra=
naten. Jetzt hob sich der Weg wieder, und da auch die
Hügel zur Linken zurückwichen, sah man jetzt auf drei Pa=
rallelstraßen starke Kolonnen aller Waffengattungen, Reiter,
Infanterie und Geschütze, vorwärts drängen in der gleichen
Richtung mit der Wagenkolonne, deren erstes Fahrzeug
nun plötzlich hielt, denn in nächster Nähe dröhnte es
herüber Schlag auf Schlag, rollender Geschützdonner auf
der Krone des Hügels zur Rechten.

Alle Männer, die sich beim Zuge befanden, waren
rasch von den Wagen gesprungen und begrüßten diese herz=
erschütternden Töne mit einem freudigen Hurrah. Viele
verließen die Kolonne und eilten, so rasch sie konnten,
den steilen und hohen Hügel zur Rechten hinan. Welch'
unvergleichliches Bild bot sich da oben den Blicken auf
den weiten Thalkessel hinab, auf Sedan, an einem der
schönsten Punkte des Maasthales liegend, zwischen ter=
rassenförmig aufsteigenden, von Laubwald bekrönten Höhen=
zügen, von welchen sich schmale Wiesenflächen zur Maas
herabziehen; überall zwischen Laubmassen blicken Dörfer
mit zierlichen Kirchthürmen hervor; dort auf dem linken
Ufer liegt die Stadt Donchéry mit ihren grauen Ziegel=
dächern, dahinter und zu beiden Seiten dehnt sich die
Ebene aus, in der Mitte aber hebt sich das Terrain zu
theils bewaldeten, theils lehmigen Hügeln und wird am
Horizont von der mächtigen halbkreisförmigen Bergkette
der Ardennen begrenzt — und dieses weite schöne Thal
war erfüllt von den kämpfenden Heeren Deutschlands und
Frankreichs.

Verschwunden waren die Nebel, die Sonne brannte
schwül und drückend herab und blinkender Glanz lag auf
der Stadt Sedan, deren schiefergedeckte graue Häuser und
mit grünen Baum=Alleen bepflanzte zackige Festungswälle
sich so friedlich in der Maas spiegelten — ein furcht=
barer Kontrast, da die in einer langen Linie diesseits

des Flusses auf den Hügelkämmen postirten baierischen
Feldbatterien unaufhörlich einen Schauer von Granaten
gegen die Stadt und auf das umliegende Terrain warfen,
die von den Franzosen am andern Ufer der Maas kräftig
beantwortet wurden und so jetzt schon am frühen Morgen
das weite Thal mit qualmendem Rauche und donnerähn-
lichen Krachen erfüllte und erschütterte — aber es sollte
noch besser kommen, erhaben großartig; es sollte sich
dieser Anfang zu einem Schlachtgemälde vervollständigen,
wie noch keines dagewesen war. Hatten doch die tapferen
zähen Baiern, die so heldenmüthig da unten fochten, vorläufig nur die Aufgabe, die Versuche Mac Mahon's nach
Südosten zum Entsatz Bazaines in Metz durchzubrechen, in
wildem scharfen Ringen abzuwehren gegen die große Uebermacht des Feindes, der Regiment um Regiment heran-
führte, wohl wissend, daß es sich hier um Sieg oder gänzlichen Untergang handelte. Die Baiern sollten hier nur
Stand halten, bis die Sachsen unter ihrem Kronprinzen
von Nordosten herkommend, dem Kronprinzen von Preußen
die Hand reichen würden, um den Ring des Schicksals um
den Cäsar zu schließen.

Der Mittelpunkt dieses Kreises war Sedan, und
der nördliche Halbkreis der Höhen um diese Stadt, etwa
von Nuvion bis Dainy, vom Feinde besetzt; der ent-
sprechende südliche Halbkreis, etwa von Donchéry bis Bazeilles, von den Deutschen, und als Abends um 5½ Uhr
das Feuer verstummte, hatten die deutschen Batterien den
ganzen Hügelkreis besetzt, so daß sie sich von Norden nach
Süden, von Givonne nach Remilly und von Westen nach
Osten, von Donchéry nach Bazeilles hätten selbst be-
schießen können; unaufhaltsam und in regelmäßigen Inter-
vallen hatten sie sich wie auf dem Exerzierplatz von Osten
und von Westen um Sedan herum vorgeschoben, sich
endlich im Norden die Hände gereicht und den Weg nach
Belgien gesperrt; was aber von Franzosen vor Sedan und
auf jenen Höhen gestanden, das lag, niedergeschmettert von

9

der überlegenen deutschen Artillerie, auf der Wahlstatt, oder herabgeworfen in die enge Stadt, auf welche als= dann 500 deutsche Geschütze von den Hügeln ringsumher hernieder drohten.

Am Abhange des Hügels, auf dem Fahrbach und die Uebrigen standen, befand sich eine baierische Batterie und schoß auf französische Kolonnen, die östlich von Sedan hervorzubrechen suchten; ziemlich weit vorgeschobene feind= liche Geschütze und die Festung erwiederten das Feuer heftig, doch so viel man von hier aus bemerken konnte, mit geringem Erfolg. Glücklicherweise hatte unser Ingenieur schon gestern im Dunkel der Nacht die Bekanntschaft sprü= hender Granaten gemacht, so daß er sich jetzt nicht mehr so viel daraus machte, als zahlreiche Geschosse ähnlicher Art hoch über den Köpfen der Dastehenden platzten, sondern auch rechts und links in ihrer Nähe einschlugen; auch die Batterie zu ihren Füßen hatte nicht besonders viel zu leiden, doch machte es immer einen eigenthümlichen Eindruck auf Fahrbach, als der Stabsarzt, der ein paar Schritte vorge= gangen war, zurückkommend sagte: „Sie haben da drei Todte und zehn Verwundete." Fast erschreckender als die Wirkung der Granaten, deren Sausen man deutlich hörte, waren die der aus enormer Entfernung von unsichtbaren Geschützen herkommenden, leise pfeifenden Chassepotkugeln; benn nicht nur, daß sie in die Batterie einschlugen und rechts und links von dem Platze, wo die Leute von der Sanität standen, es wurden auch Trainsoldaten auf der Straße nach Chémery in der Nähe der Wagenkolonne ge= troffen, und baierische Chevaurlegers, welche noch zehn Mi= nuten hinter derselben in einer Hügelfalte hielten.

„Besser als hier hätten Sie bei Ihrem ersten Debut nicht das Bild einer großartigen Schlacht haben können," sagte der Stabsarzt herantretend, „doch schauert mich förmlich bei dem Gedanken an unsere Arbeit von heute Abend, und welchen prachtvollen Platz wir hier haben! Sehen Sie dort drüben die zahlreiche Gruppe deutscher

Offiziere in glänzenden Uniformen? Das ist der König mit seinem Gefolge."

Tief bewegt stand Fahrbach da, fast betäubt von dem furchtbar anwachsenden Geschützfeuer, besonders von dem Krachen der dicht vor ihm feuernden baierischen Kanonen; ja er war so im Anblick dieses gewaltigen Bildes versunken,

daß ihn der Stabsarzt am Arme seitwärts reißen mußte, damit er nicht unter scharf vorsprengende Chevauxlegers gerieth, die als Deckung eine neu auffahrende Batterie geleiteten und deren Nahen bei dem immer stärker sich entwickelnden Geschützdonner für ihn unhörbar gewesen war. Unaufhörlich rollte und grollte es auf allen Höhen, blitzte es aus allen Wäldern, krachte es aus der Stadt und der Festung; das eigenthümliche Sausen der durch die Luft schwirrenden Granaten wurde fast nicht mehr unterschieden — es war wie ein Aufruhr aller Elemente, — es war, wie wenn sich in einem engen Gebirgskessel furchtbare

9*

Gewitter verfangen haben, die Blitze unablässig leuchten und der Donner bald in dumpfem Rollen, bald in hellen, scharfen Schlägen rings umher an den Felswänden widerhallt.

Da, mit einem Male tauchte grell ein neues Getöse auf, ein unangenehmes schnarrendes Knattern scharf durch Geschützdonner und Gewehrfeuer hervorbringend. — „Was ist denn das?"

„Das sind die Mitrailleusen," sagte der Stabsarzt; „es ist mir jedesmal unheimlich, wenn ich sie höre, diese verfluchten Schlacht=Ratschen, wie sie die Altbaiern so vortrefflich getauft haben, und ich glaube, es ist das unwillkürliche Grauen vor dem maschinenmäßigen drehorgelhaften Niederschmettern anstürmender Helden, was das Geräusch so widerlich macht."

„Und sind sie so gefährlich?"

„Gewiß, besonders wo Infanterie ungedeckt eine bestimmte Strecke passiren muß; freilich ist der Streuungskreis gering, wen es aber trifft, den trifft es fürchterlich; ich hatte schon Verwundete unter den Händen, die von einem Dutzend dieser Kugeln durchbohrt waren — — aber kommen Sie jetzt zu den Wagen hinab, ich sehe, man sammelt sich bei denselben, vielleicht um einen Theil weiter vorgehen zu lassen."

Dies war auch der Fall, denn der Führer der Kolonne hatte beschlossen, den ziemlich gefährlichen Platz, wo schon, wie oben bemerkt, vereinzelte Chassepotkugeln eingeschlagen waren, im Interesse seiner Leute zu verlassen und die Wagen allerdings weiter vorwärts, aber an einer ziemlich geschützten Bodensenkung zu dirigiren.

„Bis auf Weiteres," sagte nachdenklich der Major, „doch hoffe ich, daß wir bald weiter vorgehen können und müssen, wenigstens ein Theil Ihrer Herren, Herr Stabsarzt; denn wie ich soeben von einem vorbei reitenden Ordonnanz=Offizier hörte, soll es bei Bazeilles und Balan scharf zugehen und dort schon Hilfe bringend nothwendig sein — doch kann ich vorläufig Niemand weiter vorkom=

mandiren, da ich nicht weiß, wie es bei den Brücken
drüben aussieht."

„Aber Freiwillige von unseren jungen Leuten könnten
vorgehen," meinte der Stabsarzt, setzte aber gleich darauf
lächelnd hinzu, als er sah, daß alle Männer des Sanitätszuges augenblicklich vortreten: „Hier könnte uns doch das
„Freiwillige vor" zu weit führen, und sollten der Herr
Major schon eine Auswahl treffen."

„Denen ich aber jedenfalls als Wegweiser beigegeben
werden muß," sagte Fahrbach, entschieden heraus tretend;
„ich war gestern Nacht beim Brückenschlagen zugegen und
werde mich um so eher zurecht finden."

„Gut denn," sagte der Major, indem er mit einem
wohlgefälligen Blick den jungen Mann betrachtete, dessen
hohe kräftige Gestalt mit den leuchtenden Augen, dem
entschlossenen Zug um den Mund, das schwere Beil an
der Seite, ganz wie Jemand aussah, der mit jeder Gefahr zu spielen versteht, und wenn auch die Gefühle unseres
jungen Freundes nicht so ganz mit seinem Aeußern im Ein-
klange standen, so hatte er doch jede Furcht überwunden
und war, angeregt von dem großartigen Augenblicke, entschlossen, jeder Gefahr muthig in's Auge zu schauen.

„Gut denn," wiederholte der Major, „wenn Sie
vorgehen wollen, so will ich Sie gewiß nicht abhalten,
kann auch sein, daß Sie zum Besten der armen Verwundeten tüchtig mit hineinkommen, und auch dagegen will
ich nichts zu erinnern haben, bitte aber den jungen
Mann dort mit dem großen Beil — wie heißen Sie
doch — ?"

„Fahrbach — Ingenieur Fahrbach."

„Bitte Sie, ein bischen das Kommando zu über-
nehmen und dafür besorgt zu sein, daß nicht zu unüberlegt
vorgegangen wird; wählen Sie sechs bis acht der jungen
Leute aus, nehmen Sie wohlgefüllte Feldflaschen und Verbandzeug so viel als möglich und lassen Sie uns nicht
ohne Nachricht, wie es drüben aussieht."

So war denn mit einem Male Fahrbach, der sich heute in der Früh allerdings das Wort gegeben hatte, nicht zurückzubleiben gegen die anderen Kameraden, ging es selbst im feindlichen Feuer vor, zum Anführer einer todesmuthigen Schaar geworden, die es sich nicht genügen ließ, hier in ziemlicher Sicherheit abzuwarten, bis die Reihe an sie käme, sondern die dem Drange nicht widerstehen konnte, jetzt schon während des dichtesten Kugelregens hilfreich thätig zu sein — allerdings fühlte er ein eigenthümliches Gruseln in den Haarwurzeln und der Athem wollte ihm wieder einmal schwer aus der Brust gehen — doch nur ein paar schwere Herzschläge lang, dann zog er an der Spitze der kleinen Schaar im eiligen Schritte davon.

Der Geschützkampf auf allen Seiten war zu einem Punkte angelangt, wo es nicht mehr möglich war, einen einzelnen Schuß zu unterscheiden, wo selbst das garstige Knattern der Mitrailleusen in dem unaufhörlich rollenden Donner der Kanonen verschwand, wo man die Hornsignale oder den Trommelschlag in nächster Nähe vorbringender Kavallerie oder marschirender Regimenter kaum noch vernahm; dazu kam noch die schwere drückende Luft des ungewöhnlich heißen Septembertages, die fast ohne jede Bewegung dem dichten Pulverdampf gestattete, sich träge nach allen Seiten hin auszubreiten und die Gegend rings wie in einen dichten Nebel zu hüllen, besonders am Flußbette der Maas, wo der dunstige Rauch langsam über das Wasser hinschlich. War es doch gerade, als liefe Fahrbach mit den Anderen in graue Schleier hinein, die erst dann leichter und durchsichtiger wurden, als sie in die Nähe von Bazeilles kamen, um dessen westlichen Theil eben noch scharf gekämpft wurde. Wie wir wissen, war die 1. baierische Division schon Früh um 4 Uhr zum Sturm auf Bazeilles vorgegangen, welcher fest gebaute Ort von der französischen Marine-Infanterie mit außerordentlicher Bravour gehalten wurde, und hatte der wüthende Kampf hier schon fast sieben Stunden gedauert unter Betheiligung fast des ganzen ersten Korps, sowie einiger sächsischer Bataillone. Besonders war es ein Park jenseits Bazeilles mit hohen und steilen Terrassen, den die Stürmenden, empfangen von einem Hagel von Mitrailleusenkugeln, Granaten und Chassepots, theils auf Leitern zu ersteigen suchten, wo der Kampf, furchtbar wüthend, entsetzlich viel Blut kostete und wie auch im Orte selbst mit unerhörter Erbitterung geführt wurde. Hatte doch die französische Marine-Infanterie Straße um Straße, Haus um Haus einzeln vertheidigt, leider unterstützt von den Einwohnern selbst, von denen nicht nur Männer, sondern auch Weiber aus den Kellerlucken, den Fenstern, vom Dachboden herab auf die anstürmenden Baiern mit furchtbarem Erfolge schossen und Balken und Steine auf sie herabwarfen. Entsetzlich war der Anblick des Ortes, über dem ein wildes Flammenmeer loderte. Wenn es auch hie und da scheinbar gelungen war, die Vertheidiger aus den Häusern zu verjagen, so knallten doch gleich darauf wieder die Schüsse aus allen Oeffnungen heraus, und wenn auch die auf's Höchste erbitterten Soldaten ihre heimtückischen Gegner hervorholten, um sie auf der Stelle zu erschießen, so half doch alles nichts, bis die unerschrockenen Pionniere die Zwischenwände theilweise durchbrachen, bis in eine Unzahl von Gebäuden Feuerbrände geschleudert wurden, und auch dann noch wurde in Rauch und Flammen fortgekämpft.

Schon vor Bazeilles sah man Todte liegen und bemerkte deutlich an dem Boden, an Gartenmauern, an Bäumen die zerschmetternde Wirkung der Granaten, sowie den förmlichen Regen der Mitrailleusen- und Chassepotkugeln; Verwundete waren hier fast keine mehr zu finden, da jetzt schon Sanitätssoldaten und Leute der Ambulanzen beschäftigt waren, dieselben zurückzubringen.

„Wenn Sie aber helfen wollen," rief ein Jäger-Offizier, der mit zerschossenem Arme an Fahrbach vorüberkam, „und sich nicht vor dem brennenden Neste scheuen, so bringen Sie dort ein und suchen in den Häusern nach, es gibt dort Verwundete genug, die eines elenden Todes in den Flammen sterben."

Fahrbach blickte auf seine Kameraden, und da er die Entschlossenheit auf allen Zügen sah, so zog er sein Beil aus dem Gürtel und stürmte voran, folgend einem Trupp Pionnieren, die den gleichen Weg zogen, wobei er ein angenehmes Gefühl nicht unterdrücken konnte, als er an der Spitze derselben den guten Hauptmann Wiebler erblickte, der ihm, die Hand entgegenstreckend, zurief: „Ah, mein junger Freund, das ist brav, daß Sie das bischen Kugeln und Flammen nicht scheuen, um sich hier nützlich zu machen, wo es so dringend nothwendig ist; schließen Sie sich an, wir haben ein gemeinschaftliches Ziel."

Da waren sie dicht vor Bazeilles, das ganze große Dorf stand in Flammen, alles war ein Feuermeer geworden, die breite Straße kaum noch zu passiren; auch stürzten schon hier und dort krachend die Dächer zusammen und Giebel neigten sich, dem Drucke der Balken folgend, jeden Augenblick bereit umzufallen; verwundete baierische Jäger schleppten sich theils mühsam zurück oder wurden von leichter verwundeten Kameraden geführt.

„Wenn Sie vordringen können bis zu einem Eckhause auf der rechten Seite," rief Einer den Anrückenden zu, „so finden Sie dort noch von unseren Verwundeten lebend — für Andere ist keine Hilfe mehr."

„Weißt Du was," sagte er zu seinem Kameraden, der ihn führte, „laß' mich hier an der Straße niedersitzen und zeige ihnen das Haus; aber eilt Euch, denn es treibt sich doch noch gräuliches Gesindel herum."

Der Andere war gleich dazu bereit, dann stürmten sie in den brennenden Ort hinein und hatten bald das bezeichnete Haus gefunden, wo schleunige Hilfe allerdings Noth that; man hatte in das Erdgeschoß des Hauses, dessen Dach auch schon von den Flammen ergriffen war, eine Anzahl schwer Verwundeter gebracht, die hier einem

doppelt grausigen Tod entgegen gesehen und die nun in
ergreifender Weise ihren heißen Dank ausdrückten durch
innige Blicke, sowie durch leise gestammelte Worte.

„So — das hier ist Ihr Feld," sagte der Haupt=
mann mit einem weichen Ton der Stimme, „retten Sie
die Unglücklichen und Gott wird es Ihnen lohnen; ich
lasse Ihnen hier ein Dutzend meiner Leute zurück, muß
selbst aber hinaus vor das Dorf, wo wir uns mit einer
Parkmauer zu beschäftigen haben — auf Wiedersehen — —
irgendwo."

Fahrbach hatte von der Ambulanz, die er vor dem
Orte traf, nur zwei Tragbahren mitnehmen können, doch
mußte er sich zu helfen, wobei ihm das Beil des fran=
zösischen Pionniers vortreffliche Dienste leistete. In Kurzem
waren einige Stubenthüren abgehauen und zugerichtet,
Stroh und einiges Bettwerk fand sich, und so gelang es
ihnen, die Verwundeten aus dem nun schon brennenden
und sich mit Rauch füllenden Hause zu entfernen und
glücklich zwischen zusammenstürzenden Häusern in's Freie
zu gelangen.

Fahrbach athmete tief und freudig auf, als sie
draußen eine kleine Wiese erreicht hatten, wo von den
jungen Leuten seiner Begleitung, welche wundärztliche
Dienste leisten konnten, Nothverbände angelegt wurden,
während er selbst die Leidenden mit Wein erquickte. Jeder
noch so leise Schauer war aus seiner Brust entschwunden
und er wäre jetzt freudig in das dichteste Kampfgewühl
hineingedrungen, um noch einmal eine Belohnung zu
haben, wie eben jetzt, als ihm ein schon älterer Offizier,
der schwer verwundet war, matt die Hand reichte und
ihm mit feuchten Augen die Worte sagte: „Dank —
Dank — für meine Frau und Kinder."

VII.

Nachdem Fahrbach und seine Genossen die Ver=
wundeten zur nächsten Ambulanz gebracht, kehrten sie be=
staubt und beschmutzt, von Rauch geschwärzt, nach dem
Punkte zurück, wo sie ihre Wagenkolonne gelassen und
noch auf derselben Stelle fanden, während vor ihnen in
dem weiten Thale fort und fort die wilde Schlacht
wüthete.

Fahrbach erstattete in bescheidener Art seinen Bericht,
indem er zu gleicher Zeit mittheilte, daß drüben Ambu=
lanzen in Thätigkeit seien, die aber auch für jetzt durch
das brennende Bazeilles nicht weiter vorzudringen ver=

möchten, worauf ihnen der Führer der Kolonne bereit=
willig Urlaub ertheilte, um von den Höhen den Gang
der Gefechte anzuschauen.

Fahrbach ging mit dem Stabsarzte gegen Donchéry
und sie passirten dort eine breite Allee, welche sich gegen
die Festung hinabzieht und deren Bäume von Granaten,
die sich hier oft gekreuzt haben mochten, übel zerzaust er=
schienen; einzelne an dieser Straße liegende Häuser waren
von dem Gegner stark verrammelt, ein Hofthor barri=
kadirt, die Brücke über ein Gewässer abgebrochen, für den
Fall, daß die Feinde hier nach Süden ausbrechen wollten
— eine Gefahr, die, wie man später erfuhr, recht nahe
gestanden. Mit Mühe gelangten Beide hier einer Park=
mauer entlang über die Verhaue und über das Wasser
und stiegen dann gegen eine kleine Anhöhe, wo sie Sedan
und den weiten Kampfplatz dicht vor sich hatten.

Da erregten — es mochte kaum zwei Uhr ge=
worden sein — zugleich in der Fronte und auf dem
linken Flügel neue Signale und Bewegungen ihre Auf=
merksamkeit, welche noch gesteigert wurde durch die Be=
merkungen eines herbeigekommenen Offiziers, der ihre
Blicke auf eine Anhöhe fast nordöstlich von Sedan lenkte,
die sehr steil vom Thalgrunde aufsteigend, oben eine
nackte Fläche zeigte — nur zwei einsame Pappeln und
eine niedere Hütte daneben unterbrachen die kahle Linie,
rechts davon ein gelblicher Steinbruch, auf dessen Spitze
zuerst ein Wäldchen, dann abermals eine breite Zwischen=
fläche, eine Landstraße wie es schien, dann aber ein dichter
Tannenwald und ein hoch ummauertes Dorf zu sehen
waren. Beide Gehölze und das Dorf schienen dicht besetzt
von den Feinden, deren rothe Hosen oft auch vor der
Lisiére des Wäldchens sichtbar wurden.

„Dort broben,“ sagte der Offizier in ernstem Tone,
„wird sich so ziemlich die Entscheidung des ganzen Tages
abspielen; dort oben liegt das Dorf Illy, ein festgebautes
steinernes Dorf, und wenn das die Franzosen der Wich=

tigkeit des Punktes nach besetzt und nach ihrer Art ver=
barrikadirt haben, so wird es da oben furchtbar viel
Blut kosten und der Tag gehört dem, in dessen Besitz
Jlly ist und bleibt. Sie können sich wohl denken, mit
welch' grenzenloser Spannung sich jetzt unsere Blicke
dorthin wenden, denn die Entscheidung naht, indem dort
von der Thalsohle her die Preußen schon angepackt
haben, um im Frontal=Angriff diese Höhen zu nehmen, auf
denen sich die Franzosen wahrscheinlich wieder in drei bis
vier Schützengräben „en étage" eingenistet haben."

Da — vor ihnen über Torsy hinaus wirbelten jetzt
auch die Trommeln und bliesen die Jägerhörner das Zeichen
zum Avanziren, und links in der Ferne, am Saume des
Holzes von la Garenne, vor dem Dorfe Jlly, wo fran=
zösische Batterien ein furchtbares Feuer eröffneten auf
die vorrückenden preußischen Kolonnen vom 3. Korps,
sprengte Kavallerie — es waren französische Küraffiere —
jetzt in wilder Attaque den Hügel herab; deutlich sah man
ihre Helme und Küraffe im Sonnenschein funkeln, und
ohne erst Linie zu bilden, empfing die preußische Infan=
terie auf etwa 150 Schritte die Küraffiere mit einem
so fürchterlichen Schnellfeuer, so schrecklich in den dichten
Massen aufräumend, daß der Boden augenblicklich mit
dunklen Körpern bedeckt war und der Rest der Küraf=
fiere rascher zurück ging, als er gekommen war. Ihnen
folgte die dünne Plänklerkette der muthigen Preußen im
Doppelschritte nach, jetzt französische Infanterie entgegen,
die massenhaft aus dem Gehölze vordrang, die aber unter
dem ruhigen Feuer der Angreifenden kein besseres Schick=
sal hatten, als die Küraffiere, sondern nach kurzer Zeit
ebenfalls hinter den Höhenzug zurückgeworfen waren.

Da drangen von der linken Seite der deutschen
Truppen dichte schwere Massen vor, viele Pferde dabei,
hinein in einen plötzlich gebildeten Zwischenraum der
Plänklerkette; es ist eine preußische Batterie, fast ungedeckt
fährt sie neben den einsamen Pappeln und der Hütte auf.

Da horch! was knattert aus dem Wäldchen herüber? Das
ist wieder der fatale Ton. Durch Mitrailleusen=Feuer soll
die Batterie vertrieben werden, aber sie wich nicht vom
Fleck, wohl über eine halbe Stunde hielt sie dort und
überschüttete — so entnahm man den darüber schwebenden
Rauchwolken — das erste Wäldchen mit Granaten; endlich
sah man die rothen Hosen aus dem Wäldchen heraus den
Hügel aufwärts laufen, eiligst laufen, ohne daß man
noch einen Frontalangriff der Preußen wahrgenommen
hätte; sie flohen in Schaaren über den leeren Zwischen=
raum und in das obere größere Tannengehölz. In athem=
loser Spannung und klopfendem Herzen schauten die Drei
diesem furchtbaren Schauspiele zu, und gewiß — mit
ihnen wandten sich Tausende anderer Augen gegen diesen
entscheidenden Punkt, denn noch hielten die Franzosen fest,
ja sie warfen jetzt neue Kavallerie, wie es schien Chas=
seurs, den Preußen und ihrer Artillerie entgegen, doch
bildete die deutsche Infanterie, als die heranrasenden Pferde
bis auf wenige hundert Schritte herangekommen waren,
eine Linie wie auf der Parade, warteten ruhig, bis die
Chasseurs so nahe waren, daß man von hier aus hätte
glauben können, Bajonnetspitze und Säbel müßten sich
im nächsten Augenblicke berühren, dann erst gaben sie
ihnen eine volle Ladung, welche die ganze führende Schwa=
dron niederzuwerfen schien, so daß sie buchstäblich den
Weg zu den Kanonen für die Nachfolgenden sperrten.
Der Offizier, welcher neben Fahrbach stand, hatte
sein Glas nicht vom Auge genommen und sagte jetzt nach
einem tiefen Aufathmen: „Ich habe nie einen solchen
furchtbaren Angriff gesehen, etwas so Verzweifeltes und
Thörichtes, wenn auch mit außerordentlicher Bravour ge=
dacht und eben so tapfer ausgeführt; es war eine Art von
Balaklawa=Arbeit, aber ohne den Erfolg jener unvergeßlichen
600 englischen Reiter; jetzt wird auch da droben alles ent=
schieden sein." Und so schien es auch, denn nach diesem
letzten verzweifelten Angriff der französischen Kavallerie

zog sich auch die Infanterie rasch gegen Sedan zurück und
in einem Augenblicke schwärmte der ganze Hügel von
preußischen Tirailleurs, die aus der Erde hervorzuwachsen
schienen. — — Es mochte halb vier Uhr Nachmittags ge=
worden sein, in der Ferne, am äußersten linken Flügel
der Feinde, sowie auf den Höhen nördlich hinter Sedan
avanzirten die deutschen Batterien. Im Zentrum waren die
Baiern in die ersten Häuser der Vorstadt eingedrungen,
ebenfalls von äußerst heftigem, aber sehr kurzem Mitrail=
leusen=Feuer empfangen; in dem Rücken der Franzosen
aber, bei Givonne und auf der Straße von Sedan nach
Bouillon, das heißt nach der belgischen Grenze, hatte die
4. Kavallerie=Division die Verbindung mit dem Gardekorps
erreicht, und nun donnerten die deutschen Kanonen auch von
dort her gegen die von allen Seiten umzingelten Feinde.
Der Ring war ehern geschlossen, es war halb fünf Uhr.
Es ging zum Ende.

Die baierischen Batterien, welche vor Bilette und
Badelincourt standen und bisher feindliche Kolonnen, selten
die Festung beschossen hatten, desgleichen die rechts von der
Straße nach Chémery, über denen Fahrbach vor Mittag ge=
standen, richteten ihr Feuer nun gegen die Stadt Sedan,
um durch Brand und Verwirrung, ihre Stellung etwas
vorschiebend, in den von der geschlagenen Armee zum Er=
brücken vollgestopften Straßen die Uebergabe zu erzwingen.
Gegen 50 Geschütze der Württemberger (welche gegen Mittag
einen Ausfall der Franzosen von Mézières abgewiesen hatten)
fuhren dicht unter den Baiern auf, ihren Instrumenten zu
sekundiren; aber es kam nicht mehr zu diesem Konzert. Um
5 Uhr brannte es bereits lichterloh in der Vorstadt, und der
schwarze Rauch eines großen Strohmagazins, das von den
Baiern in Brand geschossen war, legte sich wallend wie eine
ungeheuere Trauerfahne über die Stadt und das besiegte
französische Heer.

Tief erschüttert und auf's Innigste ergriffen über
Alles, was sie mit angesehen, verließen der Stabsarzt

und Fahrbach) die kleine Anhöhe, um bei der Wagenkolonne anzufragen, ob Befehle für dieselbe angekommen seien, sowie auch, um sich in allerbescheidenster Weise nach einem kleinen Mittagbrod umzusehen. Doch hatten sie kaum eine Erfrischung zu sich genommen, als ein heranreitender Ordonnanz-Offizier dem kommandirenden Major die Mittheilung machte: Stadt und Festung Sedan habe Unterhandlungen betreffs der Kapitulation angeboten und Einstellung des Feuers erbeten. Vom Kaiser, von Mac Mahon und von dem Einschluß der ganzen, gewiß noch über 100.000 Mann starken Armee wußte man damals noch nichts. Zugleich überbrachte er den Befehl für die Sanitätskolonne, nach Donchéry zu gehen und in dem Städtchen dort Lazarethe und Verbandpläße einzurichten. In kurzer Zeit hatten sie ihren Bestimmungsort erreicht und fuhren auf den geräumigen Marktplaß des Städtchens, das von deutschen Truppen überfüllt war. Die Einwohner, welche den Tag über vielfache Todesangst gekostet, standen zitternd und bleich an den Thüren. Daß die heldenmüthigen deutschen Truppen gesiegt, daran konnte kein Zweifel sein. Aber wer konnte jetzt schon das ungeheure Maß der Erfolge ahnen. — Wo war der Kaiser? In Meß oder in Paris? — War er bei Mac Mahon gewesen und mit diesem und einem Theil der Armee gegen Meß oder Belgien entkommen und sollte vielleicht morgen die Blutarbeit gegen die Festung und hunderttausend verzweifelt fechtende Franzosen von Neuem anheben? Diese Fragen und Zweifel quälten Alle, doch gab es Arbeit genug, so daß man kaum im Stande war, diesen Fragen nachzuhängen oder sich darüber gegen Freunde und Bekannten mitzutheilen; war es doch hier keine Kleinigkeit, auf dem alten Marktplaße Unterkunft für die Gespanne zu suchen, auch Lokale für die schon massenhaft hereingebrachten Verwundeten, und das in einem kleinen Städtchen, welches schon von Tausenden deutscher Truppen, meist Preußen, aber auch Württembergern und Baiern überfüllt war.

— — — — Da schallt von der Brücke her ein dumpfes Rufen, das klingt wie Hurrah! Und plötzlich sprengt die Straße herab mitten auf den Marktplatz ein Offizier der rothen Hußaren, den Säbel in der Rechten, ein Stück Papier in der Linken, und mit mächtiger Stimme ruft er: „Kameraden, Hurrah! Der Kaiser ist gefangen!"

Dieser Augenblick, der Wiederhall der tausend und aber tausend deutschen Stimmen, welche begeistert und siegesfroh wiederholten: „Hurrah! Der Kaiser ist ge= fangen!" — dieser Moment des höchsten kriegerischen und patriotischen Jubels war über allen Ausdruck groß und erhaben.

Dazu das Treiben und Leben der jubelnden Sol= daten in den Häusern, in den Straßen, besonders auf dem überfüllten Marktplatze, wo sie bei lodernden Feuern lagerten, dabei von den mitgebrachten Vorräthen zehrend oder von dem allerdings Wenigen an Brod und Wein, was in Donchéry zu erhalten war. Aber auch traurige Schattenseiten bot dies militärische Leben hier in der Nacht; kaum war es möglich gewesen, nothdürftig Unter= kunft zu finden für die Verwundeten, und kaum waren die Aerzte troß raftlofen Bemühens im Stande, für die am schwerften Getroffenen zu forgen.

Auch Fahrbach hatte nach beften Kräften geholfen und ftand nun, einen Augenblick Luft schöpfend, an der Thüre feines Quartierhaufes, das von den Feuern grell beleuchtete Lagerbild betrachtend, als sich dunkle verworrene Menfchenhaufen heranwälzten, bunt gemifchte Maffen, Reiter ohne Pferde, Fußvolk, Kanoniere ohne Kanonen — Taufende franzöfifche Gefangenen aller Waffengattungen in zerriffenen, oft blutigen Uniformen — und nun vorüberzogen beim rothen Scheine flackernder Vechfackeln, deren Glut faft blutig glänzte auf den Helmen der Sieger. — Vorwärts, immer vorwärts gedrängt, hinweg von den Schwellen der Häufer, auf denen ihnen weinende Weiber Waffer, Brod und Suppe reichten. Zu den Füßen Fahrbach's fank an den Treppenftufen ein vielleicht fiebzehnjähriger bildschöner Savoyarde zufammen, den die müden, wunden Füße kaum mehr tragen konnten; flehend baten die dunklen Augen um Schuß und Hilfe, und „oh mon Dieu, mon Dieu!" rief er gegen den fternenlofen Himmel empor. Gerne hätte er etwas für den Unglücklichen gethan, aber er vermochte kaum den Zug dadurch vielleicht eine Minute aufzuhalten, daß er dem führenden Unteroffizier feine Feldflafche bot und fo Zeit gewann, dem armen Knaben mit den feinen Zügen und den zierlichen Gelenken Brod, Wein und etwas Geld zuzuftecken — und fort riß ihn der Zug in die Ferne, in die Nacht. — — Ein Glück zu nennen ift es, daß die beftändig wechfelnden Bilder des Kriegslebens uns nicht geftatten, bei folch' erfchütternden Szenen lange zu verweilen, ihnen grübelnd nachzufinnen; raufchte doch Alles unaufhaltfam und fchnell wechfelnd, wie ein phantaftifches Schattenfpiel heute Nacht an uns vorüber hier in Donchéry mit einer faft unheimlichen, jedenfalls nervenaufregenden Abwechslung. Kaum find die Gefangenen im Dunkel verfchwunden, fo ziehen von unferen Truppen durch, die —

ihre drüben gelegenen Bivouaks von gestern wieder auf=
suchend — jetzt trotz der heißen Schlacht, aber im Be=
wußtsein des Sieges elastisch wie auf der Parade auf=
tretend, im gleichen dröhnenden Schritt und Tritt, vielleicht
ein Musikkorps voran, dessen mächtige Klänge an den
Häusern widerhallen und von den lagernden Soldaten
jubelnd begrüßt werden — auch wohl rasselndem Trommel=
schlag und dem scharfen Ton der Querpfeifen folgend,
oder singend eines jener schönen Lieder, wornach sich so
gut marschiren läßt.

Freunde und Bekannte ziehen an uns vorüber zu
Pferd und zu Fuß, gleiten flüchtig in den Lichtkreis
hinein, grüßen uns mit den Augen, mit einem freund=
lichen Wort oder mit einem raschen Händedruck. — „Wie
geht's? Glücklich durchgekommen, sogar unverwundet?" —
„Gott sei Dank, ja." — „Was macht der oder der?"
— Ein trauriger Blick, ein Achselzucken. — Die nach=
folgenden Truppen haben den Freund weggeschwemmt,
die Nacht hat ihn verschlungen — Andere folgen ihm.

Auch auf Fahrbach's Arm legte sich jetzt eine Hand
— es war Hauptmann Wiebler, der den linken Arm in
einer Schlinge trug, aber heitern Blickes und rüstig neben
seinen Leuten hergeschritten war.

„Verwundet, Herr Hauptmann?" rief der junge In=
genieur erschrocken. „Kann ich Ihnen mit nichts helfen?"

„'s ist nicht der Rede werth, mein lieber junger
Freund, nur ein Streifschuß und auch vortrefflich ver=
bunden; es traf mich kurze Zeit nachher, als ich Sie in Ba=
zeilles verließ — aber wie gesagt, ganz unbedeutend."

„Gott sei Dank."

„Dazu sage ich aus vollem Herzen: Amen, besonders
aber über den ungeheuren Erfolg dieses glorreichen Tages
— doch da fällt mir eben ein, der junge Reiter=Offizier,
mit dem Sie uns gestern Abend verließen —"

„Was ist's mit ihm?" forschte Fahrbach erschreckt,
„ich sah ihn noch zwischen Bazeilles und Balan, begrüßte

ihn und wechselte ein paar Worte mit ihm; er ritt zu den Sachsen hinüber, wohin er eine Mittheilung zu bringen hatte."

„Sein Pferd war ein Goldfuchs?"

„Ja, ein schönes Thier, ich schaute ihm noch eine Strecke nach, als es mit ihm eine Anhöhe hinanflog, welche im gleichen Augenblicke von ·den Franzosen scharf mit Granaten beworfen wurde."

„Sollte ihm etwas widerfahren sein?"

„So lange ich ihm nachblickte, nicht, obgleich die Granaten rechts und links ziemlich dicht um ihn einschlugen — aber später —"

„Hörten Sie vielleicht zufällig, daß ihm ein Unglück passirt sei?" fragte Fahrbach in größter Spannung.

„Nein, aber ich glaube, sein Pferd wieder gesehen zu haben ohne Reiter."

„Großer Gott! — Und wo war das?"

„Gleich kurz vor Donchéry; es hielt dort eine preußische Batterie, von Floing herabkommend, und einer der Fahrer hatte einen ähnlichen Fuchs angekoppelt. — — Warten Sie, warten Sie," rief Hauptmann Wiebler dem jungen Manne zu, als dieser sich rasch nach der angegebenen Richtung hin entfernen wollte — „warten Sie, dort kommt die Batterie, wie ich glaube."

Und so war es in der That, die Geschütze dröhnten und rasselten auf dem Pflaster, die Hufe der Pferde klapperten und die Reiter und Bedienungsmannschaften sangen mit lauter Stimme:

„Wie ziehen wir so fröhlich
Mit Sang und Klang hinaus,
Beschirmt ist ja immer
Des Artilleristen Haus.
Es schreckt uns nicht des Feindes Uebermacht,
Wir führen ja den Donner der heißen Schlacht."

So kamen sie näher und näher, und als die ersten Gespanne in den Lichtkreis der Wachfeuer traten, sah Fahr-

10*

bach ein schönes Offizierspferd, einen Fuchs von glänzen=
der Farbe, am Handgaul des ersten Fahrers angekoppelt.

„Das ist das Pferd, von dem ich sprach — forschen
Sie nach — ich muß zu meiner Kompagnie, vielleicht sehen
wir uns morgen und dann theilen Sie mir mit, was Sie
erfahren haben. Auf Wiedersehen, mein lieber junger Freund.“

Im nächsten Augenblicke befand sich der Ingenieur
neben dem Fahrer, reichte ihm rasch ein paar Zigarren
und sagte: „Beantworten Sie mir dafür eine Frage?“

„Recht gern, Herr Sanität, wenn ich kann.“

„Woher ist der Fuchs dort neben Ihrem Handpferd?
Ich glaube, es gehört einem Freunde von mir.“

„Hat ihm wohl gehört, mein lieber Herr Sanität, denn
ich fürchte fast, dem Reiter thut kein Zahn mehr weh —
wir hielten droben auf der Höhe vor dem verwünschten
Dorf, wo es so scharf herging, an einer Stelle, wo sich zwei
Pappeln befanden und wo wir uns gegenseitig nicht schlecht
anschossen. Da kam auf einmal querfeldein der Fuchs gegen
eine von unseren Protzen und drückte sich förmlich an mein

Handpferd, da habe ich ihn angehängt, und weil es bald
darauf zu Ende ging, glücklich mit hergebracht."

„Wenn sich aber sein Reiter lebend wieder fände,
so kann er ihn wohl auslösen?"

„Warum denn dieses nicht, mein lieber Herr Sanität;
aber ich glaube fast, er kommt nicht wieder, denn der Sattel
ist voll Blut und auch von einem Granatsplitter zerrissen
— übrigens bivouakiren wir dicht bei Frenois und sind nach
den Schlägen, die es heute gegeben hat, auch morgen wohl
noch dort zu finden."

„Danke bestens."

„Gern geschehen, Herr Sanität."

Damit waren Reiter und Kanonen vorübergezogen
und man vernahm die Mannschaft noch in der Ferne singen:

> „Wenn auch der Feind mit Uebermacht getrotzt,
> Wir jagen ihn davon, lustig abgeprotzt."

Fahrbach kehrte rasch zu dem Hause zurück, wo sich der
Stabsarzt befand, den er vor der Thür stehend antraf, die
vier mit frischen Pferden bespannten Wagen musternd, welche
bestimmt waren, den Leuten vom Sanitätskorps jetzt noch
auf das Schlachtfeld zu folgen, um so viele der armen Lei=
denden mitzunehmen, ja vielleicht dadurch zu retten, als nur
irgend möglich sei.

„Ich habe das durchgesetzt gegen einige Dickköpfigkeit,
die da meinte, es sei wohl besser, die Nacht vorübergehen
zu lassen, um das Ding am Tage fein säuberlich anzu=
packen; doch setzte ich einen Trumpf darauf, denn ich möchte
es nicht verantworten, das Maß des Schmerzes, ja der Ver=
zweiflung so vieler tapferer Männer noch vergrößert zu
haben, wenn sie die kalte Herbstnacht auf dem Leichenfelde
zubringen sollen und dort vielleicht ihren Wunden erliegen
durch eine fast absichtliche kleinliche Verzögerung. — Es
wird allerdings grausig da draußen sein, habe aber dafür
auch Freiwillige vorgerufen, doch fehlte mir Keiner wie Sie,
wußte aber wohl, daß auch Sie sich einfinden würden."

„Ja, da bin ich — aus vollem Herzen," rief Fahr=
bach, „und würde gebeten haben, im andern Falle ganz allein
hinauszugehen zu dürfen, sehe aber jetzt, Gott sei gelobt, daß
Sie es durchgesetzt haben. Wann ziehen wir ab?"

„Sogleich."

„Und wohin, das heißt, nach welcher Richtung? Dürfte
ich darüber eine Bitte aussprechen?"

„Gewiß, und sie soll thunlichst berücksichtigt werden,
da es mir überlassen ist, welchen Theil des Schlachtfeldes
wir durchstreifen wollen."

„So bitte ich inständig darum, die Richtung von
hier über Glaire, Floing gegen das Gehölz von la Garenne
zu nehmen und dort nach der Richtung zu streifen, wo
sich in der Nähe der beiden einsamen Pappeln unsere tapfern
Truppen so heldenmüthig gegen die feindliche Uebermacht
hielten."

„Gewiß, wir wollen dorthin, wo unsere Hilfe sicher
am nothwendigsten ist — gehen wir."

Darnach erkundigte sich der Stabsarzt bei jedem der
betreffenden Wagenführer, ob Alles in Ordnung sei, ob es
namentlich nicht an Laternen und Pechfackeln fehle, worauf
denn kurze Zeit nachher die kleine Kolonne, aus vier Fuhr=
werken bestehend, den Marktplatz von Donchéry verließ,
nicht ohne von den Soldaten, an denen sie vorüberkamen,
mit herzlichen Segenswünschen begleitet zu werden.

Draußen auf der Straße, besonders in der Nähe von
Höfen und Dörfern herrschte immer noch ein reges mili=
tärisches Leben und Treiben, es war, als könnte Niemand
trotz der Ermüdung des tagelangen Kampfes zur Ruhe kom=
men in Anbetracht des ungeheuren Erfolges, den man er=
rungen. Rechts und links auf den Feldern loderten die
Wachfeuer und sah man die Soldaten um die dampfenden
Feldkessel gelagert, plaudernd und singend, während man da=
zwischen hie und da die dröhnenden Klänge der Militärmusi=
ken vernahm, einen Choral erschallen lassend durch die
stille Nacht, oder auch eine lustige Marschweise, und als

die Sanitätskolonne an das erste Dorf kam, erstaunten sie
nicht wenig, hier die Straßen angefüllt zu sehen mit deut=
schen Soldaten der verschiedensten Waffengattungen, die im
Begriffe waren, mit aufgefundenen Laternen, mit brennen=
den Holzspänen, mit sparsam eingetheilten Stücken ihrer
Talglichter in der Hand, eine Illumination zu improvi=
siren, um unter Jubelrufen und den brausenden Klängen
der Volkshymne den siegreichen Kronprinzen von Preußen
bei der Rückkehr nach seinem Hauptquartier zu empfangen.

„Das sind die allerdings schönen Lichtseiten, denen
aber für uns sogleich die düstersten Schattenpartien folgen
werden,“ sagte der Stabsarzt, als sie nun in dem Dunkel
der Nacht weiter zogen und langsam aufwärts fuhren,
wobei sich ihren Blicken die zahllosen Wachfeuer in dem
Thale der Maas zeigten rings um Sedan, dessen Mauern
durch die Lagerflammen des französischen Heeres grell be=
leuchtet waren und zwischen denen es wie in einem Hexen=
kessel sauste, brauste und mißtönig brodelte, während schwere
Rauchwolken über die von Licht und Brand erhellte Stadt
langsam hinwegzogen.

Die Hilfsmannschaft hatte Fackeln angezündet, mit
denen sie die Wagen begleiteten, und schon jetzt streifte das
röthliche Licht derselben unheimliche Dinge und Gestalten, die
rechts und links am Wege zerstreut lagen, die Leichen von
Menschen und Pferden, düster blinkende Helme und Küraße,
umgestürzte und zerbrochene Fahrzeuge der verschiedensten Art.
Rechts von ihnen lag die Schlucht von Cazal, wo der Kampf
stundenlang furchtbar gewüthet hatte, welche, wie sie sich
überzeugten, nicht zu passiren war durch das grauenhafte
Gemisch der Todten und zerschmetterten Ueberbleibsel des
blutigen Ringens, und erst in der Nähe von Floing konn=
ten sie ihr Liebeswerk beginnen, weshalb der Stabsarzt zwei
Wagen hier bei sich zurückbehielt und die anderen, bei
denen sich auch Fahrbach befand, weiter vorwärts gehen ließ.

Furchtbar waren die grausen Bilder, die sich hier ihren
Blicken boten: die gräßlich zerschmetterten Leichen deutscher

und französischer Krieger zwischen Pferdekadavern in den un-
glaublichsten Lagen und Verrenkungen, und rings umher war
der Boden bedeckt mit Waffen aller Art, mit Sätteln und
Geschirrstücken, mit blinkenden Kürassierhelmen, Brust= und
Rückenharnischen. Und fast entsetzlicher noch als das Auge
wurde hier das Ohr berührt durch jammervolle Töne aller
Art, durch die grausigsten Schmerzenslaute, die sich hier in
schauerlichen Klageworten vernehmen ließen, dort in einem
kaum vernehmbaren Stöhnen und Aechzen. Hunderte von
Wagen würden hier nicht ausgereicht haben, auch nur die
nothdürftigste Hilfe zu bringen, und es wurde ihnen auch
hier wieder einmal auf's Schmerzlichste klar, wie die Hilfe
nach der Schlacht noch so gar in keinem Verhältnisse steht
mit der Zerstörung der furchtbar gesteigerten Zerstörungs=
kraft der heutigen Waffen. Allerdings waren sie nicht die
Einzigen, die jetzt schon in treuestem Eifer ihre Pflicht
thaten, und bei den einsamen Pappeln, wohin Fahrbach
strebte, fanden sich schon Militär=Aerzte und Sanitätssoldaten
anderer Ambulanzen auf's Eifrigste beschäftigt.

　　Wenn es auch dem Ingenieur noch vor einer Stunde
in seinen Gedanken als möglich erschienen war, den Ge-
suchten aufzufinden, so stand er doch jetzt rathlos in diesem
gräulichen Chaos, in vergeblichem Bemühen mit seiner
brennenden Fackel umher leuchtend, wobei es fast sein Herz
zerriß, überall — allüberall todesmüde Augen mit flehendem
Blick plötzlich starr auf sich gerichtet zu sehen, oder einen leise
gestöhnten Hilferuf zu vernehmen, für den er doch nichts anderes mehr hatte, als einen flüchtigen Verband, als Labung
aus seinen Feldflaschen und gut gemeinte, aber immerhin
kümmerliche Trostworte.

　　Die Hilfsmannschaft, zu der er gehörte, hatte geleistet,
was in ihren Kräften stand, um durch die mitgebrachten
reichlichen Vorräthe der Leidenden so Viele als möglich noth=
dürftig zu verbinden und zu erquicken, ja man hatte auf
den Rath Fahrbach's an einer Stelle zwischen den beiden
Pappeln und dem Dorfe Floing in der Nähe einer Bauern=

hütte, von wo aus Napoleon dem Gange der Schlacht
gefolgt war, eine Art von Verbandplatz eingerichtet und dort=
hin eine Menge der Unglücklichen getragen, um sie nach
und nach weiter zu schaffen; allerdings boten die Räume der
Hütte keinen Aufenthaltsort selbst, denn das Dach war zer=
trümmert, die Wände von Kugeln zerrissen, doch schützten
die übrig gebliebenen Mauern immerhin etwas gegen den
kalten Nachtwind, und dann — war es Zufall, oder hatten
die Ersten, welche Verwundete hieher trugen, absichtlich
diese Stelle erwählt, weil dort aus dem Grün ein noch mit
Blumen geschmückter Nischenaltar mit der Inschrift: „Notre
Dame de consolation" hervorragte, der wunderbarer
Weise unverletzt geblieben war von Kugeln und Granaten.
— Man hatte jetzt eine Fackel daran befestigt, und gewiß
richtete sich mancher Blick der Unglücklichen in leisem Gebet
auf die sanften Züge des Muttergottesbildes.

Immer wieder trieb es Fahrbach jenseits der beiden
Pappeln hinaus, und als er in einer kleinen Entfernung
davon Aerzte und Sanitätssoldaten bei Laternenschein
beschäftigt sah, ging er dorthin, um eine Frage an sie zu
richten, doch mit dem schmerzlichen Gefühl, daß sie wohl
unbeantwortet bleiben würde.

Wie freudig aber schlug ihm das Herz, als ihm einer
der Aerzte nach kurzem Nachsinnen sagte, daß ein junger
Reiter=Offizier, dessen flüchtige Beschreibung auf Fahrbach
zu passen schien, allerdings schwer verwundet hier aufgeho=
ben und vielleicht schon vor einer Stunde zurückgebracht
worden sei.

„Könnte ich ihn auffinden?" war seine hastige Frage,
die aber von dem Arzte zuerst mit einem leichten Achsel=
zucken beantwortet wurde, ehe er sagte: „Ich habe schon
eine solche Unmasse zurückgeschickt, daß ich wahrhaftig nicht
weiß, in welchem Dorf oder Bauernhofe ein Einzelner auf=
zufinden sein wird; möglich ist es, ja wahrscheinlich, daß,
wenn Sie von hier sich genau südöstlich halten, so kommen

Sie an ein paar mit Mauern umgebene Meierhöfe, wo der Gesuchte wohl sein könnte."

Auf die herzlichste Weise sagte Fahrbach seinen Dank und eilte hierauf zu den Kameraden zurück, um sie von seiner weiteren Wanderung in Kenntniß zu setzen, wobei er sie ersuchte, dem Stabsarzte zu sagen, daß er noch in der Nacht, jedenfalls aber morgen Früh wieder in Donchéry eintreffen würde; dann trat er seinen Gang auf das dunkle Schlacht= feld hinaus an. Er hatte weder Fackel noch Laterne mit sich genommen, denn es graute ihm vor den vielen starren Blicken, weniger vor denen, die kalt und todt gen Himmel schauten, als vor denen, die sich von dem Lichtschein ange= zogen, oft langsam herumwandten, so eine flehende Bitte ausdrückend; auch war es hell genug, um, vorsichtig gehend, freien Pfad finden zu können.

Fort also allein in das grausige nächtliche Feld hinaus, dabei seine Augen fest vor sich hinrichtend und aufmerksam auf das Sausen des Windes horchend, damit nicht andere jammervolle Töne ihn ausschließlich beschäftigten, vielleicht auch von seinem Wege abriefen; hatte er doch ein Ziel vor sich, das er erreichen mußte, ein Ziel der Menschenliebe, aber auch zugleich einen Drang des Herzens, und er zwang sich hier in der schauerlichen Umgebung an ein freundliches Augenpaar zu denken, das ihm vielleicht thränengefüllt danken würde, wenn er den Geliebten glücklich in die Arme seiner Braut zurückführe.

Nur zuweilen wurden seine Gedanken zerstreut und seine Aufmerksamkeit erregt durch die Thätigkeit der Ambu= lanzen und Sanitätssoldaten, die er oft in weiter Ferne an dem sich hin und her bewegenden Schein der suchenden Laternen erkannte — — zuweilen aber auch — — jetzt — dort wieder rechts von ihm sah er einen anderen Lichtstrahl — plötzlich aufleuchtend, dann eben so rasch wieder ver= schwindend, den er sich nicht zu deuten wußte, oder den er, schauerlich erregt, sich nicht zu deuten wagte.

Sollte es denn wahr sein, was man sich von dem entsetzlichen Treiben der Schlachtfeld=Hyänen erzählte, stand dies aufleuchtende und ebenso wieder verschwindende Licht damit im Zusammenhange — — vielleicht auch der grause Ton, den er plötzlich zu vernehmen glaubte, der ihm durch alle Nerven bebte — ein kurzer greller Schmerzensschrei. — — Wie festgebannt stand er einen Augenblick, um sich im nächsten Augenblicke so rasch als lautlos jener Stelle zu nähern, da flammte das Licht der Blendlaterne wieder auf, und deutlich unterschied er schattenhafte Gestalten, die sich mit den Gefallenen beschäftigten, jetzt nur mit Todten, denn es blieb dort alles stumm und stille, nur der Nachtwind flüsterte über die Haide — doch schlich er so vorsichtig und gebückt als möglich näher und näher, und jetzt wieder ein Aufleuchten dicht vor ihm, und das Licht bestrahlte ein schmerzverzogenes Antlitz mit lebendigen, stumm flehenden Augen — er hörte ein leises Wimmern, er sah einen auf= gehobenen Arm mit blinkendem Stahl, und rasch sein Beil aus dem Gürtel reißend, stürzte er mit einem gewaltigen Sprunge heran und kam zur rechten Zeit, um mit einem mächtigen Hiebe die Schulter jenes verruchten Armes zu treffen, daß die plötzlich erschlafften Sehnen der Hand das

Messer fallen ließen und der Getroffene sich mit einem
Wehgeheul zur Flucht wandte. Doch nur für einen Augenblick prallte er dumpf ächzend zurück, denn der Leichenräuber
war nicht allein, sondern hatte einen Rückhalt an zwei Kameraden und einem scheußlichen alten Weibe, das einen
Bündel mit Sachen auf der Schulter trug, welche sie aber
in diesem Augenblicke abwarf, um ein am Boden liegendes
Gewehr mit langem Bajonnet zu ergreifen und frech auf
Fahrbach einzubringen; doch schleuderte sie eine Handbewe-
gung Fahrbach's zurück, und da er zu gleicher Zeit seinen
Revolver herausriß, sich auch aus der Ferne Laternen näherten, so wandte sich das scheußliche Gesindel zur Flucht, während der Ingenieur mit lauter Stimme zu den Sanitätssoldaten mit den Laternen hinüberrief: „Hieher — hieher,"
auch knallten die Davonstürzenden ein paar Schüsse nach,
mehr, um zu alarmiren und so vielleicht ihre Gefangennahme
zu bewerkstelligen; doch geht so eine Pistolenkugel ihren eigenen Lauf, und als die Sanitätssoldaten herbeieilten, fanden
sie vielleicht hundert Schritte von Fahrbach entfernt einen
der Kerle mitten durch den Kopf geschossen todt am Boden
liegen. Die Anderen waren verschwunden; doch war dem,
der den wuchtigen Hieb in die Schulter erhalten hatte, jedenfalls sein scheußliches Gewerbe für immer gelegt worden.

Den schwer verwundeten Soldaten, den der junge
Ingenieur glücklich aus den Mörderfäusten gerettet, nahmen
die Leute der Sanität mit sich, und da sie zurückgingen nach
der Richtung, welche der Arzt dem jungen Ingenieur vor-
gezeichnet, so folgte dieser ihnen und gelangte bald an eines
der großen Bauernhäuser, deren weiter, mit Mauern umge-
bener Hof einen trostlosen Anblick bot. Rings umher an
diesen Mauern lagen am Boden, auf feuchtem, elenden
Strohlager dicht aneinander Hunderte von nothdürftig Ver-
bundenen, meist schwer Verwundeten, trotz ihrer jammer-
vollen Lage, trotz furchtbarer Schmerzen, trotzdem man kaum
im Stande gewesen war, ihre brennenden, ächzenden Lippen
mit einem Trunk Wasser zu erfrischen, doch glücklich und

zufrieden, fortgebracht worden zu sein von dem grausigen
Felde des Todes. In der' Mitte des Hofes loderte ein
Feuer, das wenigstens den Raum erhellte, wenn es auch
nicht im Stande war, die Unglücklichen zu erwärmen, die
da gelegen hatten in stiller, trostloser Resignation, bis
sie kurz vorher, ehe Fahrbach mit seinen Sanitätssoldaten
kam, dadurch in ängstliche Aufregung versetzt worden waren,
daß ein Dutzend erbeuteter und in einem Winkel des
Hofes schlecht angebundener Pferde sich losgerissen hatten,
vielleicht einen Ausweg suchend, hin und her rannten, dabei
vor dem lodernden Feuer scheuten und rückwärts gegen die
Mauern prallten, oft an die Unglücklichen hin oder seit=
wärts über sie hinwegsetzten, erschreckt von dem jammer=
vollen Geschrei der Verwundeten.

„Gott im Himmel," rief der junge Ingenieur, den
bei diesem Anblick ein Schauer überlief, „ist denn hier keine
Wache oder sonstige Aufsicht?"

„Woher nehmen?" entgegnete achselzuckend einer der
Sanitätssoldaten, „ist doch alles rings umher ebenso besetzt,
auch die Häuser bis auf den Dachboden, und wir haben ja
lange nicht Leute genug, nur den zehnten Theil der Ver=
wundeten hereinzuschaffen und nothdürftig zu verbinden —
ja, es ist eben ein grausames Handwerk, der Krieg."

Damit suchten sie nach einem Plätzchen, um den mit=
gebrachten schwer verwundeten Soldaten unterzubringen,
und als sie darauf unter Fahrbach's Hilfe nach der Wunde
desselben sehen wollten, um zu thun, was in ihren Kräften
stand, schüttelte dieser leicht mit dem Kopfe und brachte zwi=
schen den bleichen zuckenden Lippen mühsam die Worte her=
vor: „Ist unnöthig — gebt mir Wasser und laßt mich
ruhig hier bei den Kameraden sterben."

Dazu nickte einer der Sanitätssoldaten, der hinschauend
die furchtbare Unterleibswunde des Unglücklichen entdeckt,
schweigend mit dem Kopfe, dann brachte er ihm Wasser und
schob ihm einen der Tornister unter den Kopf.

Fahrbach hatte sich unterdessen mit Beihilfe der anderen Sanitätssoldaten mit den Pferden beschäftigt, hatte glücklich zwei an den Zügeln erwischt, und da er sie langsam gegen den Ausgang führte, folgten die übrigen erschreckten Thiere; draußen ließ er sie an Bäume binden und nahm alsdann eine der Laternen, um den jungen Reiter-Offizier aufzusuchen. Doch war das keine leichte Arbeit bei den Hunderten, die hier lagen, und ging auch nicht rasch von Statten, denn er wurde durch manchen Liebesdienst aufgehalten. Hier bat Einer um Wasser, dort flehte ein Anderer, ihm den Kopf etwas höher zu legen oder den zerschossenen Arm zu unterstützen; dort deutete Einer stumm auf seinen noch unverbundenen blutenden Kopf — grauenhaftes Bild des Elends — und so war es nicht nur hier in der heutigen Nacht und den folgenden Tagen, sondern ebenso noch an vielen, vielen anderen Orten.

Damit hatte Fahrbach mit einem unbeschreiblich schmerzlichen Gefühl den Hof vergeblich durchsucht bis auf einen dunklen Winkel in der Nähe des Hauses, wo er plötzlich fast erschreckend vor Freude stehen blieb, da er eine bekannte Stimme hörte, die ihm zurief: „Hieher — hieher, wenn Sie wirklich gekommen sind mich aufzusuchen."

— — — — Da lag der junge Reiter-Offizier, den er gestern noch in frischer Jugendkraft, lustig und roh zu Pferde gesehen; da lag er bleich und fast regungslos, und wenn jetzt auch um die feinen Züge ein Lächeln spielte, so hatte dieses doch einen so wehmüthigen Ausdruck, daß dem rasch Herantretenden unwillkürlich das Wasser in die Augen schoß. — „Sie sind verwundet?"

„Und tüchtig — freilich hat der Arzt gesagt, es sei gerade keine tödtliche Verletzung, aber mit dem Reiten wird's für immer vorbei sein, ich habe einen Schuß unter dem linken Knie mit gehöriger Knochenverletzung."

„Und hier hat man Sie liegen lassen," rief der Andere entsetzt.

„Was kann man machen bei diesem entsetzlichen An=
drang? Auch bin ich hier in sehr guter Gesellschaft, denn dort
drüben liegen verschiedene Offiziere von der Infanterie, einen
Hauptmann von den Jägern hat man erst vor Kurzem in
das Haus geschafft und mir das Gleiche dringend verspro=
chen — es ist aber schrecklich überfüllt da oben."

„Gewiß nicht so voll, um nicht für Sie augenblicklich
Platz zu finden," rief der junge Ingenieur in schmerzlicher
Erregung und wollte rasch davon eilen, doch hielt ihn ein
Wink des Reiter=Offiziers zurück, der mit einem trüben
Lächeln sagte: „Gott vergelte es Ihnen, aber zuerst bitte
ich um Ihre Feldflasche, wenn noch ein Tropfen darin ist,
sowie auch um ein Stück Brod, ich habe seit heute Früh
nichts gegessen, noch getrunken."

„O, daß ich das vergessen konnte," rief Fahrbach in
einem vorwurfsvollen Tone; „hier ist noch ein Rest guten
Weines, auch etwas Zwieback, und nun will ich hinauf,
um einen stillen Winkel für Sie zu suchen."

Das war nun allerdings leichter gedacht, wie gethan;
schon in der Flur des Hauses lagen die Unglücklichen dicht
gedrängt an einander auf den Treppenstufen, so daß man
kaum durchkommen konnte; es saß einer über dem anderen,
an der Wand lehnend oder das müde Haupt auf die Arme
und Knie gestützt, leicht schlummernd — wohl von der Hei=
mat träumend. Und erst oben auf den Gängen, in den Zim=
mern, alles belegt, alles dicht besetzt; da war nirgends
mehr Raum, um auch nur einen Stuhl hinzusetzen,
geschweige um ein Lager herzurichten — und auch hier,
welche Menge von Elend und Jammer, welche Masse so
mancher auf immer gebrochener Jugendkraft; dazu die
dumpfe schlechte Luft, das Jammern und Stöhnen, das un=
heimliche Zucken und die schmerzvollen Bewegungen der im
trüben Zwielicht qualmender Oel=Lampen kaum zu erken=
nenden Gestalten — furchtbar — entsetzlich.

„Wo ist das Zimmer der Sanitätsbeamten, oder
wo halten sich dieselben auf?" fragte Fahrbach einen leicht

verwundeten Jäger, der am Boden sitzend seinen Fuß mit
einem Tuche umwand und der ihm achselzuckend zur Ant=
wort gab: „Dort gleich nebenan werden Sie Jemand
finden."

Das war ein größeres Gemach, ebenfalls mit Ver=
wundeten dicht belegt, doch befand sich am Ende desselben
eine nicht bis zur Decke reichende Holzwand, hinter welcher
man helleren Lichtschein bemerkte, und da befanden sich ein
paar junge Aerzte, sowie von der Sanitätsmannschaft und
Soldaten des Pionnierkorps, die sich hier — von den Letz=
teren hutten die meisten Schaufeln und Hacken zwischen
den Knieen — durch einen einfachen Imbiß zu ihrer mühe=
vollen Arbeit stärkten.

Der hastige Eintritt Fahrbach's, besonders die ener=
gische Art, wie er an den Tisch trat, ja seine hohe kräftige
Gestalt, mit Revolver und Beil bewaffnet, erregte eini=
ges Aufsehen, wobei er es indessen kaum zu bemerken
schien, daß einer der jungen Aerzte seine Brillengläser fester
an die Augen drückte und ihn mit unverkennbarem Erstau=
nen betrachtete, sowie, daß der Unter=Offizier der Pionniere
ihn ehrerbietig soldatisch grüßte.

„Da drunten im Hofe sind noch verschiedene verwundete Offiziere, für die man Unterkunft hier im Hause schaffen muß; einer derselben ist mir speziell empfohlen worden, und bitte ich, mir sogleich einen Platz für denselben anzuweisen."

„Wenn es möglich ist, gewiß; aber —"

„Und für Sie ganz besonders, Herr Sanitätsbeamter," sagte der Pionnier-Offizier vortretend, worauf er einen der Soldaten anstieß und hinzusetzte: „Schau' auf, Krämer, wenn der Herr gestern Nacht nicht bei unserem Brückenbau gewesen wäre, so würden Dich jetzt schon die Moselfische verspeisen."

„Ah so, Sie sind es; nun ich habe nur meine Schuldigkeit gethan."

„Schon etwas mehr," meinte der Unteroffizier, „man springt nicht gern bei der Nacht in ein kaltes reißendes Wasser hinein, um einem fremden Menschen das Leben zu retten, und wie Sie es zum Unterschied bei Bazeilles im Feuer gemacht, das haben wir ebenfalls mit angesehen. — — Da muß sogleich Platz geschafft werden, Herr Doktor."

„Hier in dem Raume nebenan ist soeben wieder Einer gestorben, und zwar in einem prächtigen Platz in der Ecke," meinte einer der Sanitätssoldaten, „den können wir sogleich wegschaffen, und hier ist auch noch eine leere Tragbahre."

„Ich danke Ihnen, und der Offizier kann sogleich gehörig verbunden werden?"

Da näherte sich der junge Arzt, der die Brille trug, und sagte mit viel Würde und Selbstgefühl: „Daran soll es gewiß nicht fehlen; doch erlauben Sie mir eine Frage: Auf welche Art oder durch welches Mittel haben Sie Ihren schweren Typhusanfall so erfolgreich überwunden?"

„Ich? — einen Typhusanfall? — Ja so — ah, jetzt erinnere ich mich Ihrer, Herr Doktor" — um Fahrbach's Lippen zuckte ein leises Lächeln — „allerdings ist es mir noch ein paar Tage nachgegangen, doch glaube ich, das kalte Bad von gestern Abend hat mich vollständig wieder hergestellt."

11

„Was vollständig für meine Erfahrung spricht," erwiederte Doktor Bemmel, indem er sich würdevoll an seinen
jungen Kollegen wandte; „ich habe schon die erfolgreichsten
schönsten Kuren durch kaltes Wasser erzielt — gehen wir."

„Und Gott lohne Ihnen die rasche Hilfe für meinen
Bekannten und auch für die übrigen Offiziere, die noch
drunten im Hofe liegen."

In kurzer Zeit war die Auswechslung erfolgt, und
da der jungen Reiter-Offizier nicht wußte, wessen Platz er
eingenommen, sich auch seine Wunde, wenngleich schwer, doch
nach der Versicherung der Aerzte als nicht unbedingt gefährlich auswies, und als Doktor Bemmel hierauf einen vortrefflichen Verband angelegt hatte, fühlte sich der Verwundete
gegenüber dem Aufenthalte im kalten feuchten Hofraume wie
im Himmel und drückte seinem Erretter und Freunde, wie
er ihn mit eigenthümlich zwinkernden Augen nannte, auf's
Innigste die Hand.

„Wer weiß, was aus mir geworden wäre ohne Ihre
thätige Hilfe, ohne die Bemühungen dieses freundlichen Arztes,
den ich auch nur Ihrer Güte verdanke, und wodurch Sie
nicht nur mich glücklich gemacht haben, sondern auch meine
Lieben zu Hause, wenn sie hören werden, wie es mir bei
allem Unglücke doch noch so glücklich gegangen, und daß sie
das so bald als möglich erfahren, auch darum möchte ich
innigst Ihre Unterstützung erbitten."

„Mit tausend Freuden, die Doktores werden gewiß
etwas zum Schreiben haben."

„Machen Sie sich keine Mühe, hier ist meine Brieftasche, darin finden Sie überschriebene Kouverts mit weißem
Papier, und wenn Sie mir das einen Augenblick halten,
so kann ich die paar Worte selbst schreiben — suchen Sie
ohne Scheu in der Brieftasche herum, es sind keine Geheim-
nisse darin. — Bitte, reichen Sie mir die Fotografie herüber — danke, das ist meine gute Mutter; wie froh bin
ich, daß sie mich nicht sehen kann hier in dieser Umgebung,
so vortrefflich ich auch durch Ihre Güte gebettet bin —

arme Mama, wie wirst Du jammern, wenn Du erfährst, daß ich verwundet bin."

Als Fahrbach dem Offizier die Fotografie reichte und hiedurch eine zweite darunter zum Vorschein kam, durchzuckte es ihn eigenthümlich, als er in die holden, ihm so wohlbekannten Züge seiner lieblichen Sanitätskollegin blickte.

„Auch darum bitte ich für einen Augenblick," sagte der Verwundete — „das ist meine liebe Schwester, und wenn wir glücklich nach Hause zurückkommen, so sollen Sie Beide kennen lernen und auch deren herzlichen Dank empfangen."

— — Seine Schwester, dachte Fahrbach mit einem ganz unaussprechlich glücklichen Gefühl. — — O, wie gern hätte er gesagt, daß er schon das Glück habe, sie zu kennen — daß er sich sehr für sie interessire — daß er sie noch bei der Abfahrt auf dem Bahnhofe recht wohl gesehen — daß er — daß er — und so noch eine ganze Reihe ähnlicher „daß er", die aber in ihren Folgerungen alle auf dasselbe Ziel hinausgelaufen wären, ein Ziel, welches er aber kluger Weise selbst nicht einmal auszudenken wagte. — Auch sank jetzt der Kopf des Verwundeten müde in die Kissen zurück, seine Augen schlossen sich und er sagte: „Bitte, schreiben S i e lieber, aber wenn Sie vielleicht bei den Doktoren ein anderes Kouvert finden können, so schreiben Sie an meine Schwester — Anna — die übrige Adresse steht ja hier — sie soll aber Mama nicht erschrecken. — Heben Sie auch meine Brieftasche auf, sie ist besser bei Ihnen wie bei mir."

„Gewiß, und umsomehr, da ich Sie nicht verlassen werde."

„Das lohne Ihnen der Himmel."

Einen Augenblick überzeugte sich Fahrbach noch, ob es nicht eine Ohnmacht sei, was die Augen des Verwundeten jetzt gänzlich schloß; doch hatte dessen Gesicht einen ruhigen, ja behaglichen Ausdruck, seine Athemzüge gingen regelmäßig und ungestört — er schlief.

Dann erhob sich der Andere leise, verwahrte die Brieftasche auf's Sorgfältigste und ging in den Verschlag nebenan,

11*

um dort den ihm aufgetragenen Brief zu schreiben. Leicht wurde ihm diese Arbeit indessen nicht, doch kam er endlich damit zu Stande, und als er die Zeilen nochmals überlas, fand sich, daß er in theilnehmenden Worten wohl etwas geleistet hatte, doch nichts, was nicht durch die Umstände als gerechtfertigt hätte erscheinen können.

Auch Doktor Bemmel neben ihm am Tische schrieb Briefe, sowie Tagebuch-Notizen, und als er mit letzteren fertig war, sagte er: „Ich habe mir hier Ihren ganz eigenthümlichen Fall notirt und hoffe, später noch nähere Notizen von Ihnen darüber zu erhalten; wenn es auch durchaus nichts Neues ist, daß kalte Waschungen und kühle Bäder bei Typhusfällen mit Erfolg angewendet werden, so ist mir Ihr Fall bis jetzt doch noch nicht vorgekommen, wo durch einen Sprung in's kalte Wasser ein so plötzliches und glänzendes Resultat erzielt wurde, und man kann das bei Ihnen sagen, denn Sie haben heute nach wenigen Tagen wieder das Aussehen eines furchtbar gesunden Menschen, auch geht Ihr Puls" — setzte er nach einem raschen Griff und einigem Zählen hinzu — „so schön und regelmäßig, daß ich, gestützt auf Erfahrung und Wissenschaft, behaupten darf, Ihnen fehle auch nicht das Mindeste."

„Und doch fehlt mir etwas," erwiederte Fahrbach lächelnd.

„Wirklich? — sehr interessant das — und was fehlt Ihnen?"

„Etwas zu essen und zu trinken, wornach ich großes Verlangen trage."

„A—a—a—ah!" rief Doktor Bemmel enttäuscht, doch kann ich Ihnen auch dafür ein Rezept verschreiben." Damit erhob er sich und holte aus seinem alten Ranzen Brod, Käse, auch eine Flasche Wein, und als der gewesene Typhuskranke tapfer einhieb, meinte der Doktor, mit dem Kopfe nickend, „auch Ihr Appetit hat sich merkwürdiger Weise sehr rasch wieder eingestellt."

So plauderten Beide noch eine Zeit lang in die Nacht

hinein, denn die Aufregung über den furchtbaren Tag, der hinter ihnen lag, ließ sie erst später das Bedürfniß des Schlafes erkennen; auch hatte Fahrbach im Interesse des jungen Reiter=Offiziers die Absicht, sich in der Gunst des Arztes festzusetzen, was ihm auch so gut gelang, daß ihm Doktor Bemmel für den andern Tag eine Tragbahre und zwei Mann versprach, um den Verwundeten zu transpor= tiren; dann suchten Beide einen Winkel, um auszuruhen, und nachdem sich Fahrbach überzeugt, daß es seinem Schütz= ling leiblich ginge, streckte er sich neben dessen Lager auf den Boden, um auch alsbald einzuschlafen.

Doch dauerte diese Ruhe nicht lange und wurde so gewaltsam und so plötzlich durch ein wildes Geschrei, sowie durch das Klagen und Jammern der Verwundeten unter= brochen, daß er rasch auf seine Füße sprang, ja in der ersten Ueberraschung nach seinem Beile griff. Dazu war nun aller= dings keine Ursache vorhanden, obgleich sich seinen Blicken ein seltsamer und schreckhafter Anblick bot. Einer der ver= wundeten Soldaten nämlich, der in dem engen Raume zwi= schen den Betten stand, fast gänzlich unbekleidet, den Helm auf dem Kopfe, den Tornister auf dem Rücken, das Gewehr in der Hand, mit dem er in wahnsinniger Eile, glücklicher Weise ohne Patronen, aber unter wildem Geschrei die Griffe des Schnellfeuers machte und darauf mit starren, unheimlich glänzenden Augen unter lautem Hurrah zur Attaque vorging, dabei über ein paar Betten wie über Barrikaden steigend, und zuletzt das scharfe Bajonnet tief in die Wand des Zim= mers bohrte.

Im gleichen Augenblicke hatte ihn aber Fahrbach gepackt und brachte ihn mit Hilfe eines Sanitätssoldaten, der ebenfalls auf das Geschrei herbeigeeilt war, zur Ruhe und auf sein Lager zurück, wo er stöhnend und keuchend liegen blieb, nicht ohne aber noch ein paar Mal ähnliche, aber vergebliche Versuche zur Allarmirung zu machen.

Auch Doktor Bemmel war herzugekommen und sagte, nachdem man den Verband des Unglücklichen wieder befe=

stigt: „Er hat einen Streifschuß im Rücken und ich fürchte,
daß der Rückgrat, wenn auch nur schwach verletzt ist —
aber unheimlich sind dergleichen Geschichten, ich wollte, diese
furchtbare Nacht wäre schon vorüber."

Wer hegte wohl nicht den gleichen Wunsch in diesen
furchtbaren Räumen des Jammers und des Elends, wer
blickte nicht, sehnsüchtig seufzend, um an dem dunklen trüben
Himmel die erste Spur des Morgengrauens zu entdecken,
und doch hatte die Nacht scheinbar mitleidig mit ihrem
alles verdeckenden Schleier das namenlose Elend verhüllt,
welches der Tag mit seinem trüben, falben Lichte so scho-
nungslos, so grell, so gräßlich aufdeckte. Es hatte gegen
Morgen gestürmt und geregnet herab auf die blutigen

Menschen, die meistens ohne die nothdürftigste Bedeckung auf blutigem und feuchtem Stroh lagen, oder auf der nackten blutigen Erde; dazu trat die Ruhrepidemie plötzlich in stärkerem Umfange auf, und wenn überall, so auch hier, von den Aerzten und Hilfsmannschaften alles gethan wurde, um die Kranken und Verwundeten, welche obdachlos im Hofraume lagen, nothdürftig zu schützen, indem man sie mit Stroh und abgehauenen Baumästen zu bedecken versuchte oder Nothdächer über sie errichtete aus Brettern, die man auffand, oder vermittelst zertrümmerter Bettstellen, ausgehobener Thüren, Fenster und Fensterläden, wobei Fahrbach schon beim ersten Grauen des Tages auf's Eifrigste beschäftigt war, so blieb doch der Anblick des tausendfachen Wehes ein unbeschreiblich furchtbarer. An dem mächtig lobernden Feuer im Hofe wurde Kaffee gekocht, wenigstens ein kleines Labsal für die Unglücklichen, und doch eine Linderung, was man an den verlangenden und dankbaren Blicken sah, mit der sich Hunderte zitternder Hände unter den nassen Decken hervorstreckten, um eine kleine Tasse des heißen Getränkes zu erhalten, oder flehentlich bittend es an ihre Lippen zu bringen.

— — Vorbei — vorüber — o, für Manchen, der sich während der Nacht lang bis zum Erstarren ausgestreckt hatte, alles und für immer vorüber — vielleicht noch ein glücklicheres Loos, als endlich nach namenlosen Leiden seinen Wunden zu erliegen.

Der junge Arzt hätte sein, Fahrbach gegebenes Versprechen mit dem besten Willen kaum halten können, wenn nicht glücklicher Weise ein Zug Sanitätssoldaten unter Führung eines Offiziers vorüber gekommen wäre, welcher sich bereit erklärte, den Kameraden bis zur nächsten Ambulanz mitzunehmen, und da der Ingenieur hoffte, seine Wagenkolonne droben bei den einsamen Pappeln wieder wie gestern Abend in Thätigkeit zu finden, so richteten sie ihre Schritte dorthin.

Glücklicher Weise hatte sich das Wetter gebessert, der

Wind die Wolken zerrissen und verjagt, prachtvoll und leuch=
tend stieg die Sonne empor — die Sonne Deutschlands
und seines großen Sieges. Drüben auf dem kleinen Schlöß=
chen Bellevue hatte der siegreiche König jene weltgeschicht=
liche, wenngleich so kurze Unterredung mit dem gefangenen
Kaiser der Franzosen, und während später Napoleon wohl
für immer in die Verbannung ging, brauste es rings um
Sedan von dem Jubelruf der deutschen Truppen und den
dröhnenden Klängen der Musikbanden.

Als Fahrbach am frühen Morgen dieses Tages wieder
über das Schlachtfeld zog, bemühte er sich, freundliche Bilder
in seiner Seele aufdämmern zu lassen, und blickte gen
Himmel, einer Schaar weißer Tauben nach, welche vor=
überstrich und die er sich gestern schon während der Schlacht
erinnerte gesehen zu haben, ruhelos umherirrend, aufgescheucht
durch das Sausen der Granaten, durch das Pfeifen der
Chassepotkugeln; heute hatte ihr Anblick etwas Friedever=
heißendes, wie sie leuchtend im Sonnenlichte gegen die Nie=
derungen der vielgekrümmten Maas zogen, über der weiße
Nebel brüteten und sich wie Trauerschleier um und zwischen
den dunklen Tannen hoben, woben und spannen.

Und zur Trauer, zur tiefsten, herzzerreißendsten Trauer
boten diese kalten Schlachtfelder einen furchtbaren Stoff.
Wenn auch schon während der Nacht viel geschehen war,
so konnte doch jetzt erst die umfassendste Thätigkeit beginnen;
überall, wohin Fahrbach blickte, sah er Aerzte, Sanitäts=
soldaten und — Todtengräber in voller Thätigkeit. In zer=
schossenen Häusern richtete man Verbandplätze ein, drüben
wurden Ambulanzen und Bauernwagen mit ächzenden Ver=
wundeten beladen, und neben diesem Elende bot ein ver=
heerter und zerstampfter Garten, an welchem der junge
Ingenieur vorüberzog, einen fast tröstlichen Anblick; dort
ruhten schon in einem langen, langen Graben von denen,
die alle Noth und allen Jammer überstanden hatten,
Deutsche und Franzosen durch einander, ein paar nieder=
getretene Rosenbüsche hingen über den Rand, und langsam

fielen und wehten ein paar Rosenblätter hinein — — —

Da waren die beiden Pappeln, und ein wenig weiter an der Nische mit dem Muttergottesbild fand Fahrbach die Wagen seiner Kolonne, und dort auch den Stabsarzt, welchem er die Erlebnisse seiner Nacht schilderte und der so freundlich war, den jungen Reiter-Offizier in eines der bequemen Fahrzeuge der Ambulanz sogleich unterbringen zu lassen, selbst mit nach Donchéry zu nehmen, wohin er ging, um im Hospitale der Stadt, sowie in einer großen Kaserne provisorische umfassende Lazarethe einzurichten.

„Ich würde Sie gern ersuchen mitzugehen," sagte er zu dem jungen Ingenieur, ihm freundlich die Hand drückend, „doch können Sie bei bewiesenem Eifer und Energie hier oben nützlicher sein, und was Ihren Schützling anbelangt, so werde ich für ihn sorgen wie für einen Sohn, und demselben anempfehlen, Ihnen ganz besonders für den klugen Einfall, ihn noch in der Nacht aufzusuchen, seinen besten Dank zu sagen. Auf Wiedersehen in Donchéry, und lassen Sie mir die Wagen nicht zu voll laden."

Diese letztere Erinnerung war allerdings wohl und menschlich gemeint, aber Du lieber Gott, wenn man sich hier rings umsah, was noch zu thun war nach dem, was schon während der Nacht und heute Morgens geschehen, so dachte man an alles das nicht mehr, wenn man sich der gräßlichen Augenblicke erinnerte, wo die feindliche Kavallerie zwei-, dreimal über die Gefallenen hinwegdonnerte.

Und wie grauenhaft malerisch waren diese Klumpen hier von Menschen und Pferden, wie furchtbar unvergeßlich einzelne Bilder. Fahrbach blieb vor einem Chasseur stehen, der todt unter seinem todten Rosse lag. Der Mann hatte vier Kugelwunden, das Pferd mindestens sechs; die Rechte hielt noch den um das Gelenk geschlungenen Säbel, der Karabinerschaft war durch den Sturz gebrochen; bei dem Rückwärtsjagen hatte sich gar oft Mann und Roß den Abhang hinab überschlagen. Etwas weiter zurück lagen drei Reiter-Offiziere, wohl von den französischen Todtengräbern

zusammengelegt. Einer davon, ein schöner junger Mann,
trug auf der aufgerissenen Uniform vier blitzende Orden
und auf der nackten Brust ein mehrere Zoll großes viereckiges
unfehlbares Amulett von schwarzer Seide; mitten durch
hatte die deutsche Kugel getroffen. In der Nähe lag, schwer
sterbend, ein französischer Infanterist, krampfig „Flocken
zupfend" mit den Händen.

Langsam vorwärts gehend und überall umher spähend
kam der Ingenieur jetzt über die Chaussee, wo gestern die
Kugelspritzen so furchtbar gearbeitet hatten; die acht hier
genommenen Geschütze waren schon weggebracht, doch zu
Dutzenden lagen noch die Patronenkistchen umher, von denen
sich Fahrbach eines zum Andenken mitnahm, um es später
als Zigarrenbehälter zu benützen. Auch Bleiverschalungen
lagen noch in Menge da, sowie er auch in dem Tannen-
walde an der Chaussee noch verwundete Franzosen in großer
Anzahl traf, welche nicht durch die Geschosse, sondern durch
die abgeschmetterten Stämme und Aeste schwer getroffen
waren — neue furchtbare Bilder, besonders aber im Dickicht

des Tannenwaldes, wo mancher sich, wie der wunde Hirsch,
zwischen die Büsche verkrochen hatte, um still und einsam
darin zu sterben.

Da war auch das Dorf Iges mit seinen steinernen
Häusern und einer großen, von hohen Gartenmauern um=
gebenen Villa, wo sich der Feind so lange gewehrt hatte,
und hier hatten die Herannahenden einen wirklich ergrei=
fenden Anblick. Auf der Gartenmauer, gerade an der Ecke
und scharf sich abhebend von der hellen blauen Luft, ragte
eine hohe weiße Gestalt völlig regungslos; sie blieb auch
unbeweglich bei den Schritten der Daherkommenden, selbst
als Fahrbach einen Augenblick stehen blieb und staunend
emporblickte. Es war die hohe Gestalt eines Turkos, der gar
nichts am Leibe trug, als einen weißen Burnus, den er über
den Kopf gezogen hatte, das Blut floß von seinen nackten
Beinen — stumm, apathisch blickte er nach Osten, der stei=
genden Sonne entgegen.

Von hier konnte man mit einem Fernglase deutlich die
in der Tiefe liegende Stadt und Festung Sedan übersehen;
die Ueberschwemmung der Maas hatte einen breiten Wasser=
gürtel um die Wälle gezogen; es fielen zahlreiche Schüsse in
der Stadt, in den Straßen; auf den größeren Plätzen sah
man dichte Massen von Franzosen hin und her marschiren
unter unaufhörlichen Trommel= und Trompetensignalen;
die zersprengten und völlig durcheinander gewürfelten Schaa=
ren sollten gesichtet und gesammelt werden, aber nicht mehr,
um auf's Neue die Waffen zu erheben, sondern um sie —
84.000 unverwundete Soldaten — vor dem deutschen Heer
zu strecken. General v. Wimpffen hatte den Gedanken, sich
nach Carignan durchzuschlagen, aufgegeben. Die zehnte
Stunde, zu welcher für den Fall des Scheiterns der Ueber=
gabsverhandlungen, die deutschen Batterien das Feuer wieder
beginnen sollten, war längst vorüber. — Es hatte sich Alles
entschieden. Die große französische Kaiserkomödie war zu
Ende gespielt, und nach dem Schlusse dieses welthistorischen
Dramas hoffte man auf den Frieden! —

Grauenhaft war der Anblick, besonders gegen Floing und Iges, wohin sie sich nun mit den Wagen wandten; in dem gelben Steinbruch, wo Fahrbach gestern den Augenblick des heftigsten Kampfes beobachtet, lagen furchtbar viele Preußen, zumal vom 32. Regiment, auch Frankfurter, Kurhessen und Nassauer, welche hier vorbeigestürmt waren an den Mitrailleusen, die einmal ohne Unterbrechung auch nur einer Sekunde, über drei volle Minuten fortgeknattert hatten, so erinnerte sich Fahrbach; denn der Stabsarzt hatte ihn voll Entsetzen darauf aufmerksam gemacht, indem er dabei auf seine Uhr geschaut. — Wie überhaupt der Kampf hier, besonders in den ummauerten Gärten der Dörfer Floing und Illy, sowie in dem Tannenwald dahinter gewüthet, sah man an den zerborstenen Steinmauern und an den starken Stämmen, die hier von Granaten geknickt, dort ihrer dicksten Aeste beraubt, wie mitgeschlagen und mitbesiegt dastanden. In den Schützengräben, die sich vor den Dörfern drei- bis vierfach hintereinander befanden, lagen französische Infanteristen in grauenhafter Menge, gewiß acht Franzosen gegen einen Deutschen; fast Alle waren von Granaten getödtet, welche mit furchtbarer Genauigkeit stets mitten in die Gräben niedergegangen und geplatzt waren.

Hier angelangt, wurden Wagen und Personal nach allen Richtungen des Schlachtfeldes vertheilt, um verwundete Deutsche aufzusuchen und zu bergen, und trotzdem man die Franzosen den zahlreichen Aerzten ihrer Nationalität auf deren Wunsch überließ, genügten doch die vorhandenen Kräfte kaum, um in den dicht bebuschten Gehölzen, in vergessenen Furchen und in tiefen Gräben die Unglücklichen aufzufinden, denen seit gestern Mittag noch keine helfende Hand, kein tröstender Mund genaht war. Dabei war die Thätigkeit der Aerzte und des Hilfspersonales über alles Lob erhaben, und die Dankesblicke der blutenden Helden ihr bester Lohn; ergreifend war die Resignation, mit welcher die wunden Männer ihre Schmerzen ertrugen, die Ruhe und Geduld, mit der sie abwarteten, bis die Reihe an sie kam, der stumme

Dank bei den furchtbaren Leiden, die sich kaum einmal beim Heben und Tragen in einem jammernden Schrei äußerten.

Ein neues und schreckliches Schauspiel bot sich den Blicken an jener Stelle, wo die französischen Reiter=Regimenter, Küraffiere, Hußaren, Chaffeurs d'Afrique in ver=zweifeltem Kampfe vergeblich gegen die preußischen Linien vorgestoßen waren, wo die Infanterie gegen die heranströ=menden Reiter nicht einmal Quarré formirt hatten, sondern in Schützenklumpen und Hackenstellung sie dicht herankommen ließen, um dann erst Schnellfeuer zu geben. Das Ergebniß dieser furchtbaren Arbeit übersahen Fahrbach und seine Be=gleiter hier schaudernd; oft reihenweise, dicht neben einan=

der, wie sie geritten waren, lagen die Küraffiere, Hußaren und Chaffeurs hingestreckt, wie wenn man einen Zug dicht neben einander gestellter Bleisoldaten umgestoßen — es war

ein gewaltiger Anblick. — „Zum Einhauen," sagte ein
verwundeter Preuße, den sie hier mitnahmen, „sind sie ja
nicht gekommen, nur am Boden Liegenden, an denen sie
vorüberjagten, gaben sie Stiche mit den Pallaschen, meist
sie kaum erreichend, — ja, wenn es Lanciers gewesen
wären, so würden Sie mich wohl hier liegen lassen," setzte
der Verwundete hinzu, — er selbst hatte zehn solcher Stich-
wunden erhalten und meinte noch: „das Andere war alles
Kinderspiel; ich habe mit bei Wörth und Gravelotte gefochten, und nirgends galt es, mit kaltem Blute Stand halten
wie hier."

Was hatte Fahrbach in diesen Tagen nicht alles erlebt,
welche Erinnerungen, genügend, um lange, lange Jahre
davon zu zehren, brachte er mit nach Hause, und welch'
ungeheurer Gewinn war für ihn das Bewußtsein, daß es
nur eines leichten Anstoßes bedurft, um in seinem Herzen
einen wahrhaft echten Mannesmuth zu entwickeln; die eigenthümliche Rinde, die ihn in dieser Richtung eingeengt hatte,
war zerbröckelt beim Krachen des ersten Granatschusses, und
jetzt — das fühlte er wohl — war er gepanzert, um jeder
Gefahr ruhig in's Auge zu sehen. Und was das andere Bild
in seinem Herzen betraf, so wußte er nicht einmal ganz
genau, ob es ihm nicht leid that, daß er nicht statt des
Bruders den Geliebten beschützt, ja gerettet hatte; hatte er
doch schon geschwelgt in der Rolle eines gerührt Entsagenden,
und wie hätte diese schöne Episode seines Lebens besser
schließen können, als wenn es ihm vergönnt gewesen wäre,
das Ganze mit dem Ineinanderlegen ihrer Hände zu beschließen, da — — ein anderer Schluß ja doch unmöglich war.

Jedenfalls trat er in fast hoher Bewegung den Rückweg nach Donchéry mit den Uebrigen an; hatte er doch das
Seinige gethan, um nach besten Kräften menschliches Elend
zu lindern, und that es auch in diesem Augenblicke noch, da,
weil alle Wagen überfüllt waren, er einen einsam liegenden verwundeten französischen Offizier noch mitnahm, ihn

wie ein kleines Kind führend, fast tragend; und der Offizier sagte ihm im überströmenden Gefühle der Dankbarkeit, wie zwei Menschen durch diese Hilfe glücklich gemacht seien und wie er während der langen, langen Nacht weniger an die eigenen Schmerzen gedacht, sondern an die Leiden eines armen, kleinen jungen Weibes. — „Gott segne Sie dafür und lasse Sie das Glück finden, auf das ich hoffe, wenn ich nicht an meinem Schusse zu Grunde gehe."

Ob er daran zu Grunde gegangen ist, Fahrbach hat es nicht erfahren, unter der Masse der anderen Verwundeten verlor er ihn in Donchéry aus dem Gesichte; wer weiß, ob er in einem der zahllosen Gräber um Sedan ruht, oder ob er zurückgekehrt ist zu seinem armen kleinen jungen Weibe — hoffen wir das Letztere.

Dank der ganz besonderen Empfehlung des Stabs- arztes fand Fahrbach seinen Schützling so behaglich, als das in der mit Verwundeten und Kranken furchtbar überfüll- ten Stadt nur hatte geschehen können; auch war der Reiter- Offizier guten Muthes, da ihm der Stabsarzt nach genauer Untersuchung die tröstliche Versicherung gegeben hatte, daß die Chassepotkugel den Knochen nur gestreift, daß nicht nur eine baldige und so gründliche Heilung zu erwarten sei, daß er werde wieder reiten können, und daß es wohl möglich sein würde, ihn in ein paar Tagen zur Eisenbahnstation in Bouillon zu bringen. — „So viel Glück auf einmal!" rief er mit strahlenden Blicken.

„Und noch ein anderes dazu," sagte Fahrbach, „aller- dings von geringerer Art, aber es wird Sie freuen, Ihr Pferd ist wohlbehalten wieder gefunden und wahrscheinlich schon in diesem Augenblick unten im Stall."

„Ah, wie mich das freut; als mich die Kugel traf und ich vom Pferde herabglitt, lag ich eine Zeit lang besinnungs- los, dann wurde es dunkel, und Sie werden es begreiflich finden, daß ich das gute, treue Thier verloren gab; es hätte mich doppelt geschmerzt, denn es war ein Geschenk meiner lieben Schwester — — was werden wir alles zu

erzählen haben, wenn wir heimkommen — zusammen heim=
kommen, mein lieber, lieber Freund." Er faßte die Hand
des Ingenieurs und drückte sie innig und sah ihn mit einem
bittenden Blicke an, worauf er fortfuhr: „Hoffentlich ziehen
wir zusammen nach Hause; ich würde es als das größte
Glück ansehen, wenn es Ihnen möglich würde, Ihre gegen=
wärtige Kriegsfahrt zu beschließen."

„Es liegt das wohl größtentheils in meinem freien
Willen, und glaube ich Ihnen obendrein noch sagen zu dürfen,
daß mein guter, lieber Freund, der Stabsarzt, vorhin ein
Wort fallen ließ, woraus ich entnahm, daß er mich zur
Geleitung des nächsten Kranken=Transportes mit nach Hause
senden wolle — mir jetzt doppelt willkommen."

Und so kam es auch, nachdem noch ein paar, aller=
dings schwere Tage vorübergegangen waren, wo Fahrbach
alsdann eine der ersten Evakuationen gegen Belgien zu ge=
leiten hatte; es mochten wohl 300 Verwundete beisammen
sein, von denen allerdings die Mehrzahl bis zur nicht
weit entfernten Grenze zu Fuße gehen konnten; sie hatten
dabei Sedan zu passiren, und welches Maß von Schmutz
und Blut, Brand und Elend hier noch gehäuft lag, ist
unbeschreiblich; auf dem hinter der Stadt sich erstreckenden
Theile des Schlachtfeldes, in der Richtung auf Givonne und
die Ardennen lagen, und zwar mitten auf der Heerstraße
heute noch in Menge die schrecklichen Leichen der Franzosen
und ihrer Pferde; hier hatten die Granaten des 5. deutschen
Korps den letzten Ausweg abgeschnitten und die Reserve=
Artillerie des Kaisers vernichtet; zertrümmerte Laffetten,
zerschmetterte Munitionswagen, furchtbar verstümmelte Ka=
daver bedeckten den Weg. Fahrbach, der doch in den letzten
Tagen so viel Grauenhaftes gesehen, ging schaudernd an
einer Stelle vorüber, wo eine einzige Granate 13 Artilleristen
und 7 Pferde nebst ihrem Geschütze und Munitionskarren
zu einem schmutzig verworrenen blutigen Haufen zertrüm=
mert hatte, — Blutspuren, wohin man blickte, auf der
Straße, an den Wegsteinen, an den Mauern der Häuser,

an den Stämmen der Bäume, — — in einem rothen Meer
war auch dieser neue Pharao versunken mit Mann und Roß
und Wagen.

Welcher angenehme Kontrast dagegen, als sie nun
jenseits der französischen Grenze das beziehungsweise fried-
liche Belgien betraten! Wenn auch die Einwohner hier ihre
Sympathie für die Franzosen, deren Sprache sie sprechen,
mit welchen sie so vielfach durch Familien- und Handelsver-
bindungen verknüpft sind, häufig in Mienen und Worten
bethätigten beim Anblick der deutschen Verwundeten, so fand
man doch auch wieder Theile der Bevölkerung, welche mit
warmem Eifer die Pflichten der Menschheit und Gastfreundschaft erfüllten. — Das erfreute die armen Leidenden,
ließ sie hoffnungsvoll aufathmen, ja die Fahne Belgiens
froh begrüßen, welche in den bekannten und geliebten Farben
roth-schwarz-gold von dem altersgrauen, steil ragenden Her-
zogsschloß bei Bouillon herabwehte.

Damit schließen sich unsere Kriegsbilder, denn was
noch folgte, war friedlicher und angenehmer Art, und wenn
auch der Weg der Kolonne über Luxemburg nach Trier
noch von manchen Leiden und Beschwerlichkeiten für die
Verwundeten begleitet war, so jubelten doch fast Alle auf
beim Anblick der herrlichen Römerstadt an der schönen Mosel,
hier beim Betreten der geliebten deutschen Erde; zurück flogen
traurige Schatten, Sorgen und trübe Nebel, und vor ihnen
im Osten stieg nicht nur sichtbar das hell leuchtende Tages-
gestirn auf, sondern auch hell und glänzend die Sonne ihrer
Hoffnungen und Wünsche.

Dann wurden sie auf dem Wege in die engere Heimat
in jedem Dorf, in jedem Städtchen mit Liebesgaben über-
schüttet, empfingen so den heißen Sold des Dankes für
ihre ausgestandenen Mühen und Leiden, für ihr vergossenes
Blut, und als sie dann später zwischen den rebenbekränzten
Hügeln der Vaterstadt entgegen rollten und all' die bekannten Orte wiedersahen, schlug manches Herz, das ruhig

12

und unbeweglich geblieben war im Kampf der heißen Schlacht, in stummer Rührung.

Fahrbach hatte mit großer Freude gesehen, wie sich der Zustand seines Schützlings troß den Beschwerden der langen Fahrt von Tag zu Tag eher gebessert, als verschlimmert; stundenlang war er bei Tag und Nacht an seinem Lager gesessen und hatte ihm heute treulich berichtet von jeder der bekannten Eisenbahnstationen, ja von einzelnen Punkten, Brücken, Häusern, an denen der Zug vorüberbrauste, immer näher und näher der Heimat zu, und jeßt war er, als sie in den Güterbahnhof einfuhren, in wohl begreiflicher Aufregung hinausgetreten vor den Wagen, um nach irgend einem bekannten, befreundeten Gesichte auszuschauen.

Jeßt hielt der Zug einen Augenblick, und da geschah es, daß sich eine ältere Dame und ein junges schönes Mädchen rasch dem Wagen näherten, wo der junge Ingenieur stand, den sie wohl gleich erkannt hatten an seiner hohen stattlichen Gestalt, wenn er ihnen auch sonderbar vorkommen mußte in seinem stellenweise zerrissenen und verbrannten

Anzuge, bewehrt mit Revolver und dem wuchtigen Beil des französischen Pionniers.

Ja, er war es, und die alte Dame streckte ihm ihre Hand entgegen mit der Frage: „Haben Sie mir meinen Sohn mitgebracht?" wobei der stumme und doch so beredte Blick des jungen Mädchens dasselbe zu fragen schien und dabei so innig in seine Seele leuchtete, daß er nur ein stummes Kopfnicken zur Antwort geben konnte und sie dann rasch an das Lager des Sohnes und Bruders führte.

Welch' ein Wiedersehen unter Dank und Thränen! und welch' ein süßer Lohn für ihn, als — nachdem der Verwundete mit bebender Stimme versichert, daß er ohne seinen Retter und Freund wohl jammervoll zu Grunde gegangen wäre — das junge Mädchen herzlich und ohne Ziererei seine beiden Hände ergriff, ihn sanft herabzog und auf die Stirne küßte, wobei sie sagte: „Weil ich so gelobt hatte, einen zurückkehrenden Helden zu empfangen. Sie

können das Wort ruhig hinnehmen, denn wir haben gehört
von Ihrer aufopfernden Hilfe in Wasser und Feuer."

— — — — Sollte eine unserer geneigten Leserinnen
hier noch als letzten Schluß ein liebliches Friedensbild
wünschen, so können wir das rasche Ende der kleinen Geschichte
in dieser Richtung wohl genügend mit der ernsten, trauri=
gen, sturmbewegten Zeit entschuldigen, — wer möchte da
sein friedliches Nest bauen? Was wir aber thun können,
soll geschehen, und wollen wir gerne verrathen, daß Fahr=
bach der innigste Freund des jungen dankbaren Reiter=Offiziers
und seiner Angehörigen wurde, und daß der Genesende,
der so oft still beobachtend auf seinem Lager ruhte, wohl
seine Gründe haben mochte, als er ihm eines Tages sagte:
„Mein lieber Freund, wenn der Friede da ist und wieder
geordnete Verhältnisse, so werde ich an Dir versuchen, ob
ich noch zu kommandiren im Stande bin, und zwar mit
den Worten:

„Freiwillige vor!"

Eine gute Frau.

Californisches Lebensbild

von

Friedrich Gerstäcker.

Erstes Kapitel.

Eine angenehme Lage.

n Californien war im Jahre 1848 ein bis dahin nicht für möglich gehaltener Goldreichthum entdeckt worden, und aus allen Welttheilen strömten die Menschen herzu, um Theil an der Beute zu nehmen und das Gold — das, wie sie meinten, nur so offen im Walde herum läge — aufzusuchen. Der größte

Zufluß von Einwanderern kam aber, wie sich das wohl
denken läßt, aus den Vereinigten Staaten selber; denn
es gibt keine Nation, die rascher bereit wäre, irgend einen
sich bietenden Nutzen auszubeuten, als gerade die Nord-
Amerikaner. Was deshalb nur an Schiffen aufgetrieben
werden konnte, wurde mit Provisionen und Passagieren
beladen und den langen Weg um Kap Horn geschickt;
Dampferlinien etablirten sich außerdem augenblicklich, die
andere Schwärme nach Mexiko oder Colon (Panama
gegenüber) brachten und sie durch das stille Meer dann
wieder mit anderen Dampfern weiter beförderten. Außerdem
zogen aber zu gleicher Zeit endlose Karavanen von Wägen
und Karren aus den westlichen Staaten der Union ab,
um über Land und durch die trockenen, wilden Prairien
ihren fast endlosen Weg zurück zu legen.

Es war das freilich eine gar mühselige und sogar
gefährliche Tour, denn die dort hausenden wilden Indianer-
horden sahen nicht gutwillig zu, wie die weißen Männer
ihr Territorium überschwemmten, ihr Wild erlegten oder
aus ihren Jagdgründen hinausscheuchten, und bei ihnen
einbrachen, wie Diebe in der Nacht. Wo sie schwächeren
Trupps begegneten, griffen sie dieselben in wilder Wuth
und Rachgier an, und mit denen, die vor Hunger oder
Entkräftung am Wege starben, sollen damals manche Weg-
strecken durch lange Reihen von Gräbern bezeichnet gewesen
sein. Doch, was half das gegen die Anziehungskraft des
Goldes, dem Nichts zu widerstehen vermochte.

Unnachsichtlich packten die westlichen Farmer ihre Familien und ihre wenigen Habseligkeiten auf einen mit
Pferden oder Ochsen bespannten Karren, und die Büchse
auf der Schulter wanderten sie selber vertrauungsvoll
neben her, dem neuen Eldorado entgegen.

Was für eine wunderliche Mischung von Menschen
dabei in dem fernen Westen zusammen kam, läßt sich etwa
denken. Die Mehrzahl bestand allerdings aus arbeitslustigen
und braven Leuten, aber alles Gesindel, was bis dahin

in den Staaten seine Existenz gefristet, verschaffte sich —
auf welche Weise, blieb sich vollkommen gleich — eben=
falls die Mittel und strömte einem Lande zu, wo es Gold
in Masse gab, also auch ihr Weizen blühen mußte. Fan=
den sie das edle Metall dann nicht in der Erde, nun so
gab es auch noch andere Mittel und Wege, um es den
verschiedenen Goldgräbern aus der Tasche zu locken, und
daß sie dabei nicht schüchtern zu Werke gehen würden,
konnte man versichert sein.

So kam es denn auch, daß schon sechs oder acht
Monate nach der Entdeckung des Goldes, die Straßen im
Innern des Landes anfingen unsicher zu werden und Raub=
morde gar nicht etwa zu den Seltenheiten gehörten. Diese
legte man allerdings fast ausschließlich den Mexikanern
zur Last, denen man eben das reiche Land abgenommen,
und daß diese den übermüthigen Feind recht vom Herzen
haßten, war erklärlich, aber auch dabei eine Thatsache,
daß die meisten dieser Mordthaten nur von amerikanischem
Gesindel verübt wurden, die dann kein Mittel scheuten,
den Verdacht von sich abzulenken. Was lag ihnen daran,
wenn ein Unschuldiger an ihrer Statt von der gereizten
Bevölkerung gehangen wurde.

Der Herbst brach an, und die Regenzeit, die diesem
Landstrich — obgleich er eigentlich nicht mehr zu den Tropen
gehört — eigenthümlich ist, hatte begonnen. Diesmal zwar
erst mit einem achttägigen Schauer, der aber den Boden
vollständig aufweichte und ihn an vielen Stellen, da wirk=
liche Wege gar nicht existirten, völlig unfahrbar machte;
ja selbst Fußgänger fanden es an manchen Orten schwierig,
durchzukommen.

Der Regen ließ allerdings gegen Mittag heute nach,
aber schwere dunkle Wolken jagten noch immer am Himmel
hin und drohten jeden Augenblick mit einem neuen Guß.
Der Wind sauste dabei durch die hohen Wipfel der Eich=
bäume und schüttelte die langen Früchte derselben auf den
Boden nieder.

Ueber einen der Hügelrücken, ziemlich einen Westkurs haltend, schritt ein junger Mann, jedenfalls ein Jäger aus den westlichen Backwoods, deren Tracht er auch trug. Eine lange Büchse lag ihm auf der Schulter, die lederne Kugeltasche, mit dem Pulverhorn außen daran, hing ihm an der rechten Seite, ein ledernes ausgefranstes Jagd= hemd deckte seinen Körper, eben solche „Leggins" schützten ihm die Beine gegen die dornigen Schlingpflanzen, und daß er gewohnt war, den Wald als seine Heimat zu be= trachten, bewies die zusammengerollte und über den Rücken geworfene Decke, die er als Bett und vielleicht auch als Regenschutz mit sich führte.

Zu jagen gab es hier freilich nicht mehr viel, denn diese Hügel wurden in jener Zeit zu viel beunruhigt. Fuhrwerke, wie die tief eingedrückten Geleise überall ver= riethen, hatten sich hier ihre Bahn durch den Wald gesucht, und Reiter wie Fußgänger waren ihnen gefolgt. Dadurch zogen sich aber die Hirsche scheu ab in die höheren und rauheren Gebirgshänge, und suchten höchstens einmal bei Nacht die alten Aesungsgründe wieder auf.

Der Wanderer verfolgte auch, ohne die geringste Vor= sicht, den nur hie und da betretenen Pfad, trat auf dürre Zweige, die auf seiner Bahn lagen und pfiff auch wohl dann und wann einmal eine alte Melodie, die ihm gerade einfiel. Nur aus alter Gewohnheit wohl schweifte sein Blick zu Zeiten nach rechts und links hinüber, als ob er zwischen den grauen hohen Stämmen nach etwas Leben= dem suche.

Da sah er plötzlich vor sich und mitten auf einer kleinen Waldblöße, quer über welche hin aber auch Men= schen= und Pferdespuren gingen, gerade im Wege einen dunklen Gegenstand ausgestreckt liegen, den er schon von Weitem als einen menschlichen Körper erkannte.

„Wieder ein Mord," brummte er halblaut und finster vor sich hin in den Bart, „es wird wahrhaftig alle Tage besser in Californien, und man hat vollauf Arbeit, nur

feine eigene Haut ficher durch den Wald zu tragen! —
Aber regt fich der Körper nicht noch? —"

Er fchritt fchärfer aus, um fich in der Nähe von
dem Thatbeftande zu überzeugen; vielleicht konnte er ja
auch einem Unglücklichen Hilfe bringen. Der Boden wurde
aber hier eben fo weich und fchwammig, daß er oft bis
über die Knöchel einfank und Mühe hatte, fich nur halb=
wegs harte Stellen auszufuchen, bis er die auf dem
Schlamme ausgeftreckte Geftalt erreichte und jetzt verwun=
dert dabei ftehen blieb.

Der Unglückliche lag auf der Bruft und hatte das
Geficht, das aber merkwürdig roth ausfah, mit gefchloffe=
nen oder eigentlich mehr zugekniffenen Augen auf die
Seite gelegt. Die linke Hand fchien er beim Sturz in
den Schlamm geftemmt zu haben, um den Fall zu brechen;
von dem rechten Arm war aber gar nichts zu bemerken,
und nur die Beine bewegten fich noch zuckend, fo daß es

faſt ſchien, als ob ſich die Füße irgendwo gegenſtemmen
wollten. Das Leben war alſo noch nicht ganz entflohen,
und der junge Fremde lehnte ſeine Büchſe an den näch=
ſten Baum, hing ſeine Decke daneben und wollte eben
daran gehen, den wahrſcheinlich nur Verwundeten umzu=
brehen, als dieſer, ohne jedoch die Augen zu öffnen, vor
ſich hinknurrte:

„Wenn ich nur das gottverfluchte Californien in mei=
nem ganzen Leben nicht geſehen hätte — o, Du blutiger
Heiland! no bottom!“ *)

„Halloh, Fremder!“ rief da der junge Mann ebenfalls
in deutſcher Sprache und etwas verwundert aus; denn
die Stimme klang gar nicht ſo, als ob ſie von einem
tödtlich Verwundeten oder Sterbenden käme. „Was macht
Ihr denn da? Seid Ihr geſtürzt oder fehlt Euch etwas?“

Der am Boden Liegende blinzte, ohne jedoch ſeine
Stellung zu verändern, mit den kleinen grauen Augen zu
der fremden Stimme auf, aber die heimiſchen Laute moch=
ten ihm wohl beruhigend klingen, und erſt einmal aus=
ſpuckend, denn er mußte Schlamm in den Mund bekommen
haben, ſagte er wieder mit einem läſterlichen Fluch:

„Was mir fehlt, Kamerad? Mein Schuh fehlt mir.
Gerade hier bin ich mit dem einen Hinterbein in ſo ein
verdammtes Loch hineingetreten, und jetzt ſteckt er da drin
und ich kann keinen Grund finden.“

Der junge Fremde lachte. — „Aber verſchwunden
kann er doch nicht ſein?“

„Nicht verſchwunden,“ erwiederte der Fremde in
komiſchem Zorn, „aber beinahe ſo gut, als ob ich ihn
unterwegs auf See über Bord verloren hätte, denn —
Gott ſtraf' mich, da iſt er,“ unterbrach er ſich plötzlich
und ſein Geſicht nahm eine noch röthere Färbung an —
„jetzt hab' ich ihn oben erwiſcht — aber Donnerwetter!

---

*) Der Ausruf des Seemannes, der das Senkblei wirft
und keinen Grund findet.

steckt der fest — das ist ein Vergnügen, und jetzt fängt's
— hol' mich der Henker — auch schon wieder an zu regnen.
Na, an die Fahrt will ich denken."

Er zog und zerrte dabei aus Leibeskräften und brachte
endlich wirklich einen Gegenstand, der wie ein länglicher
Schlammklumpen aussah, zu Tage. Mit diesem richtete
er sich, von Schmutz förmlich starrend, empor, betrachtete
seine Beute einen Moment und schleuderte sie dann mit
einem anderen Fluch, der Alles verwünschte, was über,
auf oder unter der Erde lebte, auf den Boden nieder.

Es war eine kleine unansehnliche Gestalt, und mochte
es sein, daß sie sich gerade nicht in einnehmender und
günstiger Weise produzirte, aber den Eindruck, den sie auf
den Beschauer machte, schien ein keineswegs günstiger.
Die Stimmung, in der er sich befand, mochte vielleicht
auch viel dazu beitragen, aber er sah verbissen und giftig
aus, schielte auch ein wenig, hatte rothe Haare und eine
lange spitze Nase, und zeigte sich jetzt in der That als Nichts
weiter, wie ein außer sich gerathenes Häuflein Unglück,
das, mit Pulver geladen und einem Zünder versehen, jeden
Augenblick explodiren konnte.

Und wie sah der Mensch dabei aus. Ein Anzug ließ
sich an ihm gar nicht mehr erkennen; es war eine solide
Masse von Schlamm und Schmutz bis selbst über die
rechte Backe hinauf, mit der er vorhin auf dem weichen
Boden gelegen.

Der junge Deutsche schüttelte, ihn betrachtend, mit
dem Kopfe. „Wo um Gotteswillen kommt Ihr her?"
sagte er endlich, „und wo wollt Ihr hin? Ihr tragt gar
kein Gepäck bei Euch, und blos um Eueren Schuh da
in dem Schlamm herum zu treten, seid Ihr doch wahr=
haftig nicht nach Californien gekommen?"

„Unsinn," brummte der Mann, indem er aber doch
den Schuh wieder aufnahm und sich dabei, das linke Bein
in der Höhe und auf dem rechten balanzirend, überall
auf dem Boden umsah — „deshalb wahrhaftig nicht —

aber ob in dem verbrannten Lande auch nur ein Spahn
zu finden wäre, mit dem sich ein Mensch seine Schuhe
abkratzen könnte — Gott bewahre es, so wollt' ich denn
doch —"

Der Fremde reichte ihm gutmüthig seinen Genick=
fänger, und der Kleine ging jetzt daran, wenigstens das
Innere seines Schuhes so viel wie möglich von Schlamm
zu reinigen, damit er nur erst einmal wieder hineintreten
konnte. „Ich habe meinen Wagen bei mir," erzählte er
dann weiter, „meinen Wagen mit meiner Frau darauf,
und hatte heute Morgen meinen Rock von dem verdamm=
ten Kasten verloren, so daß ich zurücklaufen und ihn
suchen mußte."

„Hier ist aber doch noch kein Wagen gefahren," sagte
der junge Mann, „ich kann wenigstens kein einziges Ge=
leis erkennen."

„Nein," brummte der Kleine wieder, „der eigentliche
Fahrweg zieht sich da unten um den Hügel herum, und
ich Esel glaubte nun, ich schnitte ein Stück vom Wege ab,
wenn ich hier herüber ginge. — Das weiß aber der helle
Satan, oben auf den Bergen ist hier der tiefste und
weichste Schlamm, und ich habe Maulthiere einsinken sehen,
daß zwei Mann Mühe hatten, sie wieder herauf und auf
trockenen Boden zu heben. Jetzt wollte ich näher kommen
und ziehe mich dafür schon eine volle Stunde in dem
Schlamm herum."

„Und wo ist Euere Frau mit dem Wagen?"

„Indessen langsam weiter gefahren."

„Dann habt Ihr also auch noch Jemanden bei dem
Geschirr?"

„Gott bewahre," sagte der Kleine, „die Frau ist
resolut genug und reitet und fährt besser als ich selber —
fürchtet sich auch vor dem Teufel nicht."

„Aber doch nicht ganz allein habt Ihr sie den Weg
ziehen lassen?" frug der junge Deutsche erstaunt. „Mann,
die Straße hier ist nichts weniger als sicher, und aller

Arten Gesindel treibt sich darauf herum. Sie ist hoffent=
lich nicht mehr jung?"

Der Kleine warf dem Redenden einen mißtrauischen
Blick zu, dann sagte er: „Jung? — Sie ist zwanzig Jahre
alt — sie wird einundzwanzig."

Jener schüttelte mit dem Kopfe. „Dann hätte ich
sie auch nicht allein voran fahren lassen. Sicher ist sicher."

„Bah!" sagte der Nasse, „habt keine Furcht — ich
habe auch keine. Sie trägt schon auf der ganzen Reise
ihren geladenen Revolver und schießt damit auf den
Knopf."

„Und seid Ihr mit ihr durch die Prairien ge=
kommen?"

„Gewiß — über den North Platte und die blauen
Berge."

„Allen Respekt — und woher?"

„Illinois — aber Donnerwetter, Fremder, habt Ihr
nicht einen Whiskey bei Euch? Mich schüttelt es ordent=
lich vor Frost, und es fängt wieder an zu gießen, als
ob es die Erde ersäufen wollte. O Kreuz=Stern=Ordens=
dame, das wird eine hübsche Fahrt werden."

„Nicht einen Tropfen," sagte der junge Mann; „ich
hätte selber jetzt nichts gegen einen heißen Schluck."

„Na, dann kommt mit mir, Fremder," sagte der Kleine,
„wo seid Ihr her und wie heißt Ihr?"

„Ich habe mich bis jetzt in Missouri aufgehalten
und heiße Hans Bolk — und Ihr?"

„Ich bin aus Illinois und heiße Kaspar Brause. —
Dann kommt mit mir — der Wagen kann nicht weit vor
uns sein und wir werden ihn wohl bald einholen. Auf
dem habe ich aber einen ganzen „jug" mit Whiskey —
oder wenigstens noch einen halben, und die Nacht könnt
Ihr mit uns lagern, denn ein Wirthshaus scheint es in
diesem verbrannten Lande gar nicht zu geben. Daß mich
auch der Teufel plagen mußte, dem vermaledeiten Golde
nachzuhetzen. Hätt's in Illinois so bequem haben können.

Es läßt Einem aber keine Ruhe, wenn man von lauter „lumps" und Unzen hört, und bei uns war eine richtige Völkerwanderung."

„Dann seid Ihr in einer Karavane herüber gekommen."

„Wenigstens ein Stück Weges," knurrte Brause, „dann krepirte mir mein altes Pferd, und bis ich ein anderes kriegen konnte, waren die Uebrigen lange voraus und puddeln wahrscheinlich schon seit vierzehn Tagen Gold in den Minen — immer Pech."

Er hatte dabei mit einem äußerst grimmigen Gesicht den nassen und schlammigen Schuh angezogen und fest zugebunden, daß er ihm nicht wieder von dem Fuß glitt, und die beiden Männer zogen sich jetzt hier aus dem wohl höher gelegenen, aber sehr weichen Boden fort, um unten die Wagenspuren wieder zu erreichen und denen zu folgen — aber merkwürdiger Weise trafen sie, obgleich sie scharf ausschritten, Brause's Fuhrwerk nirgends an und erreichten oder überholten erst gegen Abend einen anderen Wagen, dessen Eigenthümer ihnen aber auch eine nur wenig tröstliche Auskunft gab.

Der hatte nämlich schon früh am Morgen ein paar Speichen gebrochen und den ganzen Tag dazu gebraucht, um sie wieder auszubessern — in der ganzen Zeit sollte ihn aber kein einziges Fuhrwerk — ausgenommen ein Karren mit vier Ochsen bespannt — passirt haben, und sein Wagen mußte deshalb unterwegs jedenfalls nach einer anderen Richtung hin ausgebogen sein.

„Wißt Ihr, Freund," sagte da sein Begleiter, „ich machte Euch vor anderthalb Stunden etwa auf Fahrgeleise aufmerksam, die rechts abbogen. Dort haben wir wahrscheinlich die richtige Spur verpaßt."

„Na ja," brummte Brause ingrimmig vor sich hin, „das hat mir noch gefehlt. — O, Du —"

„Ihr werdet jedenfalls am nächsten gehen, wenn Ihr den Weg zurück macht und die andere Spur aufsuchet."

„Verdammt, wenn ich's thue — dann bin ich vier Stunden Wegs nach."

„Euere Frau wird doch gewiß nicht allein weiter fahren, sondern auf Euch warten, und Ihr könnt die Arme nicht allein im Walde verbringen lassen!"

„Sie wollte ja nicht warten," rief Brause ingrimmig, „ich habe sie ja darum gebeten — aber die hat genau ihren eigenen Kopf."

„Sie wird gewiß nicht weit gefahren sein."

„Und meinen Hals wollt' ich d'rauf verwetten, daß sie noch fährt — und wie zog sich die andere Spur?"

„In einem spitzen Winkel etwas mehr nach rechts ab. Der Unterschied war dort allerdings nicht bedeutend, aber wer weiß freilich, welcher Richtung sich jene andere Bahn nachher zugewandt."

„O, zum Henker auch," sagte Brause, „dann schneide ich hier rechts hinüber und muß ja die anderen Spuren treffen. Wohin wollt Ihr denn eigentlich, Kamerad? Nach einem bestimmten Platz?"

„Nein — ich wollte mir nur irgend ein kleines
Minenstädtchen aussuchen, dort in der Nachbarschaft dann
jagen und das Wild verkaufen."

„Also nicht Gold graben?"

„Besondere Lust verspüre ich n i c h t dazu — aber
wer weiß."

„Na, dann kommt jetzt mit mir — zu Zweien geht
sich's besser, und wenn wir meinen Wagen treffen, stehe
ich Euch wenigstens für ein gutes Stück geröstetes Fleisch,
Schiffszwieback und Whiskey plenty. Habt Ihr Lust?"

Hans Volk sah sich einen Augenblick den Mann an;
er gefiel ihm nicht besonders und seine Toilette erhöhte
sein Wohlwollen eben so wenig. Dann aber auch hätte
er gern die Frau gesehen, die so resolut, ihren Mann im
Stiche lassend, direkt in die fremde Welt hineingefahren
war. Die Aussicht auf ein Abendbrod in diesem vollkom=
men wildleeren Strich, auf dem er eben so wenig hoffen
durfte, eine menschliche Wohnung zu finden, hatte außer=
dem etwas Verlockendes, denn er führte gar keine Lebens=
mittel mehr bei sich, und seine Büchse wieder auf die
Schulter werfend, sagte er lachend:

„Nun denn, meinetwegen; zu versäumen habe ich
nichts, mein Weg geht überhaupt nur eben auf gut
Glück, und das kann ich dann just so leicht rechts wie
links finden. Vamonos companero, und nun wollen
wir doch einmal sehen, ob wir die Frau nicht wieder auf=
finden. So viel muß ich Euch aber gestehen, ich an Euerer
Stelle wählte lieber das Sichere, wenn ich auch einen klei=
nen Umweg machen müßte. H i e r laufen wir vielleicht
direkt in's Blaue hinein — und was dann?"

„Kommt nur," sagte aber Brause, „ich bin noch
von Illinois her gewohnt, mich ohne Weg und Steg in
den weiten Prairien zurecht zu finden, also an verirren
ist gar nicht zu denken. Den nächsten Pfad, den wir an=
treffen, m u ß sie aber genommen haben, denn zurück kann
sie nicht wieder gefahren sein, und treffen wir Wagen=

geleife, fo kenne ich auf weichem Boden meines fogleich heraus, denn das eine Hinterrad hat eine fchlechte Stelle. Wenn ich nur früher daran gedacht hätte. Alfo vorwärts — jetzt halten wir uns unter jenem Hügelhang hin, bis zu der Ecke dort, und finden wir bis dahin nichts, fo biegen wir noch etwas weiter nach rechts ab."

„Meinetwegen," lachte Hans, „noch haben wir ein gutes Stück vom Tag vor uns, und wenn wir glück= lich find, finden wir den Whiskey. Es fetzt wahrhaftig wieder zum Regen ein, und mit hungrigem Magen möchte ich ebenfalls nicht gern die Nacht verbringen.

Zweites Kapitel.

Das Lager im Walde.

Der Himmel hatte fich wieder fo dicht umzogen, daß er einem grauen Sack glich, und der Regen fchlug in großen Tropfen kalt und unerbittlich auf den Wald nieder. Das aber brachte den doppelten Nachtheil mit, daß es auch die Spuren verfchwemmte und unkenntlich machte, und als die beiden Wanderer gegen Abend wieder eine Art von Weg, das heißt einen leicht abfallenden Hügelhang erreichten, den verfchiedene Gefährte benutzt hatten, um daran hin in's Thal zu gelangen, war Braufe nicht im Stande, die befonderen Merkmale feines eigenen Fuhr= werkes an ihnen feftzuftellen. Gerade in einem fumpfigen Strich, wo jeder Wagen gefucht haben mochte, einen etwas härteren Weg zu finden, auch vielleicht felbft ein verfchie= denes Ziel hatte, gingen die Spuren auch wieder aus= einander, und der arme Teufel war vollftändig rathlos, welchem er folgen folle.

Was jetzt thun? So weit der Blick von hier aus reichte, ließ fich keine menfchliche Wohnung, und nur in einer Thalfchlucht rechts auffteigender Rauch erkennen. Dorthin — wenigftens nach der Richtung zu — führte

13*

auch die eine Wagenſpur, und die einzige Möglichkeit
blieb noch, dort vielleicht das verlorene Fuhrwerk zu finden.
Es war freilich noch ein ziemlich langer Weg und der
Tag neigte ſich ſo ſcharf ſeinem Ende, daß es unter den
Bäumen ſchon dunkel wurde. — Aber vorwärts! Hans
Volk drängte jetzt ſelber mit dahin, denn dort fanden ſie
wenigſtens ein Feuer und konnten vielleicht ſogar von
einem da haltenden Wagen etwas an Lebensmitteln be=
kommen.

Es war ein beſchwerlicher Weg, denn die Geleiſe
verloren ſie bald in der Dämmerung, und mußten jetzt
durch die naſſen Büſche und an dem ſchlüpfrigen Hang
hin nur die ungefähre Richtung beibehalten. Endlich aber
gelangten ſie wieder in ein, wie es ſchien, beſonders ſtark
ausgefahrenes Geleiſe, das hier wohl einem Hauptplatz
der Minen zu hielt, und in dieſen links einbiegend, dauerte
es nicht lange, bis ſie einen hellen Feuerſchein durch die
Büſche blitzen ſahen und zugleich mehrere kleine Glocken
läuten hörten. Das waren die Glocken, welche man den
Zugthieren umgebunden, um ſie am nächſten Morgen leicht
wieder zu finden, und es blieb außer Zweifel, daß ſie
ſich hier einem größeren Lagerplatze näherten, der entweder
von einer Karavane gewählt war, oder zu dem ſich nur
zufällig hier eingetroffene Geſchirre zuſammengethan hatten.

Als ſie näher kamen, erkannten ſie auch fünf dort
aufgefahrene Wägen, in deren Mitte ſich ein mächtiges,
hoch aufloderndes Feuer — von ſämmtlichen Reiſenden
umlagert — befand. Der Regen ſchien nachgelaſſen zu
haben, und die Luft wurde ſo kühl, daß man ein gutes
Feuer, nicht allein zum Trocknen der Kleider, recht wohl
vertragen konnte.

Mitten in dieſe Gruppe hinein ſprang jetzt Brauſe,
um ſich die verſchiedenen Leute zu betrachten und ſeine
eigene Frau heraus zu finden, und wie er da plötzlich
zwiſchen den Fremden, von der Flamme hell beleuchtet,
auftauchte und den neugierigen, ängſtlichen Blick überall

umherwarf, starrten ihn die Gelagerten wohl einen Moment verdutzt an, brachen aber dann auch plötzlich in ein
schallendes Gelächter aus, denn die kleine, vollkommen
durchnäßte, von Schlamm starrende Gestalt mochte ihnen
mit Recht komisch vorkommen.

Brause achtete aber gar nicht darauf. Ohne die
Gesellschaft auch nur mit einem einzigen Wort oder Zeichen
zu grüßen, betrachtete er sich eine Gruppe nach der anderen;
als er dann aber in ein verzweifeltes: „God dame it
— she is'nt here!" *) ausbrach, da erneuerte sich der
Sturm unbegrenzter Heiterkeit, der nur noch wuchs, als
ihn Einer der jungen Burschen frug, wen er suche und
Brause lakonisch erwiderte: „M e i n e F r a u!"

Hans Volk war ihm gefolgt, hatte sich aber noch
außerhalb des Kreises gehalten. Er merkte wohl, welch'
komische und auch lächerliche Figur sein Gefährte dort
spielte, und es lag ihm deshalb Nichts daran, als zu ihm
gehörig betrachtet zu werden. Einige der ihm Nächsten

---

*) „Verdamm' es — sie ist nicht da!"

hatten ihn aber doch bemerkt und Einer der Leute rief
ihn an:

„Halloh, Frember, kommt mit zum Feuer heran —
ſucht Ihr etwa auch Euere Frau?“

Hans lachte. „Meine Frau würde ſchwer halten,“
ſagte er dabei, indem er die Büchſe von der Schulter
nahm und neben ſich ſtellte, „aber eine Frau möchte ich
wohl finden, und muß auch geſtehen, daß ich ſchon dar=
nach geſucht habe.“

„Bravo, Frember!“ rief ein alter Indianer=Mann
mit ſchneeweißen langen glatten Haaren und großen blauen
Augen, „dann kommt hier mit in den Kreis — da ſitzen
eine ganze Menge junger Mädchen, und — wer weiß,
wie ſich nachher Alles macht.“

Die jungen Mädchen, von denen ſich allerdings vier
mit bei der Auswanderer=Gruppe befanden, kicherten mit
einander und wurden blutroth. — Hans Volk war wirk=
lich ein bildhübſcher junger Burſche, ſchlank und kräftig
gebaut, mit braunem lockigen Haar und gar ſo guten
Augen. Auch der volle krauſe Bart ſtand ihm gut, wie
ebenſo die einfache Backwoods=Tracht. Aber ſie wagten
doch nicht länger zu ihm aufzuſehen, und waren froh,
daß ſie für den Augenblick ihre Aufmerkſamkeit der Jam=
mergeſtalt des kleinen Brauſe zuwenden durften. Da an
ein Weiterziehen für dieſen Abend natürlich nicht zu den=
ken war, mußte nämlich Brauſe vor allen Dingen ſeine
Schickſale erzählen; denn erſt wollten ſie ihre Neugierde
befriedigen, und nachher ſollten die Fremden auch etwas
zu eſſen haben.

Dieſe Wanderer kamen nämlich noch neu und friſch
nach Californien und brachten das alte Gefühl von Gaſt=
freundſchaft mit herüber. Das ſchwand aber bald, ſobald
ſie ſich nur erſt eine ſehr kurze Zeit in dem Eldorado
aufhielten, und dann herausfanden, daß jeder Zwieback in
Gold verwandelt werden konnte, ſobald ſich nur die rich=
tige Gelegenheit zeigte, ihn zu verwerthen. Von dem

Augenblick an hörte die eigentliche Gastfreundschaft auf, und wer nachher etwas von ihnen haben wollte, mußte es auch theuer genug bezahlen.

Brause erzählte indessen — während er sich so nahe am Feuer niederkauerte, daß der dichte Dampf der verdunstenden Feuchtigkeit von ihm aufstieg — seine sehr einfache, aber mißliche Geschichte. Seine Frau war mit dem kleinen Wagen vorausgefahren — er hatte sie wieder einholen wollen, aber verfehlt, und jetzt konnte der Henker wissen, wo er sie wiederfand. All' sein Eigenthum lag aber auf dem kleinen Geschirr, und was seine Frau in der Nacht und dem Wetter ohne ihn anfangen würde, wisse er ebenfalls nicht.

„Ihr seid ein Deutscher, wie?" sagte der Indianer-Mann jetzt, und an seiner gebrochenen Aussprache wohl fand, daß er es mit einem „Eingewanderten" zu thun hatte — „wie?"

„Gewiß bin ich," knurrte Brause.

„Und Euere Frau auch?"

„Nein, die ist in New-York geboren und erzogen."

„Also eine Amerikanerin?"

„Nun, versteht sich."

„Na, dann macht Euch auch keine Sorge, Mann," sagte der Alte wieder, „eine Amerikanerin weiß sich in solchen Fällen zu helfen, und eine Frau überhaupt findet aller Orten Schutz, wohin sie kommt. So hier, Betsy, gib mir einmal die Whiskeykrufe herüber. Ich glaube, den beiden Leuten wird ein tüchtiger Schluck gut thun, und von dem Hirschfleisch darfst Du auch noch ein Stück an's Feuer stecken. Hier, Fremder, trinkt einmal — wo kommt Ihr eigentlich her? Ihr seht aus, als ob Ihr östlich vom Mississippi nicht viel zu thun hättet."

„Habe ich auch nicht, Partner," lachte Hans, indem er dankend die Krufe nahm und einen tüchtigen Schluck daraus that. „Ich bin im südlichen Missouri zu Hause, wo ich den größten Theil meiner Zeit von der Jagd gelebt, will aber jetzt einmal sehen, wie die Sachen hier in Californien stehen und dann nach den Staaten zurück= kehren, um mich dort anzusiedeln."

„Und wollt Euch das Gold dazu erst hier in Cali= fornien holen, wie?" lachte der Alte ihn an.

„Doch nicht," sagte Hans; „ich traue der Geschichte hier nicht recht und brauche nicht auf das zu warten, was ich hier etwa finden könnte. Bleibt doch immer eine ungewisse Geschichte."

„Da habt Ihr Recht," nickte der Indianer=Mann. „Ich meinestheils werde mich hier auch verwünscht wenig auf Goldsuchen einlassen, sondern so rasch als möglich in eine Farm hineinfallen. Darin liegt doch immer das beste und sicherste Gold; aber versuchen muß man's vorher erst einmal, oder man hat doch später keine Ruhe. Und nun setzt Euch hierher, Fremder, da ist noch ein Platz und eßt einen Bissen mit, denn verwünscht schlechte Futter= plätze gibt es unterwegs, und hungrig wird man immer, ob man was hat oder nicht."

Hans nahm die freundliche Einladung so gern an, wie sie ihm geboten wurde, und kam dadurch außerdem auch dicht neben die kleine Gruppe von jungen Damen zu sitzen, die ihm aber scheu Raum gaben und weiter von ihm fortrückten. Das sorgte ihn aber nicht — er wußte, daß sie im Laufe des Abends schon zutraulicher werden würden, und griff nun, während Brause auf der anderen Seite des Feuers ebenfalls ein Unterkommen fand, herz= haft zu.

Die Nacht blieb trocken, aber es wurde hier oben auf der Höhe bitter kalt, doch läßt es sich da bei einem tröstlichen Feuer — und Holz gab es ja in Masse — recht gut aushalten. Die Leute trugen ja Alle ihre wollenen Decken bei sich, und nur Brause, der, wie er ging und stand, von dem Wagen abgesprungen, würde eine traurige Nacht verbracht haben, wenn ihm nicht Einer der Leute gutmüthig ausgeholfen hätte. Um aber am nächsten Mor=

gen wieder zeitig auf zu sein, rollte er sich auch bald in die alte, ihm geborgte Steppdecke dicht zum Feuer und war da in wenigen Minuten sanft und süß eingeschlafen.

Nicht so Hans, der wohl noch bis zehn Uhr mit den Uebrigen plauderte und von seinen früheren Reisen erzählte, und die jungen Mädchen waren dabei wieder viel näher an ihn hinangerückt und hörten aufmerksam zu. Der alte Indianer-Mann, der Bedford hieß, erkundigte sich auch beiläufig bei ihm, ob er zu dem komischen kleinen Burschen gehöre, mit dem er gekommen, und wer das sei und wie die Geschichte mit seiner Frau zusammenhinge. Hans konnte ihnen darin aber keine weitere Auskunft geben, als daß er berichtete, in welcher wunderlichen Situation er ihn gefunden, wobei die jungen Damen wieder mit einander kicherten. „Sonst sei Jenem nur sein Geschirr abhanden gekommen, das seine Frau allein führe, und er suche nun ihm nachzukommen.“

„Und die Frau wirklich allein?" frugen die jungen
Mädchen erſtaunt und ſahen ſich dabei kopfſchüttelnd an.

„So ſagt er wenigſtens."

„Und iſt ſie jung oder alt?"

„Sie ſoll noch ſehr jung ſein, aber reſolut, und wird
ſich deshalb wohl einer anderen Familie, die ſie unterwegs getroffen, angeſchloſſen haben.

Das Geſpräch wurde damit abgebrochen — es war
Zeit ſchlafen zu gehen. Die jungen Mädchen zogen ſich
deshalb in die mit Leinwand überſpannten Wägen zurück,
wo Abends für die Frauen das Lager bereitet wurde,
während ſich die Männer, ihre Büchſen an der Seite,
nahe beim Feuer in ihre Decken einrollten. Nur dann
und wann ſtand Einer von ihnen wieder einmal auf, um
die mächtigen Holzblöcke zuſammen zu ſchieben oder ein
paar neue Aeſte anzuwerfen.

Am nächſten Morgen war Brauſe ſehr früh auf,
um die Verfolgung ſeines eigenen Wagens fortzuſetzen,
und wollte jetzt auch Hans wieder verleiten, ihn zu be-
gleiten. Da aber dieſer nicht das geringſte Intereſſe an
dem nichts weniger als ſympathiſchen Menſchen nahm, und
überhaupt dem Zweck oblag, einen guten Minenplatz und
nicht ein verlorenes Geſchirr zu ſuchen, ſo lehnte er es
dankend ab und beſchloß ſeine Reiſe in der viel angeneh-
meren Geſellſchaft des alten Indianer-Mannes und ſeiner
Familie fortzuſetzen. Die Entfernung von hier bis in die
nächſten Minenplätze konnte überhaupt nicht mehr groß
ſein, und was kümmerte ihn der alte Burſch' mit den
rothen Haaren.

Dieſer brach denn auch, nothbürftig getrocknet, aber
noch mit einer förmlichen Schlammkruſte über ſeinem ganzen Anzug, allein auf, und etwas ſpäter, weil es Zeit
nahm die Zugthiere alle wieder zuſammen zu bringen
und einzuſchirren, folgte ihm die kleine Karavane, denen
ſich Hans jetzt angeſchloſſen.

Zwei Tage waren sie noch unterwegs, bis sie die ersten Minen erreichten, ohne jedoch eine große Strecke dabei zurückgelegt zu haben. Sie mußten aber einen, in ihrem Wege liegenden kleinen Fluß kreuzen, der von den letzten heftigen Regenschauern angeschwollen war, und blieben, da das Wasser schon wieder fiel, acht Stunden an seinem Ufer liegen, setzten dann hinüber und fanden sich nun in einem Theil der eigentlichen Minendistrikte, in welchem sich die Arbeiter eine ziemlich gute Ausbeute versprachen.

Der Platz sah wunderlich genug aus, denn Häuser durfte man in dieser Wildniß nicht erwarten, und jeder Arbeiter hatte sich nur ein Obdach oder einen Schutz gegen die nasse Jahreszeit so gut hergestellt, wie es eben ging. Einige führten allerdings Zelte bei sich und befanden sich dadurch in der verhältnißmäßig günstigsten Lage, Andere hatten aber auch die Plane von ihren Karren benützt, um ein einigermaßen taugliches Regendach herzustellen, während die Uebrigen, und besonders Alle zu Fuß oder zu Pferd Eingetroffenen, dem Wald allein ihren Wetterschutz entlehnten Stangen in den Boden stießen und mit den ziemlich dichten Zweigen der hier sehr häufig wachsenden Lebensbäume ein Dach herstellten.

Prachtvoll machte sich ein solches kleines Minen=städtchen mit einbrechendem Abend, wenn die Feuer vor den einzelnen Wohnplätzen entzündet waren und die dunk=len Gestalten — von den Flammen eigenthümlich beleuch=tet — herüber und hinüber glitten. Dann war auch reges Leben überall, sobald aber das Frühstück Morgens bereitet und verzehrt war, strömten die Bewohner nach allen Seiten aus, ihren verschiedenen Arbeitsplätzen zu, und nur zu Mittag bevölkerte sich die bis dahin fast öde Stätte wieder.

Das Wetter hatte sich in den letzten Tagen wieder sehr günstig gestellt und Hans dann auch die Zeit benützt, um für sich selber ein vortreffliches und fast regendichtes

Zweigbach herzurichten, seine Minenarbeiten aber auch nebenbei begonnen. Er war mit dem Indianer=Mann übereingekommen, daß sie gemeinschaftlich graben, und was sie fanden in drei Theile scheiden wollten. Einen Theil bekam Jeder von ihnen, den dritten Theil aber die Wirth= schaft oder vielmehr Frau und Tochter des Indianer= Farmers, die aber dafür die allerdings sehr einfachen Lebensmittel zu stellen hatten.

Hanse's Absicht war es allerdings früher gewesen, hier nur von der Jagd zu leben, das Goldwaschen übt aber einen mächtigen Zauber auf Alle aus, und er gedachte — wenigstens erst einmal auf acht oder vierzehn Tage — sein Glück zu probiren; fand er dann Nichts, nun dann machte ihm das Gold kein Herzweh weiter, und er durfte es mit ruhigem Gewissen aufgeben.

Vierzehn Tage vergingen ihnen so. Es war Sonn= tag heute, an dem verabredeter Maßen nicht gearbeitet wurde, und Hans Bolk seit Morgens früh in den Bergen auf der Jagd gewesen. Wie es das Glück wollte, erlegte er auch ein sehr feistes Wildkalb und kehrte eben mit diesem auf der Schulter etwa zwei Stunden vor Sonnen= untergang in das Lager zurück, als er sich plötzlich beim Namen gerufen hörte und erstaunt aufschauend seinen alten Marschgefährten von jenem letzten Regentage her, Kaspar Brause, erkannte, der vor ihm im Wege stand.

„Halloh, Freund," lachte Hans, als er ihn so, und wo möglich noch schmutziger und abgehetzter als je, in seinem Pfad erblickte. „Wo kommt Ihr her? Habt Ihr Euere Frau gefunden?"

„Nein," stöhnte der Mann, indem er sich die wirren Haare aus der Stirn strich.

„Nein?" rief Hans erstaunt aus. „Zum Henker auch! Und die arme Frau sitzt jetzt vielleicht allein im Walde, wenn sie nicht schon vor Hunger umgekommen ist. — Das nenne ich aber Pech."

„Hunger?" knurrte Brause, „sie hat den ganzen Karren voll Lebensmittel, ich aber habe heute den ganzen Tag noch keinen Bissen über die Lippen gebracht und wäre schon vor einer halben Stunde draußen umgesunken, wenn ich nicht zufällig — gleich dort drüben über jenem Hügel — zwischen einem Trupp Pferde und Esel meine beiden Grauschimmel erkannt hätte. Wo die sind, ist auch mein Wagen nicht weit, und hier im Ort muß ich deshalb auch meine Frau finden."

„Hier im Ort?" lachte Hans. „Das wäre aber merkwürdig — dann bin ich ihr selber vielleicht schon begegnet, denn es sind eine Menge Frauen hier. Na, Freund, dann kommt erst einmal mit mir zu meinem Camp, daß ich vorher mein Wildpret abwerfe und Euch einen Bissen zu essen gebe, und nachher will ich mit Euch zu den verschiedenen Zelten gehen, in denen Familie lebt, denn jedenfalls hat sie sich doch einer solchen angeschlossen."

„Danke Euch!" sagte Brause; „lange hielt ich es auch nicht mehr ohne einen Bissen zu essen aus, denn die Knie fangen mir schon so merkwürdig an zu zittern und vor den Augen flimmern mir große, bohnenartige Lichtflecken herum. Mir ist hundeelend zu Muthe."

„Na, dem können wir abhelfen," sagte Hans gutmüthig, indem er seinen Weg fortsetzte, „kommt nur mit mir — weit haben wir so nicht mehr. Da drüben, die hübsche kleine Buschhütte ist die meinige, und so viel, um Euch satt zu machen, jedenfalls noch darin — also vorwärts.

Drittes Kapitel.
Ein Wiedersehen.

Brause folgte seinem Begleiter willig genug, aber ein trauriger aussehendes Menschenkind gab es an diesem Tag wohl kaum in ganz Californien. Abgerissen, schmutzig,

als ob er die Nacht im Schlamm geſchlafen (was auch
vielleicht der Fall geweſen), hungrig, matt und elend ſchlich
er hinter ſeinem Führer her, und wie ſie nur das Zelt
erreichten, warf er ſich zum Tod erſchöpft neben dem noch
glimmenden Feuer nieder. Er konnte in der That nicht
mehr und mußte erſt einen Moment ausruhen, um nur
wieder friſche Kräfte zu ſammeln.

Hans aber war viel zu praktiſcher Natur, um nicht
zu ſehen, wo es ihm fehlte und da auch raſche Hilfe zu
ſchaffen. Er warf einen Arm voll dürres Holz, das er
im Trocknen liegen hatte, auf die noch ſcharf glimmenden
Kohlen, ſo daß gleich darauf wieder die helle Flamme
emporſchlug, ſetzte einen Blechtopf mit Waſſer an, um
gleich einen tüchtigen Kaffee zu brauen, und zerwirkte dann
ſein Wild, von dem er ein paar tüchtige Stücke an dünnen
Stöcken oder Stäben gegen die Glut ſetzte, wo ſie ſo
raſch gar wurden, als das Waſſer zum Kochen brauchte.
Und wie hieb der arme Teufel in die Mahlzeit ein —
Brod gab es allerdings nicht, aber wer verlangt das auch
im Wald — und Hans mußte die Portion Wildpret
erneuern, um den völlig ausgehungerten Menſchen nur
erſt einmal wieder zu ſättigen.

Das geſchehen, während ſich Brauſe ſeine kleine Pfeife
ſtopfte und anzündete und ſich dann, um nur ein wenig
auszuruhen, lang am Feuer ausſtreckte, nahm Hans einen
Theil ſeines Wildprets, um es zu der Familie ſeines
Kompagnons — dem alten Indianer=Mann — hinüber
zu tragen, kehrte aber bald zurück und erklärte ſich bereit,
dem armen Teufel zu helfen, ſeine Frau zu ſuchen. Es
war ein Landsmann und er mochte ihn deshalb nicht im
Stiche laſſen, ſonſt lag ihm gar Nichts an der Geſell=
ſchaft des eben nicht angenehmen Burſchen, und er hoffte
ihn auch dadurch am ſchnellſten los zu werden.

Der kleine Ort lag, wie geſagt, ziemlich maleriſch
an einem ſanften Hügelhang, an deſſen Fuß ſich ein kleiner
Bach, mit einem melodiſch klingenden indianiſchen Namen,

hinschlängelte. Nach dem Namen erkundigten sich die zuerst
dort eintreffenden Goldwäscher aber nicht einmal; die
Ufer desselben bestanden meistens aus rother Erde und sie
tauften ihn deshalb auch ohne Weiteres den „rothen Bach"
oder Red creek und fanden dort ziemlich reiche Ausbeute
an schwerem Waschgold.

Längs dem Bach hin liefen nun allerdings die Arbeits-
plätze der Goldsucher, und den Tag über klapperte das
mit den Maschinen und grub und hackte, daß es eine
Lust war. Das Wasser des Red creek wurde aber dadurch
in einen förmlichen rothen Schlamm verwandelt und konnte
natürlich nicht mehr zum trinken, ja nicht einmal zum
kochen verwendet werden. An dem Hang selber aber ent-
sprang ein, wenn auch nicht sehr stark fließender, doch
silberklarer Quell, der sich unten in Red creek ergoß,
und an diesem hatten die Goldwäscher eben ihre Lager
und Zelte, oder doch wenigstens in solcher Nähe aufge-

schlagen, daß sie sich ihr Wasser von dort bequem holen
konnten.

Hier standen im Ganzen etwa fünfzig Zelte und
Hütten mit nur einer einzigen Logcabine dazwischen, Frauen
fanden sich aber nur in fünf oder sechs, und zwar eine
an solchen Plätzen nie fehlende Französin in sehr auf=
fallender Tracht, eine chilenische Sennorita, wie sie sich
ebenfalls genügend in den Minen herumtrieben, und die
übrigen achtbaren Backwoods=Frauen und Mädchen, die
ihren Vätern oder Gatten hierher gefolgt waren, ihnen
die Wirthschaft führten und bei den leichteren Goldwasch=
arbeiten helfen.

Diese Familien hatten sich, schon des geselligen Ver=
kehrs wegen, so ziemlich in einer Nachbarschaft ihre Stätten
gebaut. Dorthin wandten unsere beiden Deutsche jetzt ihre
Schritte und trafen auch einige der Frauen, aber nicht
die richtige, bis Brause, der weniger auf diese geachtet,
als mit den Augen nach seinem Wagen gesucht hatte,
plötzlich ausrief:

„Da steht er — hol' mich der Henker, das ist mein
Wagen, wenn auch die Bretter herunter sind; aber ich
kenne ihn an den Rädern und werde gleich sehen."

Er sprang ohne Weiteres auf einen der gewöhnlichen,
nicht sehr großen Wagen zu, von dem aber Seitenwände
und Boden abgenommen worden, um dort das eine Rad
zu untersuchen, während Hans den Blick umherschweifen
ließ, bis er unfern davon eine ziemlich roh hergestellte
Hütte bemerkte, die recht gut aus dem Obertheil eines
Wagens aufgebaut sein konnte. Diente doch sogar eine
große Plane dazu, um dem inneren Raum etwas mehr
Ausdehnung zu geben und zugleich gegen den hier auf
der Höhe ziemlich scharf wehenden Nordwestwind zu schützen.

Dicht vor diesem „Verschlag", wie man die Hütte
vielleicht auch hätte nennen können, war übrigens schon
der Anfang zu einem Blockhaus gemacht. Denn behauene
Stämme lagen dort nicht allein, sondern die unteren Logs

waren gelegt und bewiesen ziemlich deutlich, daß der Be=
sitzer beabsichtigte, hier den Winter zu verbringen. Ja
sogar sogenannte Clapboards oder große, vier Fuß lange
Schindeln lagen da aufgeschichtet, um das Haus, sowie es
hoch genug gebaut wäre, damit zu decken. Vor dem, aus dem
Wagenkörper hergerichteten Obdach brannte dabei ein
tüchtiges Feuer, an dem eine Blechkanne und eiserne
Schüssel, ein sogenanntes skillet, standen, während eine
junge Frau die Speisen überwachte und ein schlank ge=
wachsener junger Mann, die Art auf der Schulter, eben
aus dem Walde kam und neben der Frau stehen blieb.

Hans Volk's Aufmerksamkeit wurde aber rasch wieder
von dieser Gruppe abgelenkt, denn ein lauter Ausruf
Brause's zog seinen Blick dorthin. Der Deutsche schien
wirklich, was er suchte, gefunden zu haben, denn er winkte
Hans zu und deutete mit dem einen Arm auf eine be=
stimmte Stelle an dem einen Rad. Zugleich mußte er
aber auch die Hütte mit der Frau und dem Mann ent=
deckt haben. Er schaute einen Moment aufmerksam dorthin
und wandte sich dann ohne Weiteres der Richtung zu.
Da aber Hans gern bei der Begegnung und dem Wieder=
finden der Gatten zugegen sein wollte, lenkte er ebenfalls
seine Schritte dahin und erreichte den Platz gerade zur
rechten Zeit, um zu hören, wie Brause mit Jubel ausrief:

„Lacy — Lacy! hab' ich Dich endlich gefunden!
Du hast mich aber in der Welt herumgehetzt, und ich
wußte schon nicht mehr, wo ich Dich noch suchen sollte."

Der Mann hatte gerade die Art an einen Baum
gestellt und war im Begriffe ein Stück Holz auf das
Feuer zu werfen, hielt aber inne und sah den Fremden
erstaunt an. Auch die Frau sah zu ihm auf, und Hans
bemerkte, daß sie wohl überrascht bei der Anrede empor
schaute, sonst aber nicht das geringste Zeichen freudigen
Wiedererkennens gab.

„Aber weshalb hast Du auch nicht auf mich da
oben gewartet, wie ich es Dir sagte? Gott verd— mich,

14

abgehetzt und verhungert wie ich bin, wär' ich beinahe
unterwegs liegen geblieben, und nur durch einen reinen
Zufall, durch die Gäule, die ich da drüben grasen fand,
kam ich glücklicher Weise auf Deine Spur. Und wie seh'
ich aus. Wo sind denn meine Sachen, daß ich mich wenigstens umziehen kann."

Die Frau hatte den Kopf nach beiden Seiten gewandt, anscheinend um zu sehen, ob vielleicht Jemand
Anderer hinter ihr stand, mit dem der Mann sprach, aber
da war Niemand, und jetzt trat auch der junge Bursch',
der seinen abgebrochenen Ast auf das Feuer geworfen und
dieses ein wenig mit dem Fuß zusammengestoßen hatte,
auf die Frau zu, schob seine beiden Hände in die Taschen
und sagte mit der größten Ruhe:

„Was will denn der Mensch eigentlich von Dir?
Kennst Du ihn?"

„Ich?" erwiederte die Frau erstaunt, „ich habe ihn
in meinem ganzen Leben nicht gesehen. Er muß verrückt
sein, denn ich verstehe gar nicht, was er will."

Brause sah erst sie mit dem verblüfftesten Gesicht von der Welt an und dann den Mann.

„Du kennst mich nicht, Lacy?" rief er endlich, „na, was ist denn das?" — Wer ist der Bursche, den Du da bei Dir hast? Was soll denn das sein?"

Die Frau war ein bildhübsches junges Weib mit einem echt amerikanischen Gesicht, dunklen sprechenden, aber herausfordernden Augen, feinen Zügen und einer schlanken, edlen Gestalt. Jetzt aber blitzten diese Augen, und zu dem jungen Mann gewandt, sagte sie, mit einem verächt= lichen Zug um die Lippen:

„Sprich Du mit dem Menschen, John — ich weiß nicht, was er will, verstehe auch seine merkwürdige Sprache nicht. — Es muß ein Dutchman sein."

„Halloh, Freund," redete da der Amerikaner Brause an, „ist bei Euch irgendwo eine Schraube losgegangen, oder wo brennt's sonst? Was wollt Ihr eigentlich und wo kommt Ihr her, und wie seht Ihr überhaupt aus? Habt Ihr, wie Ihr da steht, etwa der Gesundheit wegen und mit den Kleidern eine Anzahl von Schlammbädern genommen?"

„Was ich will?" erwiederte Brause, der den jungen Mann einen Augenblick theils verbutzt, theils ingrimmig anstarrte, „und was geht Euch das an, wenn man fra= gen darf? Hat sich in das, was ich mit meiner Frau spreche, irgend ein anderer Unbefugter einzumischen?"

„Mit Euerer Frau?" sagte der junge Amerikaner. „Aber wo ist die?"

„Wo die ist? Nicht übel — da sitzt sie. Aber was, zum Henker, schiert das Euch? Wer seid Ihr überhaupt und was wollt Ihr hier?"

Der Amerikaner lachte. „Ich glaube, die Betsy hat wahrhaftig Recht. Ihr müßt verrückt und irgendwo aus= gebrochen sein, oder was ist sonst los? Wenn Ihr einen guten Rath annehmt, so macht, daß Ihr fortkommt, denn

14*

nützlich machen könnt Ihr Euch nicht hier, und zur
Verzierung seid Ihr nicht hübsch genug."

„Aber Lacy, thu' mir den einzigen Gefallen," sagte
Brause, die junge Frau ließ ihn aber nicht ausreden, und
sich. heftig gegen ihn wendend, rief sie, anscheinend in Zorn
und Leidenschaft:

„Aber ich heiße nicht Lacy — ich heiße Betsy, und
John, ich verlange jetzt von Dir, daß Du den frechen
Menschen fortschaffst, denn ich brauche mich nicht von ihm
beleidigen zu lassen und will es nicht."

„Aber Lacy, um Gotteswillen," rief Brause, jetzt
wirklich erschreckt. Der Amerikaner aber trat auf ihn zu,
bis er dicht vor ihm stand, und sagte dann mit vollstän=
diger Ruhe und ohne die geringste Leidenschaft im Ton:

„Nun, hört mich einmal an, Fremder — Ihr seht
so erbärmlich aus, daß ich Euch nicht gern weh thun
möchte, wenn Ihr aber nicht jetzt die Füße unter die
Hacken nehmt und macht, daß Ihr fortkommt, so — thu'
ich etwas, was mich vielleicht nachher gereut."

„Aber zum —" rief Brause mit einem gottlosen
Fluch, „das hier ist meine Frau, da drüben steht mein
Wagen, draußen weiden meine beiden Grauschimmel und
da drinnen liegen jedenfalls meine Sachen. Wollt Ihr
mich denn verrückt machen?"

„Wenn Ihr's nicht schon seid," erwiederte ruhig der
Amerikaner, „so müßt Ihr zu viel getrunken haben, und
mit solchen Gesellen mag ich nicht gern verkehren. Fort
mit Euch jetzt — meine Frau ängstigt sich und ich —
will es eben nicht länger leiden!"

„Euere Frau? — Lacy da?"

„Aber ich heiße nicht Lacy, ich heiße Betsy!" rief
die junge Frau jetzt wirklich in äußerster Erregung aus.
„John, schaff' mir den Menschen fort. Bist Du denn
ein Mann, daß Du Deine eigene Frau so beleidigen
läßt?"

„Hans!" rief da Brause, sich in Verzweiflung an seinen Begleiter wendend, „das bringt einen Hund um. Ihr wißt, daß ich Euch von dem Merkmale meines Wagens gesagt habe. Da drüben steht das Geschirr; an dem einen Radbeschlag fehlt ein kleines Stück Eisen, was sich deutlich in der Spur abzeichnet. Bin ich denn wirklich verrückt geworden, oder ist das hier ein nichtswürdiger Betrug, der mit mir gespielt werden soll?"

Hans Volk hatte während der ganzen Szene still und schweigend dem Gespräch zugehört und wußte natürlich selber nicht, woran er war. Eigenthümlich kam es ihm vor, daß Brause die Pferde und den Wagen erst und dann auch noch seine Frau erkannt haben sollte, da man an eine dreifache Täuschung doch nicht denken durfte; dann aber war ihm ebensowenig die vollständige Gleichgiltigkeit, ja Entrüstung der jungen Frau bei dem Anblick und der Anrede ihres vermeintlichen Mannes entgangen, und die Ruhe, die der junge Amerikaner bewahrte, machte ihn ebenso ungewiß.

„Ja, Freund," sagte er verdutzt, „wir haben uns seit ein paar Tagen zum ersten Male gesehen, und ob Ihr eine Frau aus den Staaten mitgebracht habt und ob das Euer Wagen, oder das da draußen Euere Pferde sind, davon kann ich selber Nichts sagen. Aber zum Wetter auch, ich denke doch, die Frau müsse das am Besten wissen."

„Ich denke auch so, Sir," sagte die junge Frau kalt und mit finster zusammengezogenen Brauen. „Wenn das Ihr Freund ist, so glaube ich, können Sie ihm keinen größeren Gefallen thun, als daß Sie ihn so rasch als möglich fort von hier nehmen, denn ich gestehe Ihnen offen, meine Geduld ist zu Ende und ich will mich nicht länger von einem solchen Menschen beleidigen lassen."

„So?" rief da Brause in wilder Aufregung, „und alle meine Sachen, die da drinnen in dem kleinen Koffer

liegen, ſoll ich im Stich laſſen? Lach, was iſt denn mit
Dir vorgegangen? Wenn ich nicht —"

Der junge Amerikaner war indeſſen in den Verſchlag,
der ihnen vor der Hand noch als Hütte diente, hinein
gegangen und kam jetzt mit einer langen amerikaniſchen
Büchſe, die Brauſe augenblicklich als die ſeine erkannte,
wieder heraus. Er hielt die Waffe auch, in drohender
Weiſe, im Anſchlag und ſagte jetzt mit voller, aber deſto
gefährlicherer Ruhe:

„Fremder! jetzt hab' ich die Geſchichte ſatt. Ich bin
hier zu Hauſe und auf meinem Grundſtück — das hier
iſt meine Frau und das Haus hier mein Eigenthum. Ich
habe nichts dagegen, daß ein Fremder den Platz betritt
— aber er muß ſich dann benehmen, wie es einem Fremden ziemt, und wer das nicht beachtet, der hat ſich die
Folgen ſelber zuzuſchreiben. Mit Euch aber iſt meine
Geduld jetzt zu Ende, und wenn Ihr den Ort hier nicht
in zehn Minuten geräumt habt, dann will ich — aber
ich brauche nicht zu fluchen — Ihr wißt, was ich meine,
und iſt Euch Euere Haut nur einen Dollar werth, ſo
macht Ihr, daß Ihr fortkommt, ſo raſch Euch Euere Füße
eben tragen."

Hans Volk wußte in der That nicht, was er von
dem Allen denken ſollte, denn einestheils mußte er ſich
geſtehen, daß in den Ausſagen Brauſe's ein voller Zu-
ſammenhang lag, und ein Mann, wenn er nicht wirklich
verrückt war, doch eine fremde Frau nicht als die ſeine
anreden konnte. — Wirklich verrückt war er ihm aber
gar nicht vorgekommen, da er durch keine ſeiner Aeußerun-
gen oder Reden auch nicht den geringſten Verdacht dazu
gegeben. Dagegen aber zeigte die Frau ſelber eine ſolche
Ruhe und Gleichgiltigkeit gegen den, der ſich für ihren
Mann ausgab, daß man bei ihr ebenſowenig an eine
Verſtellung glauben konnte, es müßte denn ſonſt ein
wahrer Teufel von einem Weibe geweſen ſein. Ließ es
ſich freilich denken, daß eine ſo junge und wirklich wun-

derhübsche, stattliche Frau. — eine Amerikanerin, ein so
verkommenes häßliches Wesen, als diesen Brause, geheiratet haben konnte? — Aber wunderlichere Dinge waren
schon vorgekommen, und ein Verdacht, daß hier faules
Spiel getrieben werde, stieg trotzdem in ihm auf.

Brause stand indessen, ohne auf die drohende Hal-
tung des Amerikaners anscheinend zu achten, ja ohne seine
Worte vielleicht zu hören, vor der Frau und starrte sie
mit finsteren, drohenden Blicken an.

„Gib mir wenigstens meine Sachen heraus," sagte
er endlich, „und — geh' zum Teufel!"

„John!" schrie da das junge Weib, emporspringend,
den Amerikaner an, „wenn Du noch einen Funken von
Ehrgefühl hast, so schießt Du dem frechen Dutchman
eine Kugel durch den Kopf."

Der Amerikaner schoß jedoch nicht — sein Blick
haftete auch in diesem Augenblick für einen Moment nur

ernſt und ſinnend auf der Frau; Hans aber, der doch
nicht wußte, wie weit der Mann, mit der geladenen
Waffe in der Hand, gehen würde, ſagte, indem er zwi=
ſchen ihn und Brauſe trat:

„Hört einmal, Freund, das hier iſt eine wunder=
liche Geſchichte und es ſind nur zwei Fälle denkbar: Ent=
weder hat der Mann da Recht, oder er hat Unrecht.
Im letzten Falle muß er einfach wahnſinnig ſein, im
erſteren aber wäre es — doch ein ganz kurioſer That=
beſtand, und Urſache auf ihn zu ſchießen, liegt deshalb
keine vor. Außerdem aber," ſetzte der junge Mann ernſt
hinzu, indem er einen Revolver aus der Taſche nahm,
„ſteht er augenblicklich unter meinem Schutz, und wenn
Ihr ihn ſchädigt, dann — braucht Ihr eben nicht zu
fürchten, daß Euch der Sheriff weiter beläſtige."

Der Amerikaner ſah Hans mit trotzigem Blick an,
aber er ſtieß den Kolben ſeiner Büchſe auf den Boden
und ſagte finſter:

„Ich denke gar nicht daran, den Narren todtzuſchießen;
er ſoll mich nur hier ungeſchoren laſſen. Wenn Ihr ſein
Freund ſeid, ſo nehmt ihn fort von hier — weiter ver=
lange ich Nichts. Aber er mag ſich hüten, nicht ſolche
tolle Anfälle auf's Neue bis vor mein Feuer da zu tragen,
oder gar meine Frau noch einmal zu behelligen, ſonſt —
ſtehe ich eben für Nichts. — Ich will hier oben Ruhe
haben und nicht jeden Tag meinen Lagerplatz mit Angſt
und Sorge verlaſſen, daß die Frau indeſſen von einem
tollen Menſchen angefallen wird."

Hans hatte ſchon lange ſeinen Revolver in die Taſche
zurückgeſchoben.

„Und das iſt wirklich Euere Frau, die Ihr mit aus
den Staaten herüber gebracht habt?" ſagte er und ſah
den Mann forſchend an.

„Gewiß iſt ſie's," erwiederte der Amerikaner, wandte
ſich aber dabei langſam ab und ſchritt wieder ſeinem
Zelte zu.

Hans sah die Frau an, aber in deren Gesicht konnte er Nichts lesen, als Haß und Verachtung gegen den unglücklichen Menschen, der sich ihr hier, allerdings unter eben nicht günstigen Aussichten, als Mann aufdrängen wollte, und kopfschüttelnd sich zu Brause wendend, sagte er ruhig:

„Jetzt kommt erst einmal mit mir, Freund; denn wie die Sache h i e r steht, ist vor der Hand Nichts zu machen." Den Mann dann, der ihm fast willenlos folgte, unter den Arm nehmend, führte er ihn mit sich fort, seiner eigenen Hütte wieder zu. Die beiden Leute sprachen auch unterwegs kein Wort mit einander, denn es war ein Jeder zur Genüge mit seinen eigenen Gedanken beschäftigt; endlich aber, als sie den Ort erreichten, — und es fing dabei schon stark an zu dunkeln, — trat Brause zum Feuer, das Hans wieder ein bißchen mit dem Fuß zusammenstieß, um es heller brennen zu machen, und zischte durch die zusammengebissenen Zähne durch:

„Es bleibt mir Nichts über, als dem Hund eine Kugel durch den Kopf zu schießen."

„Ja," sagte Hans, der sich noch mit seinem Feuer beschäftigte, vollkommen ruhig, „das wäre etwa das Dümmste, was Ihr in der Geschwindigkeit anrichten könntet, denn als Fremder, wenn Ihr einen Amerikaner umbrächtet, würde das Volk hier verwünscht wenig Umstände mit Euch machen. Die Frau sagte natürlich gegen Euch aus, und eine Stunde später — wenn es überhaupt so lange dauerte — hingt Ihr an irgend einem passenden Eichenast in der Nachbarschaft. Nein, Kamerad, d a s wäre Wahnsinn, und — da wir doch einmal von Wahnsinn reden, so sagt mir jetzt einmal vor allen Dingen — wir sind hier unter uns: Ist jene junge, sehr hübsche, aber wie es scheint, auch sehr heftige junge Frau wirklich die E u r i g e, oder — wie hängt die Geschichte eigentlich zusammen. In den paar Tagen kann sie doch nicht gut einen anderen Mann

gefunden haben und Euch jetzt gerade in's Gesicht hinein
ableugnen, daß sie Euch je gesehen?"

„Und doch that sie es," sagte der kleine Mann,
indem er starr vor sich hinsah, mit tonloser Stimme,
„und das ist der Dank für Alles, was ich für das —
G e s c h ö p f gethan. Ich weiß," setzte er nach einer Weile
hinzu, „daß ich nicht hübsch und nicht mehr jung bin,
aber aus dem S c h m u t z habe ich sie herausgezogen, aus
Schmach und Schande und sie zu meiner ehrlichen Haus=
frau gemacht — und jetzt —"

„Und habt Ihr gar k e i n e Beweise für das, was
Ihr behauptet? Ihr seid doch mit einer ganzen Karavane
durch die Prairien gekommen."

„Das allerdings," nickte Brause, „aber der — Henker
weiß, wo die jetzt stecken, denn ein Theil wollte nach
Norden, einer nach Süden, und drei oder vier Tage Vor=
sprung hatten sie vor mir schon außerdem. Ja, wenn ich
die wieder auffinden könnte."

Hans schwieg, denn die Sache wurde für ihn immer
verwickelter. Der Mann sprach so vernünftig, wie nur
Jemand sprechen konnte — er schien auch nichts weniger
als überspannt, und war es dann überhaupt denkbar,
daß irgend Jemand, nur durch das freche Ableugnen sei=
nes eigenen Weibes, um Alles gebracht werden konnte,
was er auf der Welt besaß, ohne im Stande zu sein,
bei den Landesgesetzen Schutz zu finden?"

„Wollt Ihr mich über Nacht bei Euch behalten,
Kamerad?" sagte da Brause endlich, der eine Weile nach=
denkend vor sich nieder gestarrt. „Morgen mit dem Frühe=
sten breche ich wieder auf."

„Von Herzen gern — aber was gedenkt Ihr dann
zu thun?"

„Ich weiß es selber noch nicht," sagte der Mann
finster und verbißen. „Ein's ist gut — ich bin nicht ganz
ohne Geld — Lacy glaubte wahrscheinlich, ich hätte meine
Banknoten alle in dem gelben Kasten — glücklicher Weise

war das nicht der Fall. Was weiter geschieht, darüber
bin ich mir jetzt noch nicht ganz klar, aber insofern habt
Ihr Recht — wenn ich den Lumpen jetzt über den Haufen schieße, erreichte ich vielleicht meinen Zweck nicht und
setzte mich einer unnöthigen Gefahr aus. Ich will mich
jetzt schlafen legen — ich bin so todtmüde, daß mich die
Glieder am Leibe schmerzen, und habe außerdem vielleicht
eine lange Tour vor mir. Habt Ihr keine wollene Decke,
die Ihr mir borgen könnt?"

„Nichts, als meine eigene," sagte Hans, setzte aber
gutmüthig hinzu, „vielleicht behelfen wir uns aber doch
die Nacht. Auf den drei Hirschhäuten, die ich hier schon
erlegt, können wir Beide zusammen schlafen und uns mit
der Decke zudecken. Legt Euch nur immer hin, ich finde
nachher schon meinen Platz."

„Dank' Euch," sagte der Mann, der eben auch keine
große Bequemlichkeit verlangte, breitete die Felle aus und
legte sich dann zum Schlafen nieder — aber es ließ ihm trotzdem keine Ruhe. Bis Mitternacht lag er still und ruhig mit
geschlossenen Augen, dann stand er auf, schürte das Feuer,
warf frisches Holz auf und saß dort bis zur Morgendämmerung, wo sich Hans wieder zu ihm gesellte und

ben Topf mit Waſſer zum Feuer rückte, um vor allen
Dingen einen Kaffee zu machen. Von dem trank Brauſe
einen Becher, rückte ſich bann ſeinen alten Hut in die
Stirn, reichte Hans zum Dank und Abſchied die Hand
und wanderte jetzt, ohne ein Wort weiter zu ſagen, an=
ſcheinend auf gut Glück in das Thal hinab.

Hans nahm indeſſen in aller Ruhe ſein Früh=
ſtück ein, und bann ſeine Hacke, Pfanne und den Spa=
ten, um an ſeine gewöhnliche Tagesarbeit zu gehen.
Die Zelte mit bem wenigen Eigenthum, was die Miner
beſaßen, blieben dabei den ganzen Tag verlaſſen und
unbeſchützt ſtehen; es wäre aber Keinem gerathen geweſen,
ſich an irgend einem ſolchen Zelt zu vergreifen, denn die
Goldwäſcher übten darin raſche und ſtrenge Juſtiz. Man
konnte vollkommen ſicher ſein, daß nichts berührt wurde.

Hans mochte ungefähr eine Viertelſtunde gegangen
ſein, und noch etwas weiter entfernt lag der Platz, den
er mit dem alten Indianer=Mann jetzt gemeinſchaftlich
bearbeitete, als er an ſeiner Linken, an dem dort auflaufen=
ben Bergeshang etwas burch die Zweige brechen und
Pferdegeſtampfe hörte. Wie er aber den Kopf dort hinauf=
wandte, erkannte er Brauſe, der auf Einem ſeiner Grau=
ſchimmel ſaß und den anderen an einer Leine führte. Er
zügelte allerdings ſeine Thiere ein, als er den einzelnen
Wanderer da unten bemerkte, erkannte aber auch wohl
gleich barauf Hans und kam jetzt ſcharf auf ihn zu:

„Halloh, Brauſe,“ lachte dieſer, „ſeid Ihr ſchon ſo
früh am Pferdeſtehlen? Nehmt Euch in Acht, Mann!
Auf etwas Derartigem ſteht hier in den Bergen der
Strick.“

„So?“ ſagte Brauſe, als er an ſeiner Seite hielt,
„auch wenn man ſeine eigenen Pferde von der Weide
holt?“

„Sobald Ihr beweiſen könnt, daß es Euere eigenen
ſind, dann wohl nicht; aber wenn jener Burſch’ hier mit

dem Gespann angekommen ist und er wie — seine Frau
auf die Thiere schwören —"

"Hol' sie der Teufel," knurrte der Rothkopf mit
einem häßlichen Blick zwischen den Zähnen durch, "ich
verlange weiter nichts, als daß er mir folgt. Aber. jetzt
good bye, Freund — herzlichen Dank für Alles, was
Ihr an mir gethan, und vielleicht kann ich's Euch
einmal wieder vergelten. Doch, was ich Euch noch fragen
wollte: Bleibt Ihr vor der Hand hier am Creek?"

"Vor der Hand gewiß, ich denke, daß die Uferbank
zahlt."

"Gut — dann auf Wiedersehen," und Brause gab
seinem Thier die Sporen und war bald, in ein Seiten-
thal einbiegend, hinter den Hügeln verschwunden. — Hans
aber, der gar nicht weit davon seinen Arbeitsplatz hatte,
schlenderte dort hinunter. Er war außergewöhnlich früh
an dem Morgen aufgebrochen und sah noch keinen der

Arbeiter an ihren Plätzen. Uebrigens mußte er heute
etwas Holz aus dem Wege räumen und ging deshalb
mit seiner Axt daran, das zu bewerkstelligen — war auch
so damit beschäftigt, daß er gar nicht umherschaute,
bis er sich plötzlich angerufen hörte.

„Halloh, Fremder!" rief eine ihm bekannt klingende
Stimme, „wo ist denn Euer Freund?"

Hans richtete sich rasch empor und wandte den Kopf
der Richtung zu, von der die Stimme tönte. Es war
richtig der Amerikaner, der seine Büchse auf der Schulter,
sein Messer an der Seite, etwa zwanzig Schritte von ihm
am Wege stand und auf eine Antwort zu warten schien.

„Halloh, Fremder," erwiederte Hans den Anruf,
wenn auch nicht besonders freundlich, „und woher wißt
Ihr überhaupt, daß es mein Freund ist?"

„Rieth so," lachte der Bursche, „weil Ihr Euch
gestern seiner so annahmt. Aber hier gehen Pferdespuren die
Straße entlang, und meine beiden Grauschimmel kann ich
drüben auf ihrem alten Weidegrund nirgends finden. Habt
Ihr Niemanden gesehen?"

„Waren das Euere Pferde?"

„Gewiß waren sie's. Sind sie hier vorbei?"

„Habt Ihr sie schon lange?"

„Schon eine ganze Weile — aber was kümmert
das Euch?"

„Na, wenn Ihr Fährten im Wege seht und habt
die Thiere schon lange, so müßt Ihr doch auch wissen,
ob es die Eurigen sind."

„Aber die Fährten sind ganz frisch — Ihr müßt
sie hier gesehen haben, als sie vorbei kamen."

„Was kehr' ich mich daran, was am Wege vorüber
kommt," rief Hans trotzig; „ich habe Euch auch nicht
kommen hören," und ohne sich weiter um den Burschen
zu bekümmern, nahm er ruhig wieder seine Arbeit auf.

Der Amerikaner zischte ein paar Flüche vor sich hin
in den Bart, aber er wußte auch recht gut, daß er den

Mann, wenn der eben nicht reden wollte, nicht
zum reden zwingen konnte, drehte sich also ab und stieg
den Hang noch einmal hinauf — wahrscheinlich um seine
Suche nach den verlorenen Thieren zu erneuern.

Viertes Kapitel.
Mr. Bawlins.

In dem kleinen Minenort hatte sich indessen die
wunderliche Geschichte mit dem Fremden und der Frau,
die Hans natürlich dem Indianer=Mann wie seiner Fa=
milie erzählte, rasch verbreitet und dabei die verschieden=
sten Auslegungen erfahren. Die erste Idee war natürlich,
daß der Fremde einfach verrückt gewesen sei und mit
seiner Fantasie eben so gut hätte an irgend ein anderes
Zelt gerathen können. Dem aber widersprach Hans
auf das Bestimmteste, und hatte dafür einen schlagenden
Beweis in den beiden Pferden gefunden. Das wäre näm=
lich ein merkwürdiger Zufall gewesen, wenn Brause mitten
aus allen den verschiedenen Pferden, die dort im Walde
auf der Weide herum liefen, gerade die hätte ausgreifen
sollen, die jenem Fremden gehörten; denn wie hätte er
sie kennen wollen. War das aber kein Zufall, dann
gewann das Ganze auch viel Wahrscheinlichkeit, denn mit
den Grauschimmeln am Wagen und die Frau darin, war
der Fremde, der sich Bawlins nannte, in der That hier
eingetroffen.

Bawlins kannte allerdings Niemand aus den Staa=
ten her, Einer der Goldwäscher wollte ihn aber am
American river vor etwa vier Wochen gesehen haben,
wo er eine Spielbank hielt und, soweit er Kenntniß
davon hatte, allein und ohne Frau lebte. — Er wußte
sich aber seiner Sache nicht recht sicher, denn erkundigt
hatte er sich natürlich nie darnach.

Hier sollte er übrigens auch schon ein paar Mal Abends Bank gelegt und gute Geschäfte gemacht haben. Mit derlei Leuten verkehren die Backwoodsmen aber nicht gern, denn sie sind ziemlich fest überzeugt, daß derartige „gamblers" gewöhnlich faules Spiel treiben, und so kam es denn auch, daß fast Niemand von den Goldwäschern einen näheren oder gar freundschaftlichen Umgang mit ihm hielt, den er allerdings auch seinerseits nicht zu suchen schien. Sonst betrug er sich ruhig und anständig; es war von keiner Seite eine Klage gegen ihn laut geworden, und was seine Frau betraf, über welche der weibliche Theil der Bevölkerung allerdings die Achseln zuckte und sie eine „rather fine lady" nannte, so waren die Männer dagegen vollkommen darüber einig, daß sie nie ein hübscheres Frauenzimmer gesehen hätten. Sie paßte nur nicht recht in das rauhe Leben der Minen und schien sich auch nicht mit gutem Willen hinein zu finden.

Uebrigens beschäftigte den kleinen Minenplatz diese Begebenheit, die doch einmal eine Abwechslung in die Monotonie ihres einsamen Lebens brachte, ausnehmend, und für eine volle Woche wurde wirklich von weiter Nichts gesprochen. Plötzlich aber kam ein Zwischenfall, der die Aufmerksamkeit der Leute rasch in eine andere Bahn lenkte, denn er betraf ihr eigenes Interesse, und das geht natürlich in der Welt allem Anderen vor.

Von einem der Arbeiter, der sich vom Bache ab, etwas weiter dem Hügelhang und dem Bett der Quelle zu, gezogen hatte, war nämlich ein ziemlich schwerer „lump" *) gefunden worden — ein Stück gediegenes Gold, das reichlich seine sieben Unzen wiegen mochte,

---

*) Es ist sonderbar, wie sich in den verschiedenen Minenplätzen eine Menge sonst wenig gebräuchlicher Namen oder Benennungen für einen bestimmten Gegenstand bilden. So nannten die californischen Goldwäscher ein außergewöhnliches Stück besonders gediegenen Goldes „a lump", während das Nämliche in den australischen Minen den Namen „nugget" bekam.

und die Aufregung, die dadurch in dem kleinen Lager
entstand, war unbeschreiblich. Der Lauf der Quelle bis
zum „rothen Bach" hinab wurde augenblicklich in Angriff
genommen, überall gegraben und gehackt, und wo das .
Wasser sonst silberhell zu Thal gesprungen, ergoß es sich
jetzt in einem rothtrüben Bach' über den aufgewühlten
Grund.

Daß man jetzt von nichts Anderem sprach, als sol=
chen Klumpen Gold, läßt sich denken. Die dort ange=
siedelten Händler, die durch neu zuströmende Bevölkerung
nur gewinnen konnten, verfehlten außerdem nicht, dem Fund
die möglichst weiteste Verbreitung zu geben, und kaum
war eine Woche vergangen, als auch schon nicht allein
aus den benachbarten Minen, sondern sogar aus San
Francisco her neue Zuzüge von Goldwäschern kamen,
denen in großartigen Annoncen das Unglaublichste ver=
sprochen worden.

Rawlins und seine Frau wären auch längst vergessen
gewesen, wenn sich nicht dieser mit der wachsenden Be=
deutung der Minen als wirklicher Spieler entpuppt hätte.
In einer der größeren Restaurationen legte er Abends
seine Bank, und Betsy — wie er die Frau nannte — war
dabei seine stete Begleiterin. Halbe Nächte lang saß sie
an seiner Seite, und die richtigen Backwoodsmen, die
direkt aus dem Walde kamen und hier in Californien schon
eigentlich kaum mehr wußten, wie eine wirkliche Lady
aussah, saßen ihr stundenlang gegenüber, starrten sie an
und verspielten eine Unze sauer erarbeiteten Geldes nach
der anderen. Ja, die „Lady" ließ sich noch außerdem mit
Tassen Thee und Gläsern Punsch (die ersteren zu einem
viertel, das andere zu einem halben Dollar) traktiren.

Hans Bolk hatte sich um die Gesellschaft nicht mehr
gekümmert und sie eigentlich auch fast nicht wieder gesehen,
denn erstens spielte er nie, und dann trank er sehr wenig,
kam also mit diesen Restaurationen nie in Berührung.
Nur Sonntags Morgens besuchte er sie, wo er seine

15

Lebensmittel für die ganze laufende Woche einkaufte, und
um diese Zeit ließ sich selbstverständlich keiner der gewerbs=
mäßigen Spieler dort blicken.

Sonderbarer Weise hatte übrigens Bawlins den
begonnenen Bau seines Blockhauses gar nicht fortgesetzt,
und zwar deshalb, wie er erklärte, weil ihm seine Pferde
gestohlen worden und er die Stämme nicht aus dem Walde
herbeiholen konnte. Die Frau klagte darüber, denn der
Aufenthalt in dem offenen, zugigen Schuppen wurde ihr
unangenehm und versprach mit dem einsetzenden Winter
noch unangenehmer zu werden, aber es blieb trotzdem
dabei und, wie die Nachbarn erzählten, sollte es deshalb
schon ein paar Mal zu heftigen Szenen zwischen den bei=
den Gatten gekommen sein, wovon sie aber außer Haus
Nichts merken ließen.

So waren etwa drei Wochen zwischen jenen vorher
beschriebenen Ereignissen verflossen. Die Regenzeit hatte
allen Ernstes eingesetzt, und hier oben, ziemlich hoch in
den Bergen fiel schon manchmal in der Nacht ein leichter
Schnee, den aber der wärmere Tag dann gewöhnlich wie=
der auffog. Niemand kümmerte sich auch mehr um Bawlins
und seine Spielwirthschaft, bis eines Abends ein ganz
besonderer Vorgang den Herrn wieder in das Gerede der
Leute brachte. Er war nämlich von einem Mexikaner, die
in allen diesen Hazardspielen außerordentlich geschickt sind,
beim falschen Abheben ertappt worden, und wenn er auch
vielleicht sonst nicht viel dabei zu fürchten gehabt, denn
die Mexikaner bekamen bei den Amerikanern nie Recht,
so hatten doch unglücklicher Weise ein paar der Letzteren
kurz vorher ziemlich schwer an ihn verloren. Diese schrie=
ben das jetzt nicht ihrem Unglück, sondern ebenfalls der
betrügerischen Geschicklichkeit des „gamblers“ zu und
nahmen des Mexikaners Partei. Bawlins mußte einen
Theil seines Gewinnes — und er konnte Gott danken,
daß er damit abkam — wieder herausgeben, und verließ
dann ohne seine Frau, die sich noch mit ein paar anderen

Herren unterhielt und ihm erst etwa eine Stunde später folgte, das Haus.

Noch aber waren die Gäste sämmtlich in der Restauration versammelt, als die „Lady" mit bleichen, verstörten Zügen zurückkehrte und die Hilfe der Gesellschaft

anrief, denn: „ihr Mann hätte sie verlassen und ihr ganzes Eigenthum, wenigstens all' ihr Geld und ihre Werthsachen mitgenommen."

Einige der Goldwäscher sprangen allerdings gleich auf, um den Thatbestand zu untersuchen; aber die Frau konnte nur bestätigen, daß ihr kleiner gelber Koffer, wie ihres Mannes Satteltasche mit zwei wollenen Decken verschwunden sei — ebenso fehlte sein Reitzeug, und es war keinem Zweifel mehr unterworfen, daß er sich, nach dem letzten Vorfall, wo er sich doch bei keinem der Spieltische mehr durfte blicken lassen, bei Nacht und Nebel und auf seinem Reitpferd aus dem Staub gemacht.

15*

Bei Nacht und Nebel war aber auch gar nichts in der Sache zu thun, wenn wirklich Jemand daran gedacht hätte, den Verbrecher zu verfolgen und sein eigenes Leben dabei zu riskiren. Mrs. Bawlins, mit der überhaupt Niemand sonst verkehrte und von der sich die übrigen Frauen besonders fern gehalten, mußte sich selber überlassen bleiben.

Am zweiten Morgen darnach saß Hans Bolk wieder unten im Bach an seiner Maschine und bemerkte von dort aus wohl, daß ein kleiner Trupp von Reitern die Straße herabkam; aber das war etwas zu Gewöhnliches, denn in diesen Minen ziehen die Goldwäscher fortwährend von einem Platz zum anderen, um eben reichere Stellen zu entdecken, und wechseln deshalb fast ununterbrochen herüber und hinüber. Dieser Platz war aber besonders in letzter Zeit, wie schon vorerwähnt, von den Händlern als außerordentlich reich ausgeschrieen worden, und Massen von neuen Goldwäschern kamen fast täglich an, um ihr Glück zu versuchen. Die wenigsten aber blieben längere Zeit hier, denn wenn sie ausfanden, daß sie hier wohl ihr reichliches Tagelohn, aber auch nicht mehr machten, so sahen sie sich enttäuscht und suchten bessere Plätze. Was sie hier ausgraben konnten, boten ihnen auch fast alle übrigen Thäler.

So vergingen etwa noch anderthalb Stunden, als ein Mann, der aus der Stadt zurückkam, den Bach herunter schritt, an den oberen Plätzen eine kurze Zeit anhielt und dann, augenscheinlich von Anderen zurechtgewiesen, direkt auf die Stelle zukam, an welcher Hans mit dem alten Indianer-Mann eben wieder ein neues Loch auswarf. Die Nachbarschaft dort „zahlte", wie man es in den Minen nannte, und ein fleißiger Arbeiter konnte dort eben „gut ausmachen."

Auch auf diesen achteten die beiden Männer, die eifrig mit ihrer Arbeit beschäftigt waren, nicht, denn neugierige Fremde suchten gewöhnlich die verschiedenen Gruben ab, um zu rekognosziren, wo es einen einträglichen Fleck gab, und sich dann so nahe als möglich in die Nachbarschaft einzudrücken. Die gewöhnliche Frage war dann auch immer: „Nun, Landsmann, findet Ihr hier was?" worauf sie dann regelmäßig die Antwort erhielten: „Ja — ein bischen — wenn's aber nicht besser lohnt, geben wir den Bach hier auf," wenn sie auch gar nicht daran dachten.

Der jetzige Besuch frug aber nicht nach dem Ertrag. Wie er Hans nur da unten in seiner, wohl schon etwa fünf Fuß tief ausgeworfenen Grube entdeckt hatte, rief er ihn schon an:

„Halloh, old Fellow! wie geht's? Noch immer so fleißig bei der Arbeit?"

Hans hob etwas überrascht den Kopf, denn Bekannte hatte er sehr wenige in den Minen, rief aber auch schon im nächsten Augenblick:

„Brause! Alle Wetter, Mann, wo kommt Ihr her? Wie geht's, alter Junge, Ihr seht ja heute famos aus."

Hans hatte in der That Recht. Brause trug nicht allein reinliche und anständige Kleider, er sah überhaupt sauber und adrett aus und man merkte es ihm an, daß er in der Zwischenzeit keine Noth gelitten.

„Danke — gut —" erwiederte er auch, „und heillos froh, Euch noch hier zu finden. Bin vor etwa einer Stunde mit vier Nachbarn von mir, die ich glücklicher Weise am Yuba aufgetrieben, hier herübergekommen, und wollte mit deren Zeugniß den falschen Spieler, der sich meines Eigenthums bemächtigt, aufheben, höre aber eben, daß er seitdem von selber durch die Lappen gegangen ist."

„Ja," nickte Hans trocken, „Mrs. Bawlins ist Strohwitwe und steht, wenn ich nicht sehr irre, wieder zur Verfügung. Es ist ihr übrigens die letzte Zeit hier nicht besonders gegangen, denn die übrigen Frauen mochten keinen Verkehr mit ihr halten."

„Was ich ihnen gar nicht verdenken kann," brummte Brause, mit dem Kopfe nickend. „Also sie nennt sich noch Mrs. Bawlins?"

„So viel ich davon weiß, nennt sie sich gar nicht," sagte Hans, „aber weshalb seid Ihr eigentlich hergekommen? Um wieder eine Mrs. B r a u s e aus ihr zu machen?"

„Was thut man nicht aus Liebe?" bemerkte Brause mit einem halben Lächeln, „aber laßt mir zu Gefallen einmal Euer Handwerkszeug eine Stunde ruhen. Ich möchte Euch als Zeuge haben?"

„Mich?" sagte Hans erstaunt. „Soll ich etwa bestätigen, daß ich Nichts von der Geschichte weiß? Aber Spaß bei Seite, Landsmann, ich glaube gar nicht, daß Ihr einen Dritten bei der Sache braucht, denn die Frau wird Euch jetzt nicht die geringsten Schwierigkeiten mehr in den Weg legen."

„Also Ihr denkt nicht?" lächelte Brause. „Na, aber thut mir's doch zu Liebe, Ihr könnt mir auch vielleicht sonst noch helfen, und wo ich Euch dann einmal wieder dienen kann, soll es mit Freuden geschehen."

Hans lag nicht viel daran; er hätte am liebsten mit der ganzen Sache nichts weiter zu thun gehabt, aber er mochte es dem Mann auch nicht abschlagen, und da sein Kompagnon, der alte Bedford, ebenfalls neugierig geworden war, stiegen sie Beide aus ihrer Grube heraus und schlenderten langsam in den Ort hinauf. Unterwegs erzählte ihnen Brause dann noch, daß er nicht geringe Schwierigkeiten gehabt habe, die Nachbarn aus den Staaten, in deren Gesellschaft er die Prairien gekreuzt, wieder in all' den verschiedenen Schluchten und Thälern, über welche die Goldwäscher zerstreut waren und in denen sie oft vollständig versteckt saßen, aufzufinden. Alle aber geborene Amerikaner, kannten sowohl seine Frau als sein Eigenthum, und ihr Zeugniß mußte auch ohne Weiteres angenommen werden, wenn seine Frau in ihrer Gegenwart wirklich

noch die Frechheit gehabt hätte, es ihnen in die Zähne
abzuleugnen.

Hans besaß ein gutes und weiches Herz, und wie
sie da so zusammen hinschritten, blieb er plötzlich stehen
und sagte zu Brause:

„Seid nicht zu hart mit der Frau, Kamerad. Sie
hat Euch allerdings einen bösen Streich gespielt —"

„Also das seht Ihr doch ein, Landsmann?"

„Läßt sich eben nicht gut leugnen, aber — sie hat jetzt
auch schwer dafür gebüßt und — vergreift Euch nicht etwa
an ihr. Es ist immer eine Frau, und ich würde nicht
ruhig dabei stehen und zusehen."

„Habt keine Angst, Freund," sagte Brause trocken,
„Ihr sollt mir nachher bestätigen, daß ich als Gentle=
man gehandelt habe."

„Na, dann kommt in Gottes Namen," erwiederte
Hans, „denn je eher wir die Sache abmachen, desto besser."

Es dauerte auch nicht lange, so trafen sie unfern
von dem Haus oder dem Verschlag, unter welchem jene

Frau noch immer wohnte, die vier Amerikaner, die Brause
mitgebracht, und schritten nach kurzer Begrüßung der Stelle
zu. Schon von Weitem bemerkten sie übrigens, daß Lacy
Brause vor ihrer Hütte und einem hell lodernden Feuer,
den Kopf in die Hand gestützt, saß, und so vertieft war
sie in ihre Gedanken, daß sie die Nahenden nicht einmal
hörte, bis sie in ihre unmittelbare Nähe kamen. Mit
einem Schrei aber fuhr sie empor, als sie Brause erkannte.
Brause jedoch, ohne die geringste Gemüthsbewegung zu
zeigen, nahm höflich den Hut ab und sagte, als ob er
mit einer vollkommenen Fremden spräche:

„Wie geht es Ihnen, Mrs. Bawlins? Befinden sich
doch noch immer wohl?"

„Kaspar!" stöhnte die Frau und ihr stierer Blick
haftete auf ihm, Brause aber, ohne eine Antwort abzuwarten, fuhr ruhig fort:

„So, Gentleman, wenn ich Sie jetzt bitten dürfte,
ein wenig mit Hand anzulegen, daß wir den Wagen wieder zusammenstellen können. Ich sehe Alles, was dazu
gehört, hier auf einem Haufen."

„Dann müssen wir aber das ganze Haus abbrechen,"
sagte der Eine von ihnen, während Keiner der Neugekommenen von der Frau Notiz nahm. „Geht denn das?"

„Und weshalb nicht? — wird ja nicht mehr gebraucht,"
meinte Brause, „und Mrs. Bawlins gesteht doch jetzt
wohl zu, daß dies Alles mein Eigenthum ist?"

„Ja," hauchte das Weib, deren Antlitz Leichenblässe
überzog, „aber was willst Du thun?"

„Nur meinen Wagen wieder zusammenstellen und
— aufpacken, was noch da ist — es wird wenig genug
sein. Laßt uns ein wenig rasch an die Arbeit gehen,"
und ohne Weiteres band er die Plane los und zog sie
herunter, warf dann den Wagenboden ab und hatte in
wenigen Minuten die Hütte ihres Daches entledigt, wonach
er dann begann, die Seitentheile einzureißen. Einer der
Amerikaner zog indessen das Wagengestell herbei, und mit

vielen Händen zum helfen war der Wagen in etwa einer halben Stunde vollständig hergerichtet, daß die Sachen darauf geladen werden konnten. Einer der Leute holte die Pferde herbei, die nämlichen beiden Grauschimmel, die Brause wieder mitgebracht, und die Frau beobachtete jetzt mit peinlicher Spannung, daß Brause ihre Kleider und Wäsche, was noch in dem kleinen Obdach herumgelegen, auf einer Seite zusammenschichtete, als ob das zurück= bleiben sollte.

„Kaspar," sagte sie da nach einer Weile mit heiserer Stimme, „willst Du mich hier allein und hilflos im Walde zurücklassen? Was soll aus mir werden?"

„Und was kümmert das mich, Mrs. Bawlins?" sagte Brause und sah das junge Weib mit einem recht häßlichen, boshaften Blick an. „Hier, Hans — Ihr waret dabei. Hat nicht die Frau da in Euerer Gegenwart erklärt, daß sie nicht meine Frau wäre und ich verrückt sein müßte, um so etwas zu behaupten?"

„Das hat sie allerdings," sagte Hans, mit dem Kopfe nickend, „und damals, wie ich jetzt einsehe, eine recht häß= liche Lüge ausgesprochen; aber Brause, sie mag gefehlt haben, was ich gern zugestehen will — doch ganz hilf= los könnt Ihr sie hier nicht zurücklassen."

„Kann ich nicht? so?" zischte Brause höhnisch her= vor, „und erinnert Ihr Euch noch, was sie jenem Schuft, dem sie sich damals angehangen, zuschrie, als er mir mit der Büchse entgegen trat? Wißt Ihr die Worte noch? „„John!"" rief sie Mr. Bawlins an, „„wenn Du noch einen Funken von Ehrgefühl hast, so schießt Du dem frechen Dutchman eine Kugel durch den Kopf"", und mit dem „frechen Dutchman" war ich gemeint, der weiter nichts als sein sauer erworbenes Eigenthum zurück ver= langte."

„Läßt sich nicht leugnen," sagte Hans, mit dem Kopfe nickend, „aber kommt doch zuletzt immer auf eins heraus.

Es ist eine Frau — ist Euere Frau, und ich wenig=
stens möchte sie nicht so im Stich lassen."

„Na, bei —" rief Brause mit einem lästerlichen
Fluch, „wenn Jemand im Stich gelassen ist, so war ich
es damals, denn elender ist doch wahrhaftig noch niemals
ein Mann von seiner Frau behandelt worden. Was ich
jetzt auch thue, so geschieht ihr nur dasselbe, was sie mir
gethan. Da fragt meine Nachbarn, die sie lange kennen,
ob sie es nicht verdient?"

„Es war von jeher nichts an ihr," sagte der Eine
der Amerikaner, die Brause mit herüber gebracht, „und
wir Alle haben Brause die Heirat verdacht. — Ich an
seiner Stelle wäre auch froh, sie auf gute Manier wie=
der los zu werden."

Die Frau selber hatte kein Wort hinein geredet;
auf dem Stumpf eines dort gefällten Baumes kauerte sie
nieder, und ihr Antlitz in den Händen bergend, schien sie
Alles über sich ergehen zu lassen. Sie war völlig gebrochen,
und ihre dunklen, vorn über fallenden Locken verhüllten
ihr Antlitz vollständig.

Brause hatte indessen, ohne sich in seiner Arbeit
stören zu lassen, die verschiedenen, ihm gehörenden Sachen
auf den Wagen hinauf gereicht. Jetzt war Alles oben;
nur unter dem einen, sehr beschränkten Verschlag, den
Bawling mit den gespaltenen Clapboards gedeckt hatte,
lagen die wenigen Frauenkleider, die Lucy gehörten, und
selbst nicht eine wollene Decke, zum Schutz gegen die
ziemlich kalten Nächte, war ihr dabei geblieben. — Aber
sie achtete auch gar nicht darauf; sie hob den Blick nicht
auf die Verwüstung umher. Das Unglück, die Strafe war
über sie hereingebrochen, und sie mußte Alles dulden, was
mit ihr geschah.

Der alte Indianer=Mann hatte, ohne ein Wort zu
äußern, ohne eine Miene zu verziehen, dabei gestanden
und Alles ruhig mit angesehen. Jetzt bestiegen zwei der
Neugekommenen den Wagen, während Brause und der

Vierte, welche die jetzt vor das Fuhrwerk gespannten Grauschimmel geritten, auf dem Geschirr oben Platz genommen.

Brause streckte seinen Arm noch einmal aus, um Hans die Hand zu reichen.

„Good bye old fellow," sagte er dabei, „ich danke Euch auch für all' die Freundschaft, die Ihr mir geleistet, und wenn Ihr einmal Hilfe braucht — na, wollt Ihr meine Hand nicht nehmen?"

„Hans wandte sich ab. Ihr habt mir versichert," sagte er finster, „daß Ihr an der Frau wie ein Gentleman handeln wolltet."

„Und hab' ich das etwa nicht gethan?" rief Brause.

„Wie ein Lump habt Ihr gehandelt," sagte Hans trocken, „und wenn ich nicht ein einzelner Mann wäre, würde ich ihr selber den Schutz meines Daches anbieten."

„Da Ihr das aber nicht seid," fiel hier der Indianer-Mann ruhig ein, „so werde ich es für Euch thun. Die Frau mag schlecht an dem Mann gehandelt haben, aber — er sieht mir auch nicht darnach aus, als ob er es besser verdiente — außerdem ist es eine Amerikanerin, und sie soll nicht sagen können, daß ihre Landsleute sie im Unglück verlassen hätten. Madame — wie auch Ihr Name ist, packen Sie Ihre paar Sachen, die Ihnen da noch geblieben sind, zusammen und kommen Sie mit zu mir und meiner Familie. Wie wir das später ordnen können, weiß ich noch nicht, aber bis dahin sollen Sie wenigstens nicht allein in Wind und Wetter hier draußen liegen, während Sie noch Landsleute in der Nähe haben."

„Lassen Sie mich hier sterben," stöhnte die Frau, ohne den Kopf zu heben, zwischen den zusammengepreßten Fingern durch, „ich habe es nicht besser verdient — ich muß es ertragen."

„Unsinn!" erwiederte aber der alte Mann gutmüthig. „Hans, packt einmal den Plunder da zusammen — schwer wird's nicht sein, und die Uebersiedlung ist rasch abgethan."

„Fremder," sagte der eine Amerikaner, der im Sattel neben ihm hielt, „nehmt Euch in Acht, was Ihr thut — die junge Dame da —"

„Steht jetzt unter meinem Schutz," sagte der alte Mann trotzig, „und verdammt will ich sein, wenn ich sie hier noch beleidigen lasse."

„Dann ist ja Alles in Ordnung," lachte Brause, indem er die Zügel der Pferde fester in die Hand nahm, „also vorwärts, boys-good bye, Mrs. Bawlins, und fort rollte der Wagen, von den Reitern gefolgt, die Straße entlang.

<hr>

Fünftes Kapitel.

Schluß.

Drei Monate waren etwa seit den letztbeschriebenen Vorfällen verflossen, als am Stanislaus-Creek, in einem kleinen Ort „golden hill," nach einem sehr reichen Hügelhang so genannt, die ganze Bevölkerung in Aufruhr schien. Es mochte etwa eilf Uhr Morgens sein und noch wurde an keiner Schaukel gearbeitet, noch keine Spitzhacke in den Boden geschlagen, und Alles umdrängte nur das kleine Bretterhaus, in welchem der Sheriff seine Wohnung hatte.

Es spielte sich dort eine jener Szenen ab, die in den ersten Jahren nach der Goldentdeckung und ehe geregelte Zustände in jenen Bergen eingeführt werden konnten, nur zu oft stattfanden und Zeugniß gaben, wie sehr Leben und Eigenthum der Einzelnen noch durch eine Bande jenes frechen Spieler=Gesindels, das sich dort aller Orten her= umtrieb, gefährdet waren.

Schon mehrfach hatte man in den letzten Wochen Ermordete und Beraubte in den einzelnen Schluchten gefunden, und die Thäter dann, als die gewöhnlichen Ableiter solchen Verdachtes, in den vereinzelt da arbeiten= den Mexikanern gesucht. Gegen diese stand denn auch das rasch Partei nehmende amerikanische Volk auf, und man trieb sie, ohne auch nur den geringsten stichhaltigen Be= weis gegen sie aufzubringen, ohne Recht und Gesetz aus den Minen hinaus und über die Berge, ja Einige ver= loren dabei sogar ihr ganzes Eigenthum.

Da verließen eines Tages zwei Franzosen den klei= nen Ort, um sich nach Stockton zu wenden und von da mit dem Dampfer nach San Francisco überzuschiffen. Beide trugen, was sie mit schwerer Arbeit an Gold er= übrigt, bei sich, waren aber auch gut bewaffnet und glaub= ten sich dadurch irgend welchem Angriff oder Ueberfall gewachsen.

Etwa eine Stunde von golden hill entfernt muß= ten sie aber eine enge Schlucht passiren, die auf der linken Seite mit ziemlich dichtem Gebüsch besetzt stand. Beide nahmen dort allerdings ihre Doppelflinten schußfertig auf den Sattelknopf, aber Alles schien wie ausgestorben rings umher, bis plötzlich, fast unmittelbar neben ihnen, ein

Schuß fiel und gleich darnach der Laut eines versagenden Zündhütchens gehört wurde.

Der Eine von ihnen schaute erschreckt empor und bemerkte zugleich, wie sein Kamerad leblos aus dem Sattel stürzte — zugleich regte sich aber auch etwas oben in den Büschen; das konnte nur der Mörder sein, und blitzesschnell fuhr sein Gewehr empor, und beide Läufe suchten und fanden dort drinnen im Dickicht ihr Ziel. Dann aber sprang der Schütze rasch aus dem Sattel und griff die andere am Boden liegende, aber noch geladene Flinte auf.

Da er übrigens nicht wagen durfte, die Thiere, die ihr beiderseitiges Gold trugen, hier allein und sich selber zu überlassen, nahm er vor allen Dingen die Zügel und führte sie auf eine offene, eben passirte Stelle zurück, wo er selber wenigstens vor einem zweiten Schuß aus dem Hinterhalt sicher war. Dort band er sie an und wollte dann eben zurück, um auf dem Anschuß wie ein richtiger Jäger nachzusuchen. Da kam glücklicher Weise ein kleiner leichter Wagen, auf dem vier Amerikaner saßen, um die Bergecke gerollt, und als die Pferde vor dem im Wege liegenden Körper scheuten und zur Seite preßten, sprangen die Passagiere ab und durchforschten nun, von dem Franzosen geführt, die bezeichnete Stelle.

Sie brauchten nicht lange zu suchen, denn dort fanden sie bald den Räuber, der durch jeden Schenkel einen Schuß bekommen hatte und nicht mehr von der Stelle konnte. Er hielt ihnen allerdings mit zusammengeknirschten Zähnen seinen Revolver entgegen, da er aber im Nu die verschiedenen Büchsenläufe der Neugekommenen auf sich gerichtet sah, fühlte er doch wohl, daß er der Uebermacht nicht gewachsen war, ließ die Waffe sinken und sich selber binden, wobei er ohnmächtig wurde. Das hatte aber nichts zu sagen; er wurde auf den Wagen gehoben, und während der Franzose das zweite Pferd wieder am Zügel nahm, drehte er mit den Fremden um und ritt nach golden hill zurück.

Dort trat sofort eine Jury zusammen; der Bube war ein hier im Ort wohlbekannter Mann, ein Spieler von Profession, und trotz seinem Leugnen wurde ohne Weiteres beschlossen, ihn als warnendes Beispiel aufzuhängen. Die Leute hatten es satt, solchen Gesellen meuchelmörderischer Weise zum Opfer zu fallen.

Derartiges Gesindel fand aber überall seine Freunde, und beinahe wäre es ihnen auch gelungen, ihn zu befreien. Zuerst behaupteten sie, daß der „Frenchman" seinen Kameraden selber ermordet und dann auf den Amerikaner, der ihm zu Hilfe kommen wollte, gefeuert hätte, und als dagegen die Fremden aussagten, daß der Bube, durch beide Beine geschossen, im Dickicht gelegen habe und dorthin nie mehr allein hätte kriechen können, rottete sich eine Bande zusammen und wollten den Kameraden mit Gewalt befreien. Das nahm aber die Bevölkerung von golden hill übel. Aus allen Zelten stürmten sie mit ihren Waffen vor, schaarten sich um des Sheriffs Haus und machten der Gesellschaft bald klar, daß ihre Macht hier zu Ende sei und sie sich dem Gesetz fügen müßten.

Jetzt wurde der Verbrecher auf einer rasch hergerichteten Trage herausgeschleppt und den nächsten Bäumen zugetragen, wo das Urtheil an ihm vollstreckt werden sollte. Sie erreichten auch den Platz, als ein langer Yankee, der hier die regelmäßige Spielbank hielt, mit seinem Revolver unter den Baum trat und schwur, daß er den Ersten, der Hand an seinen F r e u n d lege, zusammenschießen würde wie einen tollen Hund."

Aber ein alter Kentuckier, seine Büchse am Backen, trat ihm entgegen und sagte:

„So, Freund, jetzt heb' Deinen Arm nur um eines Zolles Breite, und die Hand soll mir verdorren, wenn ich Dir nicht die Sonne durch das Hirn scheinen lasse. Thut Euere Pflicht, Sheriff, und habt keine Angst vor dem Burschen da — vor dem seid Ihr sicher."

Der Yankee blitzte den Kentuckier mit wüthenden Blicken an, aber er wagte nicht, die Waffe zu heben — wußte er doch recht gut, daß das keine leere Drohung sei. Im Nu war dem Verbrecher das Seil um den Hals gelegt und der Elende brüllte vor Schmerz und Todes= angst, aber alle die nächst Stehenden griffen mit zu, und kaum zwei Minuten später schwang er in Todeszuckungen an seinem Ast.

Unter dem Baum blieben die jungen Burschen noch halten, bis sie sich erst vollständig überzeugt hatten, daß der Verbrecher todt sei und nicht mehr zum Leben zurück= gebracht werden könne, dann aber zogen sie Alle mit zurück zu des Sheriffs Haus, und ein wildes Gelage begann jetzt dort und in den benachbarten Schenkständen. Der Mensch hat doch etwas von der Bestie, das erst zum Ausbruch kommt, wenn er einmal Blut gekostet.

Gerade als der Tumult am tollsten tobte, kam ein einzelner Reiter in den kleinen Ort hinein geritten und zügelte erstaunt sein Pferd ein vor dem ungewohnten Tumult.

Es war ein alter Mann mit schneeweißen Haaren und Bart, in ein blauwollenes Jagdhemd gekleidet, die lange Büchse auf der Schulter, die Kugeltasche an der rechten Seite und einen alten, merkwürdig zerdrückten Filzhut auf dem Kopfe.

„Halloh, Freund,“ redete er Einen der am Wege Stehenden an, „könnt Ihr mir nicht sagen, was der tolle Lärm hier bedeutet?“

„Das kann ich vielleicht thun, Mister — wie ist doch gleich Euer Name?“ nahm da ein Anderer aus der Menge die Antwort auf. „Kennen Sie mich nicht mehr? Wir haben uns das letzte Mal in Red Creek gesehen. Erinnern Sie sich noch?“

Der alte Mann wandte sich ihm zu und sah ihn mit seinen großen blauen Augen forschend an. Der Bursche hatte aber ein Gesicht, das man, wenn man ihm einmal

begegnet war, nicht so leicht wieder vergaß. Das rothe
Haar - und das schielende Auge blieben dabei zu gute
Merkmale.

„Bless my soul," sagte der Alte, ihn aufmerksam
betrachtend, „ich sollt's eigentlich selber denken. Seid Ihr
nicht der Gentleman, der damals seine Frau am Red
Creek sitzen ließ?"

„Auf den Knopf getroffen, old boy," lachte der
Mann wieder, „und wir haben eben einen Theil der damals
begonnenen Geschichte hier abgespielt."

„Einen Theil der damals begonnenen Geschichte?"
sagte der alte Mann verwundert, „wie soll ich das verstehen?"

„Das will ich Euch sagen," lachte der Deutsche,
„wir haben eben meinen Schwager, den Mr. Bawlins,
aufgehangen."

„Bawlins? — den Spieler?"

„Sollte es denken," grinste der Bursche. „Hatte ein
etwas gefährliches Spiel versucht und einen armen Teufel
von Goldwäscher todtgeschossen, war aber dabei erwischt
worden und hat da drüben baumeln müssen. Und wie
geht's drüben am Red Creek? Wie befindet sich Mrs.
Bawlins und Hans Volk?"

Der alte Mann betrachtete sich den Burschen mit
anscheinendem Widerwillen, endlich aber sagte er doch:

„Was Hans Volk betrifft, so ist das ein Ehren=
mann, und hat vor vierzehn Tagen meine älteste Tochter
geheiratet.

„Alle Teufel!" rief Brause erstaunt aus. „Na, da
wünsche ich ihm mehr Glück in der Ehe, als ich gehabt
habe — und wie geht's Mrs. Bawlins? — Habt Ihr
sie noch in Euerem Haus?"

„Mrs. Bawlins oder Mrs. Brause," sagte der alte
Mann ruhig, „der Name wird sich wohl so ziemlich gleich
bleiben, und sie könnte weder mit dem einen, noch mit
dem anderen großen Staat machen —"

„Zum Henker auch!" rief Brause. „Ihr wollt mich
doch nicht mit dem Schuft, den wir eben gehängt haben,
auf eine Stufe stellen?"

„Es ist immer gefährlich Vergleiche zu ziehen,"
erwiederte der alte Mann trocken, „so viel kann ich Euch
aber sagen, daß die Dame, die als Euere Frau in dies
Land gekommen, sich — auch darnach benommen hat?"

„Nun," frug Brause fast verwundert, „geht es
ihr gut?"

„Das kann ich nicht bestimmt sagen," lautete die
Antwort, „denn seit vierzehn Tagen habe ich nicht das Ver=
gnügen gehabt, sie zu sehen."

„Also ist sie fort von Red Creek?"

„Allerdings, und mit allem Gold, auf das sie bei uns
im Zelt in der Geschwindigkeit die Hand legen konnte. Sie

hat geſtohlen und iſt dann mitten in der Nacht auf und davon gegangen?"

„Und hab' ich's Euch nicht geſagt?" rief Brauſe triumfirend aus, „daß Ihr Euch vor ihr in Acht nehmen ſolltet?"

„Es macht Euerem Scharfſinn alle Ehre," erwiederte der alte Mann, indem er den Zügel ſeines Thieres wieder aufgriff und zuſammennahm. „Das Geſchöpf gehört allerdings der Schlechteſten ihrer Race an, daß Ihr ſie Euch aber, wo Ihr das Alles wußtet, doch zur Frau genommen habt, ſtellt — das Wenigſte zu ſagen — Euerem eigenen Charakter ein würdiges Zeugniß aus. — Guten Morgen, Miſter," — und dem Mann den Rücken kehrend, trabte er langſam die Straße hinab.

Inhalt.

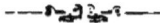